FOLIO POLICIER

Yûko Yuzuki

Le loup d'Hiroshima

Traduit du japonais
par Dominique et Frank Sylvain

Gallimard

Yûko Yuzuki (en japonais 柚月裕子, soit Yuzuki Yûko) est une autrice japonaise de romans policiers née le 12 mai 1968 à Iwate. Ses romans ont été primés à de multiples reprises. *Le loup d'Hiroshima*, paru au Japon en 2015, a rencontré un immense succès dans son pays et été adapté au cinéma en 2018.

PROLOGUE

Le commissariat de Kurehara Est était sur le pied de guerre.

Centre opérationnel de lutte contre les gangs, indiquait le papier sur la porte de la salle de réunion. Soixante-dix hommes s'étaient rassemblés ; les enquêteurs du crime organisé côtoyaient leurs collègues de la Quatrième division de la préfecture et des forces antiémeute du district. Tous arboraient une mine de pitbull.

Prenant le relais du commissaire, le directeur de la Seconde division s'avança, yeux plissés, comme pour scruter les visages.

— Possession illégale d'armes à feu, trafic de cannabis et de méthamphétamine, paris clandestins… Dans notre secteur, les gangs commettent un grand nombre de délits au quotidien et leurs rivalités sont fréquentes. Ces individus troublent l'ordre public et menacent la sécurité. Il y a deux semaines, un civil innocent a été tué lors d'une fusillade. Pour ne pas avoir pu éviter cette tragédie, notre responsabilité est immense. Mais ces actes trouvent aujourd'hui leur fin.

Son ton était monté et la tension fut palpable. Certains étaient si crispés qu'ils en oubliaient de respirer. Cette réunion marquait l'ultime phase de coordination d'une vaste opération simultanée. Le directeur détailla les perquisitions à venir et, au moment de conclure, se pencha vers l'assistance, mains à plat sur la table.

— On peut s'attendre au pire. Chacun de vous doit porter son gilet pare-balles.

L'atmosphère sembla refroidir de quelques degrés. Il fit une pause, le temps de balayer le groupe d'un regard menaçant.

— C'est clair ? On va faire dans l'arrestation massive même s'il faut les déloger un à un. Rébellion contre l'autorité, entorse à la législation sur les armes à feu, possession de stupéfiants, organisation de paris clandestins, tout est bon. Vous me mettez au frais le plus grand nombre possible.

Il était 6 h 50, le plan était de quitter le commissariat à 7 heures. Il frappa la table du poing.

— De cette opération dépend l'honneur de la police. Soyez prêts au pire et bougez-vous !

Les policiers se levèrent d'un bloc, attrapèrent les gilets pare-balles empilés dans des cartons et se pressèrent vers la sortie.

Un seul homme n'était pas contaminé par la frénésie ambiante. Assis au fond de la salle, nonchalamment adossé à sa chaise, il se tenait immobile. Un jeune lieutenant se précipita pour lui tendre un gilet pare-balles.

— Pour vous, commandant.

L'officier plus âgé se mit à jouer avec un Zippo au capuchon décoré d'un loup gravé.

— Inutile de t'agiter comme ça, dit-il avec un sourire flegmatique. On dit que ce sont les mendiants les plus impatients qui reçoivent le moins d'oboles.

— Oui, mais… tous les gars de notre groupe sont déjà prêts sur le parking et…

Partagé entre la crainte d'être grillé au poteau et celle d'être accusé de manquer de respect à son supérieur, il ravala la fin de sa phrase.

— Ils vont faire des descentes un peu partout, bien, d'accord. Mais réfléchis, c'est comme la prise d'un château. Il y a les avant-postes, les remparts. Mais nous, ce qui nous intéresse, c'est de prendre la tour principale.

À la fois égaré et soupçonneux, le junior fit le perroquet.

— La tour principale ?

Le commandant caressa amoureusement la gravure de son Zippo.

— On ne trouvera de flingues ni à leurs domiciles ni dans leurs bureaux, dit-il comme s'il monologuait. Donc, on n'a pas besoin de ça.

— De quoi parlez-vous ?

— De la descente massive d'aujourd'hui…

Il avait baissé la voix et pris un air grave. Le lieutenant écarquilla les yeux.

— Il y a eu des fuites, c'est ça ?

— Leur attirail est entreposé dans un endroit sûr. Un endroit secret.

— Et vous savez où ? s'excita le jeune.

Le regard du vétéran glissa du briquet au visage du novice. Le capuchon fut rabattu avec expertise.

— En fait… non.

Réalisant qu'il n'en apprendrait pas plus et qu'on

s'amusait de sa candeur, le lieutenant piqua un fard. Son chef referma son Zippo dans un claquement sec et le rempocha.

— Allons-y.

Sans un regard au gilet pare-balles toujours brandi par son subordonné, il se dirigea vers la sortie.

1

Journal

13 juin 1988,

Mon premier jour comme membre de la Seconde division du commissariat de Kurehara Est.

À partir de 13h00, nous patrouillons avec le commandant Ôgami.

13h40, au salon de pachinko Hinomaru, rue Akaishi.

18h30, au siège du gang Odani, nous rencontrons Moritaka Ichinose, le second en commande. Collecte d'informations sur la disparition du comptable d'une officine de prêt contrôlée par le Kakomura.

[redacted]

20h00, au bar-restaurant Les Petits Plats de Shino, dans la ruelle Sakae.

[redacted]

En ce début d'après-midi, une chaleur d'étuve régnait sous l'arcade commerciale. Se frayant un chemin entre les passants et les bicyclettes garées illégalement, le lieutenant Shûichi Hioka * épongeait son visage trempé de sueur.

* Une liste des personnages est disponible en fin d'ouvrage. *(N.d.É.)*

Cinq jours auparavant, la préfecture d'Hiroshima était officiellement entrée dans la saison des pluies, pourtant on n'en relevait aucun signe ; bien au contraire, le soleil brillait avec l'ardeur qui coïncidait normalement avec la fin de cette période. Il songea en comparaison au quartier du port, où le vent marin adoucissait un peu la chaleur. Ici, au nord de la ville, non seulement on était loin de la mer, mais la barre d'immeubles aux abords de la gare bloquait le vent et empêchait la touffeur de s'échapper. De plus, le toit en plastique de l'arcade accentuait l'effet de serre.

Il sortit un papier de sa poche de chemise. C'était la page déchirée d'un carnet, sur laquelle était tracé un plan d'accès. Le dessin était de Masanari Itsuki, le patron de la Seconde division d'enquête. Les lignes étaient nettes, mais ça ne valait pas une carte ; il fallait se fier à des noms de boutiques éparses.

Le jeune lieutenant venait d'être affecté au commissariat de Kurehara Est et c'était son premier jour au sein de la Seconde division d'enquête. Elle était scindée en deux sections, l'une en charge du crime organisé, l'autre spécialisée dans le crime en col blanc. Il avait été nommé à la première. C'était très exceptionnel que dans une ville comme Kurehara, où les luttes entre gangs étaient fréquentes, un jeune policier reçoive l'antigang comme première affectation. En fait, un trou était apparu dans les effectifs parce qu'un officier avait subitement demandé sa mise en retraite anticipée ; du moins, c'était ce qu'un des supérieurs de Hioka avait laissé entendre. « Ça vaut la peine », lui avait-il dit avec une tape sur l'épaule. « Si tu fais des exploits, ça t'ouvrira un boulevard dans le métier. »

L'ouverture du fameux boulevard motivait moins le lieutenant que l'intérêt intrinsèque du travail. Son quotidien dans la compagnie des forces d'intervention à laquelle il avait appartenu jusque-là avait consisté à servir de renfort pour le maintien de l'ordre public, mais sans opportunité d'engagements réels. Or il avait étudié pour devenir inspecteur et désirait depuis longtemps une activité avec du contenu.

Ce n'était que sa deuxième venue à Kurehara ; sa première visite remontait à l'école primaire et à une sortie scolaire sur une petite île de la baie. Il était natif d'Hiroshima, y avait fait l'université et y avait été affecté pour son premier poste en commissariat. Il n'avait jamais vécu ailleurs et s'y plaisait ; la nourriture était bonne, le shopping et les distractions faciles. Kurehara n'était qu'à une trentaine de minutes d'Hiroshima par la vieille ligne de train locale, mais n'ayant aucune raison de se rendre dans cette ville plus petite que celle de son domicile, il était peu familiarisé avec sa topographie.

Les distances représentées sur le plan n'ayant aucun rapport avec la réalité, il cherchait son chemin. Il songea à interroger un passant, puis y renonça ; en tant que policier sa réputation risquait d'en pâtir. Quand il trouva enfin le café, il était en retard de quinze minutes à son rendez-vous.

Itsuki avait tracé un carré et inscrit « Cosmos » en travers. Le lieutenant avait imaginé une petite maison indépendante ; au lieu de cela, il découvrait le rez-de-chaussée d'un immeuble commercial. Il pesta intérieurement contre son supérieur qui n'avait pas eu l'idée de préciser le nom de l'immeuble.

Le Cosmos avait vécu. Le menu aux couleurs

flétries affiché en vitrine devait dater de l'ouverture ; les meubles d'importation occidentale n'étaient pas encore des antiquités, mais donnaient l'impression d'avoir été abandonnés là.

En poussant la porte en bois délavé, on faisait tinter une clochette, et une bouffée d'air frais vous enveloppait de la tête aux pieds.

Un vieux bonhomme leva le nez de son comptoir pour regarder Hioka à travers les verres ronds de ses lunettes.

— Bienvenue.

La formule se voulait accueillante, la voix n'exprimait aucune amabilité. L'intérieur était sombre et étroit, cinq tabourets de comptoir se battaient en duel avec deux tables de quatre personnes. Le patron avait une passion manifeste pour les plantes en pots. Ça ne réussissait qu'à rendre l'endroit encore plus étriqué.

À travers la verdure, Hioka ne repéra qu'un seul client. Un quadragénaire assis près d'une petite fenêtre décorée d'un vitrail. Son visage était en partie dissimulé derrière un journal grand ouvert, mais l'âge correspondait, et c'était donc bien la personne avec qui il avait rendez-vous.

Il s'approcha.

— Pardon de vous déranger. Seriez-vous Ôgami-san ?

L'homme abaissa son journal et le toisa. S'il avait l'expression poisseuse d'un prêteur sur gage évaluant un objet, ses yeux perçants laissaient deviner sans peine le policier.

Sachant qu'il s'adressait à son nouveau supérieur, le lieutenant se tint bien droit.

— Vraiment désolé pour mon retard. Je prends mon poste au commissariat de Kurehara Est…

Il allait prononcer son nom lorsque l'homme se leva sans un mot pour l'attraper par le col et le forcer à s'asseoir. Une fois plaqué sur sa chaise, Hioka lui lança un regard surpris. L'autre l'observait, une fesse sur la table.

— C'est comme les yakuzas, ça a la bouche facile et ça raconte des conneries.

Face à cette voix rauque et menaçante, il recula d'instinct. L'homme l'avait comparé à un truand, alors que c'était lui qui avait tout l'air d'en être un. Vêtu d'une chemise noire au col ouvert et d'un pantalon blanc trop large, il arborait également un panama beige. Sa montre massive et sa boucle de ceinture projetaient des rayons dorés dans la pénombre. Il prit le temps de se rasseoir puis, l'air mécontent, émit un claquement de langue.

— Tu ne sais même pas qui je suis. C'est assez crétin de révéler ton identité comme ça. Une chance que je sois la bonne personne. Si j'étais un type en train de préparer un sale coup, qu'est-ce que tu ferais ? Un yakuza sous amphétamines t'aurait déjà filé un coup de lame.

— Je suis désolé.

Il redressa le dos, mais courba la nuque et repartit dans une salve d'excuses. Cet homme était, à compter d'aujourd'hui, son supérieur direct.

Son nom était Shôgo Ôgami. Au sein de la Seconde division du commissariat de Kurehara Est, il dirigeait l'une des deux équipes anti-yakuzas. Cette année, il avait eu quarante-quatre ans.

Ce matin, Hioka avait rencontré ses nouveaux collègues au commissariat, mais il n'y avait pas la moindre trace d'Ôgami. Quand il avait demandé à Itsuki s'il était en congé, celui-ci avait répondu qu'on le voyait rarement au bureau le matin. « Il fait généralement son apparition vers midi », avait-il précisé. Le lieutenant, bien que n'ayant guère d'opinion quant aux us et coutumes de l'équipe, s'était dit qu'une absence le jour de la prise de fonction d'un subordonné direct n'était pas ordinaire. Itsuki avait alors téléphoné au commandant pour lui demander quand il comptait arriver. Ôgami avait annoncé qu'il donnait rendez-vous à la nouvelle recrue à 13 heures, au café Cosmos de la rue Akaishi.

Célèbre dans toute la région pour ses talents de spécialiste des gangs, il avait résolu un grand nombre d'affaires et reçu maintes récompenses, au premier rang desquelles la médaille de l'Agence nationale de police. Avec près d'une centaine de citations, c'était l'officier le plus primé de la préfecture d'Hiroshima.

Il y avait cependant un revers peu glorieux à ces brillants états de service. Le commandant détenait aussi le record en matière de remontrances et punitions administratives.

Après avoir réussi le concours d'inspecteur, il avait effectué l'essentiel de sa carrière dans la Seconde division en charge des gangs au commissariat d'Hiroshima Nord, mais avait connu un épisode délicat, treize ans auparavant, qui l'avait vu rétrogradé à l'administration des fournitures. Selon la rumeur, lors de la troisième guerre des gangs à Hiroshima, alors qu'il était le fer de lance de sa section, Ôgami avait laissé filtrer des informations confidentielles vers ses contacts.

Personne n'ignorait l'existence des indicateurs d'un genre un peu spécial. Surnommés « S » en référence à l'anglais *spy* pour « espion », ils appartenaient au monde des yakuzas, et chaque enquêteur savait que leur efficacité dépendait du talent de leur « officier traitant ». Leurs infos avaient permis de remporter quelques victoires contre les gangs et d'élucider certaines affaires. Mais dans le contexte de recrudescence mafieuse de l'époque, la société civile et les médias avaient multiplié les critiques en dénonçant certaines collusions de la police avec les gangsters.

Pour éviter que les doutes pesant sur les méthodes d'Ôgami ne sortent dans la presse, sa hiérarchie avait pris les devants et décidé de le mettre un temps au vert.

Après trois années de purgatoire, il avait réintégré son poste à Hiroshima mais, quatre ans plus tard, on l'avait de nouveau transféré, cette fois au commissariat de Kurehara Est. Bien que son affectation à la Seconde division ait été maintenue, son passage d'une juridiction préfectorale à une juridiction locale pouvait être perçu comme une rétrogradation.

Cette mutation était liée à ses ennuis avec un célèbre avocat spécialisé dans les droits de l'homme. Le pénaliste avait défendu un yakuza ayant blessé sa compagne à coups de couteau, arguant qu'un membre d'un groupe violent possédait les mêmes droits que n'importe quel être humain. Ôgami, qui considérait quant à lui que les yakuzas n'en avaient aucun, avait protesté violemment, allant jusqu'à déclarer que protéger un malfrat ayant poignardé une femme équivalait à en être un soi-même. Le sang de l'avocat n'avait fait qu'un tour, il avait menacé d'attaquer en diffamation. Pour court-circuiter les journaux à sensation, enterrer l'affaire et permettre à l'avocat de sauver la face, la hiérarchie avait préservé une fois de plus les apparences et rétrogradé Ôgami à Kurehara.

La première fois que Hioka avait entendu parler de lui, c'était lorsqu'il était en poste au commissariat de la préfecture. Toutes les rumeurs qui circulaient sur son compte sentaient le danger. On parlait de deux attaques par des yakuzas. Dans l'une, un assaillant avait été laissé à demi mort ; dans l'autre, Ôgami, gravement blessé, avait fini à l'hôpital. À l'époque où il passait ses examens, Hioka n'aurait jamais imaginé qu'il travaillerait sous la direction d'un spécialiste des gangs armés à la réputation fracassante.

Le commandant sortit une Peace sans filtre de la poche de sa chemise et la porta à sa bouche d'un geste qui trahissait l'habitude. Le lieutenant, qui était non-fumeur, garda les mains posées sur ses genoux en attendant que son chef veuille bien entamer la conversation.

Sans prévenir, celui-ci lui administra une claque sur le sommet du crâne.

— Qu'est-ce que tu fous à glander quand ton supérieur sort une cigarette ? La politesse veut que tu la lui allumes vite fait.

Hioka en resta abasourdi. Il n'était ni une hôtesse de bar ni un petit malfrat, et la raison pour laquelle il était censé allumer les clopes de son supérieur lui échappait totalement. Il obtempéra malgré tout et utilisa la boîte d'allumettes au logo Cosmos posée sur la table.

Ôgami aspira une longue bouffée et, repoussant une assiette ayant visiblement contenu des spaghettis à la napolitaine, s'étira sur sa chaise.

— Si un gradé porte une cigarette à sa bouche, c'est élémentaire pour un junior de la Seconde division de l'allumer et d'apporter en prime un cendrier.

C'était bien la première fois que Hioka entendait pareille déclaration. Il fléchit la nuque d'un air vexé, mais sa mimique laissa Ôgami suprêmement indifférent.

— Ça le fait dans ta tête, là, c'est bon ? reprit-il. À la Seconde division, on marque les différences comme chez les yakuzas. Pour faire plus simple, c'est l'ambiance club sportif. Il y a une verticalité des rapports. Quelle que soit l'engueulade ou la brimade décidée par ton aîné, tu endures, tu te tais. Il y a une bonne raison à ça. Les yakuzas vivent depuis toujours dans un monde déraisonnable. Si le boss dit blanc, même les corbeaux sont blancs. Ouais, c'est le genre de types à qui on a affaire. Donc, nous aussi on doit vivre dans un monde déraisonnable. Sans ça, impossible de comprendre le mode de pensée des truands.

Depuis que son affectation avait été décidée, le lieutenant avait mémorisé l'organigramme des organisations criminelles de Kurehara, ainsi que les fiches signalétiques de leurs principaux dirigeants. Maîtriser l'information, n'était-ce pas ce qu'on attendait d'un membre de la Seconde division ? Il fut pris d'un énorme doute. Mais ne souhaitant pas s’opposer aux méthodes de son supérieur, il garda ses pensées pour lui.

Ce dernier exhala un gros nuage de fumée violette et demanda :

— C’est quoi ton nom ?

Un chef qui oubliait celui de son subordonné ? Le lieutenant feignit le calme.

— Mon nom est Hioka. Shûichi Hioka.

— Shûichi ? (Il fronça les sourcils.) Et ça s’écrit avec quels caractères ?

— Le caractère pour *briller* et le chiffre *un*.

Le commandant se caressa le menton. Et esquissa une sorte de sourire.

— Un bon prénom.

Hioka ne l’aimait guère, le trouvait banal et ne se souvenait pas d’avoir jamais été félicité à son sujet. C’était un peu étrange qu’il plût à Ôgami.

Sans tenir compte du sourire obséquieux qui flottait à présent sur les lèvres de son subalterne, le chef poursuivit son interrogatoire.

— T’as quel âge ?

— Vingt-cinq ans.

— Avant de débarquer à Kurehara Est, t’étais où ?

— Un an dans un poste de police local, et deux dans les forces d’intervention.

Tandis qu’il répondait d’une voix mesurée, son chef s’était plongé dans la contemplation du plafond.

— T’as reçu ton diplôme de la fac. Et tes débuts d’enquêteur, c’est dans la Seconde division. C’est bien ça ?

Il confirma, et pour la première fois, Ôgami

esquissa un sourire. À deux doigts de devenir un rire, il ne laissait pour autant pas transparaître le moindre plaisir. En fait, on pensait plutôt au ricanement d'un comploteur.

— Bon, t'es un peu comme une vierge qui pue la pisse, tu ne sais rien de rien.

Effaré par le choix de vocabulaire, Hioka prit malgré tout sur lui. Son chef écrasa sa Peace dans le cendrier et, d'une seule gorgée, avala le reste de son café glacé. Les glaçons avaient apparemment fondu en vitesse. Quand il se leva, son lieutenant se dépêcha de l'imiter.

— Patron, il doit me rester encore des tickets. Prenez l'addition d'aujourd'hui dessus.

Depuis son coin de comptoir, le propriétaire du café acquiesça de son ton désagréable, puis détacha deux tickets d'un carnet épinglé sur un panneau de liège. Hioka connaissait le système. Un ticket valait quatre cents yens. Et donc, deux tickets faisaient huit cents yens. Juste la somme qui convenait pour un menu de spaghettis à la napolitaine.

Ôgami repoussa son panama vers l'arrière de son crâne, passa son bras autour de l'épaule du lieutenant et l'attira à lui.

— Maintenant que tu travailles sous mes ordres, il y a un lien entre nous. Je vais t'enseigner avec ardeur les lois de la Seconde division.

Hioka s'inquiéta. Rien de ce que faisait son nouveau chef ne correspondait au comportement attendu d'un policier. Où allait-il l'entraîner ? Quel genre d'enquêtes mèneraient-ils ? En sortant du café, le commandant observa un instant les alentours sous la lumière aveuglante.

— Où t'as garé la voiture ?

Hioka fut pris au dépourvu. Juste derrière le café Cosmos se trouvait un parking. Et il venait seulement de s'en apercevoir. La voiture banalisée qu'il avait prise au commissariat, il l'avait garée au parking situé au début de l'arcade commerciale. Cela faisait dix minutes de marche depuis le Cosmos. Le plan gribouillé par Itsuki avait semblé indiquer que le café se trouvait juste à l'entrée de l'arcade. En réalité, il y avait une certaine distance.

Il se prépara à l'inéluctable. Comme pour la saynète de la cigarette, Ôgami lui donnerait une claque pour lui montrer comment on traitait un subordonné balourd faisant crapahuter son supérieur sous un soleil brûlant. Il devait fulminer intérieurement.

— Je suis désolé. Je vais chercher la voiture. Attendez-moi ici.

Il allait se mettre à courir quand Ôgami l'intercepta.

— Bon, ça va le faire, on va marcher, ça nous fera digérer.

Une réaction inattendue. Le lieutenant eut un moment d'hésitation, vite remplacé par un sentiment de soulagement. De cette façon, il éviterait de se retrouver de nouveau trempé de sueur. Finalement, son chef avait tout de même un certain sens de la compassion.

— Compris. Je vous suis.

Hioka se coula donc derrière son supérieur. Il regardait son dos, lorsque le commandant se retourna avec vivacité et le frappa à la tête.

— Qu'est-ce que tu fabriques, crétin ? Tu veux que j'ouvre la marche ?

D'une façon générale, les règles de politesse impliquaient que le supérieur menât tandis que les subordonnés suivaient. Pourquoi diable voulait-il être devancé ?

Il agrippa un Hioka perplexe par les épaules, le fit se déplacer puis, d'une poussée dans le dos, le projeta vers l'avant.

— Dans le monde des truands, les subordonnés sont aux avant-postes. Si des emmerdeurs se pointent et qu'il arrive quelque chose au boss ou à un de ses cadres, c'est le petit doigt qui vole.

Le lieutenant pensa à la métaphore sportive de tout à l'heure. En quelque sorte, il devait faire le balayeur de brume, ce gars chargé d'ouvrir la marche au sumotori s'avançant vers le ring. Et c'était sans doute l'une des lois de la Seconde division dont Ôgami avait parlé. Visiblement, du début à la fin, les règles de politesse de la section s'inspiraient de celles des yakuzas et différaient de celles de la population générale. Ce serait un lourd travail que de retenir tout ça.

— Qu'est-ce que tu fous planté là avec un air idiot. Avance !

Et il le frappa de nouveau à la tête. Sous la force de l'impact, Hioka fut propulsé dans la rue commerçante.

Les honnêtes gens mis à part, il apparut vite qu'Ôgami était largement connu. Les ménagères et les touristes ne s'intéressèrent pas à lui, mais il n'en fut pas de même de ces individus qui se tenaient au périmètre du crime organisé. On croisa des femmes aux cheveux permanentés, qui semblaient appartenir au monde de la nuit, et des jeunes hommes à l'aspect vulgaire qui avaient tout l'air de *chimpira*, ces sous-fifres de la mafia. Lorsque parmi eux, certains repérèrent le commandant, ils ne manquèrent pas de lui décocher des regards respectueux, d'incliner la tête ou de lui faire des courbettes flagorneuses. Quant à Ôgami, il n'hésita pas à leur adresser la parole ou à les saluer de la main.

Il indiqua qu'on quittait la rue principale pour s'engager dans une ruelle. Ils marchèrent encore un instant, puis le chef articula dans son dos :

— Hé, approche-toi un peu.

Se retournant, Hioka le vit prêt à entrer dans un salon de pachinko par une porte arrière.

— On va patrouiller là-dedans ?

Il mémorisa l'enseigne, Pachinko Hinomaru, et suivit Ôgami à l'intérieur. Bien que l'on fût l'après-midi d'un jour de semaine, la salle était pleine. On voyait de-ci de-là les visages sérieux de ceux qui avaient misé l'argent du repas ou l'air évaporé de ceux qui, à l'évidence, étaient venus tuer le temps. Cherchait-on quelqu'un ?

Ôgami passa dans les rangs en scrutant les visages. Une fois au fond de la salle, il pila, puis recula dans l'ombre des machines de jeu.

— Qu'est-ce qui se passe ? chuchota Hioka.

— Tu vois le type là-bas ? Avec les cheveux courts et une chemise rouge au col ouvert ?

Le lieutenant regarda par-dessus l'épaule de son chef et repéra un trentenaire correspondant à la description. Il était assis à la troisième machine en partant du bord de la rangée. Même en cette saison certains n'hésitaient pas à porter des manches longues, mais ce type était clairement dans une situation particulière. Avait-il les bras tatoués ? Ou bien d'abominables marques de seringues ? En tout cas, de son attitude insolente et de son physique suintait un parfum de danger, et on comprenait immédiatement qu'il ne s'agissait pas d'un honnête citoyen. D'après son expression renfrognée, il semblait accumuler les pertes.

— *Cette* chemise rouge ? demanda Hioka pour savoir s'il avait bien isolé la bonne personne.

Ôgami confirma avant d'enchaîner sur une remarque incroyable :

— Va chercher noise à ce type.

Hioka le regarda avec des yeux ronds. Il arrivait souvent que des *chimpira* bourrés provoquent des policiers, mais on n'avait jamais entendu parler de la situation inverse. Le type à la chemise rouge n'était pour le moment qu'un citoyen jouant posément au pachinko. Lui chercher querelle était insensé et complètement contraire aux règles de discipline de la police.

Voyant qu'il faisait de la résistance, Ôgami lui balança son genou dans les fesses.

— Pourquoi tu traînes ? Vas-y.

Le niveau de la voix était contrôlé, mais le ton impérieux ; il ne plaisantait pas. Hioka sut qu'il allait encaisser des coups jusqu'à ce qu'il obéisse. Pour autant, son corps ne parvenait pas à se mouvoir.

Ôgami approcha sa bouche de l'oreille de son lieutenant, toujours immobile. Son ton changea de registre, il devint affectueux.

— C'est bon. Si vous en venez à vous battre, j'interviendrai. Rassure-toi.

C'était bien sûr ? Hioka l'interrogea des yeux. Le

chef hocha la tête avec énergie et lui décocha un grand sourire.

Sans savoir comment déclencher une altercation, le lieutenant s'approcha de Chemise rouge, s'assit sur le siège vacant voisin et sortit un billet de mille yens de son portefeuille. Il commença à jouer.

Par chance ou malchance, une occasion lui fut offerte. Manquant de peu le jackpot, Chemise rouge fit claquer sa langue en signe d'irritation. Il croisa et décroisa ses jambes nerveuses, et ce faisant, heurta le tibia de Hioka.

Au lieu de s'excuser, il se mit à l'injurier :

— Tu prends trop de place, toi. Surveille tes manières.

Venant d'un homme dont on voyait au premier coup d'œil qu'il n'était pas un honnête citoyen, et du point de vue de ses confrères yakuzas, sa façon de parler ne détonnait pas. Mais le lieutenant avait reçu un ordre d'Ôgami. Il se tourna vers le type et le regarda fixement.

— Va te faire foutre. Vire tes jambes de nain de là.

L'expression de Chemise rouge vira. Il leva un sourcil et dévisagea Hioka.

— Ho, tu sais qui t'as en face quand t'ouvres ta grande gueule ?

Le lieutenant réussit à ricaner.

— Un type avec une gueule de raie et des jambes courtes, pourquoi ?

Le gars décolla de sa chaise en poussant un cri, agrippa Hioka par le col et le fit se lever. Les veines saillaient sur son visage.

Mesurant la situation, un employé arriva au pas de course pour les séparer.

— Hé, vous deux, vous troublez les gens qui s'amusent. Du calme.

Malgré ce *vous deux*, il ne s'adressait qu'à Chemise rouge et devait sans doute penser qu'une intervention de la police serait défavorable à son business. Le *chimpira* l'écarta, attrapa de nouveau Hioka par le col et l'entraîna de force vers la sortie. Il était devenu évident qu'une fois la porte franchie, il y aurait de la bagarre.

Hioka chercha son chef du regard. Celui qui lui avait promis son aide en cas de pugilat était calmement en train de jouer sur une machine. Chemise rouge réussit à le traîner jusqu'au parking adjacent au bâtiment.

Il y avait une zone d'ombre entre la palissade et les voitures, et de là on ne voyait pas la route. Le type y amena Hioka, puis lâcha prise. Il se recula afin de créer la distance qui lui convenait, tout en bougeant les épaules et le cou pour relaxer ses muscles.

— T'as pas une tête du coin. Tu viens d'où ?

Il avait baissé la voix, sans doute pour que ce calme le rende encore plus intimidant.

— D'où je viens, on s'en fout. Par contre, je n'ai pas besoin de types qui s'la pètent.

Jusqu'à ce que les intentions d'Ôgami soient connues, il n'y avait pas d'autre choix que de continuer sur la même voie.

— Ah, elle est bonne celle-là. Je m'en vais t'apprendre la politesse, branleur.

Il se lécha les lèvres. Ses commissures retroussées lui donnèrent l'air réjoui.

Le lieutenant évalua la situation. À ce stade, l'échange de coups était inévitable. Le type était un yakuza. Pas question d'y aller mou et déconcentré. Sinon, ça se conclurait par des ennuis et des blessures graves.

Il adopta une posture de garde traditionnelle. Poings serrés, bras gauche en avant, bras droit plié sur le flanc.

— Ah, on a un karatéka, rigola le type.

Hioka avait démarré le karaté au collège et passé son troisième dan à l'université. Dans le style traditionnel *shotokan*, à la différence du *kyokushin*, porter les coups à l'entraînement n'était pas autorisé et la bagarre de rue strictement interdite. Ce qui était assez naturel vu le risque élevé de blesser l'adversaire. Au tribunal, les poings et les pieds des pratiquants d'arts martiaux étaient parfois considérés comme des armes. Il n'avait donc aucune expérience du combat réel.

— Rien qu'à ta garde, on voit que tu t'y crois. En karaté, on fait mumuse avant de commencer. Moi, je vais t'apprendre comment se battent les yakuzas.

À peine avait-il fini sa phrase qu'il s'accroupit, ramassa une poignée de graviers et la jeta au visage de Hioka. Celui-ci ferma les yeux, leva ses deux poings en protection et recula. Mais l'autre lui balança un violent coup de pied à l'abdomen. Sous l'effet de la douleur, les genoux du lieutenant ployèrent. Il fut déséquilibré et son nez entra en contact avec une rotule. Le sang jaillit. Son cerveau vacilla. Il tomba à genoux. Le type l'agrippa par les cheveux et lui laboura le flanc à coups de tibia.

Gravement en manque d'oxygène, Hioka haletait. Dans l'espoir de respirer, il releva la tête un instant. Et encaissa un coup de marteau-pilon en pleine figure. Sa tête partit sur le côté et il s'effondra. Il se retrouva sur le dos, les yeux rivés au ciel. Le paysage tourna comme un manège, puis s'obscurcit et la tête de Chemise rouge apparut à contre-jour, bouche tordue dans un grand sourire.

— Ça a une grande gueule, mais c'est tombé sur un os, c'est bien c'que j'pensais. Bon, ça va pour aujourd'hui, j'te pardonne. Mais avant ça…

Il s'accroupit et tourna Hioka sur le côté comme on le ferait pour un malade alité.

— Y a le coût du nettoyage de mes chaussures.

L'homme se mit à fouiller la poche arrière du pantalon de Hioka à la recherche de son porte-feuille. Mais avant qu'il ait le temps de comprendre ce qui se passait, le corps étendu revint à la vie. La cheville du truand fut agrippée et, avec une force significative, tirée. Il perdit l'équilibre et tomba à la renverse. Le bras droit du lieutenant se transforma en ressort. Il se déplia, le temps que le poing frappe du revers le visage, puis se replia automatiquement. Un *uraken* parfaitement exécuté.

Se relevant aussitôt, Hioka enchaîna par deux coups de pied au creux de l'estomac. L'autre expulsa de l'air et se tordit de douleur. Le lieutenant se dit que, fidèle à l'entraînement *shotokan*, il avait bien utilisé sa hanche et frappé en synchronisant sa respiration.

Semblant au bord de l'asphyxie, Chemise rouge vomit un mélange de bile et de sang. Mains collées aux genoux, il prit plusieurs inspirations laborieuses. L'air passait dans sa trachée en sifflant.

— Enfoiré…

Il s'était déjà redressé. Genoux tremblants, yeux injectés de sang, il s'avança, centimètre par centimètre.

Il avait en main une lame effilée.

— Alors là, je te crève…

Le type avait dégainé sans que Hioka s'en aperçoive. Il jeta le fourreau qu'il avait tenu dans sa paume gauche, enserra des deux mains la poignée de ce qui était en fait une dague et visa le nombril.

Pour la première fois de sa vie, Hioka se dit qu'il pouvait être tué. Ses jambes refusèrent tout mouvement, tétanisées par l'instinct meurtrier qui émanait du corps entier de son adversaire.

Regrettant de n'avoir ni son bâton réglementaire ni son arme de service, il s'apprêta à dévoiler son identité tout en pensant que ça ne suffirait pas à calmer les ardeurs de l'autre.

Il décida de sortir son badge.

— Bon, ça suffit.

La voix venait de retentir dans le parking.

C'était Ôgami.

Qui avançait calmement vers eux.

Le lieutenant fut paralysé par le soulagement. Il allait crier le nom de son chef, mais Chemise rouge réagit le premier.

— Ôgami-san.

Hioka en resta bouche bée.

Cigarette allumée à la bouche, le chef les rejoignait en applaudissant comme pour les féliciter d'avoir mené un beau combat.

— C'est bien, voilà, ça va le faire. On arrête.

Chemise rouge prit une grande inspiration et cracha par terre d'un air boudeur.

— C'est chiant… Juste au bon moment.

Sans tenir compte de ses propos, Ôgami écrasa sa Peace sous sa semelle.

— Ça va ? demanda-t-il à Hioka.

L'obliger à provoquer un yakuza équipé d'une lame, lui demander ensuite gentiment de ses nouvelles, tout ça n'était pas vraiment le problème. Non, *le* problème, c'était sa promesse d'intervenir si ça tournait mal. Le lieutenant émergea de sa sidération et opta pour le sarcasme.

— Ça va à peu près. Grâce à je ne sais pas vraiment qui.

— Bon, pas la peine de se mettre en colère.

L'œil rivé sur Hioka, et tout en riant, Ôgami balança une claque surprise à Chemise rouge.

— Qu'est-ce que t'as fait ?! rugit-il dans la foulée. Hioka, infraction à la législation sur les armes blanches, combien d'années ?

Interdit, le lieutenant lui jeta un regard interrogateur.

— Réveille-toi, crétin, lui ordonna Ôgami. La peine maximale pour ce crime, c'est combien ?

Ah, il s'agissait de la peine légale applicable à ce crime. En un clin d'œil, il se remémora la page de son cours sur les généralités du système pénal à l'université.

— Porter sur soi un outil tranchant pouvant faire office d'arme, c'est une peine d'emprisonnement de deux ans.

Ôgami administra une seconde gifle à Chemise rouge, et cria :

— Coups et blessures ?

Comme le sang a jailli, il s'agit plus probablement de blessure causée à autrui, se dit Hioka avant de répondre à son supérieur.

— Peine maximale de deux ans.

Sous le coup de l'hébétude, Chemise rouge gardait la bouche ouverte. Sa joue servit une nouvelle fois de tambour et rendit un bon son.

— Violence à l'égard d'un fonctionnaire en exercice ?

— Peine maximale de trois ans.

— D'accord. Au total, ça nous fait combien d'années ?

— Au total, on arrive à sept ans.

Ôgami rit en découvrant ses canines.

— En gros, la même chose que la peine minimale pour un meurtre.

Chemise rouge eut un sourire crispé.

— Ôgami-san, c'est quoi cette blague ?

— Nawashiro, personne ne blague ici, répliqua le commandant soudain très sérieux. Dans ta bande, le jeune boss trempe dans les prêts usuraires. Un des employés a disparu, semble-t-il.

Nawashiro était donc le patronyme de Chemise rouge. Ses joues étaient agitées de légers spasmes, qui ne semblaient plus laisser de place au sourire.

— C'est quoi, cette histoire ? Moi, j'sais rien.

Il baissa les yeux et détourna la tête.

Ôgami fléchit le buste afin de pouvoir le regarder par en dessous. Il approcha son visage si près que leurs respirations se confondirent. Nawashiro trouva cela insupportable et recula. Le chef se redressa et ajusta de la main droite son panama qui était de travers.

— C'est bon, ça le fait, on a assez de matière pour aujourd'hui.

Le visage de Nawashiro se détendit ; ses joues cessèrent de trembloter et retrouvèrent quelques couleurs.

— En conséquence… je prends tout ça en dépôt, dit Ôgami en tirant un mouchoir de sa poche.

Il s'en servit pour envelopper la main et la dague. Il tapa ensuite sur l'épaule du yakuza et celui-ci lâcha prise.

— Hioka, cherche le fourreau.

Ce dernier sortit des gants en coton blanc de sa poche tout en inspectant le sol du regard. Le fourreau avait atterri à une dizaine de mètres. Il courut le ramasser et le tendit à son chef, qui le glissa avec la dague dans un sac plastique.

— On a bien sûr tes empreintes dessus.

Il agitait le sac sous le nez du truand en souriant d'un air ravi. Nawashiro s'autorisa un grand soupir et un solennel claquement de langue.

Le lieutenant en conclut que le style du commandant consistait à faire monter la pression pour pouvoir agiter l'arrestation comme une menace. Et il s'était servi de lui pour faire pression sur ce type.

*

Hioka s'agrippait au volant. Alors qu'il allait dépasser la vitesse réglementaire, il fit de violents efforts pour se contenir. Il avait servi d'appât à Ôgami, s'était fait cogner par Chemise rouge et sentait son estomac grignoté par le ressentiment. Indifférent à ses états d'âme, son chef, assis sur le siège passager, fumait tout en chantonnant. Ce ne fut qu'après avoir écrasé sa troisième cigarette dans le cendrier de la voiture qu'il s'adressa à lui.

— Va falloir bientôt être de nouveau de bonne

humeur. Sinon, ça va pas le faire. Avec cette tête-là, tu gâches ton allure de beau gosse.

Le compliment à bas prix ne fit qu'aggraver l'irritation que le lieutenant essayait de contrôler. Il freina violemment à un feu rouge et, pour la première fois depuis qu'ils étaient montés en voiture, ouvrit la bouche.

— C'est vraiment dur à encaisser. Vous avez prétendu que vous alliez intervenir. Mais vous aviez un plan dès le départ.

D'un doigt, Ôgami souleva le bord de son panama.

— Si j'étais intervenu, on n'aurait pas pu faire notre boulot, répliqua-t-il comme s'il énonçait une vérité naturelle.

Hioka serra le volant et riva son regard noir sur le feu rouge.

— C'est bien ça. Vous vous êtes servi de moi comme d'un appât.

— Bah, se contenta de répliquer Ôgami.

Le feu passa au vert. Le lieutenant poussa un soupir et appuya sur l'accélérateur.

— Nawashiro rapporte à Nozaki, le numéro deux du gang Kakomura, reprit Ôgami, toujours vautré dans son siège. Nawashiro a la réputation d'être le plus fort au combat. À mains nues, il n'a guère d'égal.

Le Kakomura était un gang récent. Créé depuis huit ans à Kurehara, il comptait une quarantaine de membres dirigés par Takeshi Kakomura. C'était à l'origine une bande de jeunes têtes brûlées n'ayant rien à voir avec le système hiérarchique des yakuzas. Leur source principale de revenus était le trafic de méthamphétamine et les prêts usuraires. Mais les *pharmaciens* et les *prêteurs* affiliés aux organisations yakuzas implantées de longue date racontaient des tombereaux d'histoires abominables à leur sujet.

Ôgami se redressa sur son siège et s'anima.

— Le Kakomura contrôle une boîte de prêts, Kurehara Finance. Il y a trois mois, leur comptable, Jirô Uesawa, a disparu sans laisser de traces.

Il expliqua que l'officine proposait des prêts à n'importe qui, même à des particuliers déjà très endettés, et sans obligation d'avoir un garant. Les taux étaient bien sûr illégaux : dix pour cent ou trente pour cent tous les dix jours, en fonction du montant et des particularités de l'emprunteur. Si le remboursement tardait à venir, toutes les méthodes étaient bonnes pour obtenir paiement. Les jeunes femmes étaient forcées à se prostituer, les hommes à vendre un organe et on arrachait les dents en or des vieux. Dans le monde du prêt illicite, les hommes du Kakomura avaient la réputation la plus terrifiante.

— Récemment, la sœur d'Uesawa a fait une demande officielle de recherche au commissariat de Kurehara.

Hioka venait enfin de comprendre pourquoi son chef était à la recherche d'informations sur le Kakomura.

— Ah, c'est la raison, dit-il en sentant sa colère se calmer un peu.

— Ça va ? demanda soudain Ôgami avec un air de sollicitude. Avec Nawashiro, vos cinq minutes à croiser le fer ont été remarquables. T'es plutôt fort. T'as fait du karaté ?

On pouvait en déduire qu'il avait suivi la bagarre

dès le début, sinon il aurait été incapable de le deviner.

— J'en ai fait à l'université.

— Quelle université ?

— L'université nationale d'Hiroshima.

Ôgami sembla stupéfait.

— T'as fait l'université d'Hiroshima ?!

Les diplômés d'une université nationale pouvaient passer directement les épreuves d'un examen de la fonction publique leur ouvrant les portes d'une carrière rapide dans la police. Les gens qui comme Hioka avaient passé un examen de second rang en sortie d'université était extrêmement rares.

— Il t'est arrivé une histoire triste et tu t'es retrouvé simple policier, à faire des rondes ?

Les fonctionnaires de carrière démarraient au grade d'inspecteur adjoint, les autres en revanche débutaient comme agents de police de base. Les premiers étaient promus dès la première année, les seconds devaient patienter au moins quatre ans et ne pouvaient espérer devenir inspecteurs adjoints qu'en fin de carrière.

Hioka se gratta la tête.

— Je n'ai pas sérieusement suivi les cours et ils m'ont donné mon diplôme par charité. En fait, je travaillais tous les jours comme barman et je passais mon temps au dojo de l'université pour m'entraîner au karaté. À cette époque-là, l'idée de passer l'examen le plus valorisant ne m'avait pas effleuré.

— Ça, c'est ce que tu me racontes, soupira Ôgami. L'université d'Hiroshima, c'est l'université d'Hiroshima ! Une université nationale publique ! Tu n'aurais eu aucune difficulté à te faire engager dans n'importe quelle grande entreprise. Pourquoi avoir choisi la police ?

Sur ces mots, il s'interrompit. Peut-être venait-il de se rendre compte qu'il était inutile de discuter d'une situation qu'on ne pouvait plus changer.

Tout en conduisant avec prudence, Hioka se lança dans une sorte de litanie.

— Chaque matin se lever à l'heure dite, aller au travail, faire ce qu'on vous dit, puis rentrer à l'heure dite. Au milieu de tout ça, se marier sans raison particulière, avoir des enfants sans raison particulière, avoir les plaisirs et le dur labeur d'une existence ordinaire, vieillir…

Tournant à gauche sur le pont Aioi, il longea la rivière Sakame pour pénétrer dans le centre-ville. Il choisit ses mots avec soin :

— Les gens qui cherchent une vie tranquille de ce genre sont nombreux. Et pour ce faire, ils étudient dur, intègrent une bonne université, en sortent avec d'excellentes notes et entrent dans une grande entreprise. Mais moi, ça ne me plaisait pas. Je pensais qu'avoir tous les détails de ma vie future déterminés dès le départ était ennuyeux. C'est pour cette raison que j'ai choisi la police.

Le commandant écoutait tout en s'éventant avec son panama. À la fin de la tirade, il remit son chapeau et dit avec une petite grimace :

— Voilà quelqu'un d'étrange.

Mais sa voix trahissait sa bonne humeur.

Obéissant aux instructions de son chef, le lieutenant gara la voiture sur le bas-côté. Abaissant la vitre, il se pencha pour mieux observer la maison devant laquelle ils se trouvaient. Elle s'insérait dans une rangée de vieilles demeures dominant le port de Kurehara ; celles-ci, malgré l'accumulation des années, ne dégageaient aucune mélancolie particulière. C'était certainement dû à la clarté particulière du ciel de la Mer intérieure, mais aussi à l'état soigné tant des bâtiments que des jardins.

La demeure de style japonais traditionnel qui attirait son regard était de taille imposante, constituée de deux bâtiments accolés, et entourée d'un muret blanc surmonté de tuiles. À travers les claires-voies du volumineux portail coulissant, on discernait des pins à la silhouette harmonieuse, des bambous et d'autres végétaux inconnus. Ôgami descendit le premier de voiture.

— Alors, tu sors, oui ou non ? s'énerva-t-il.

Quelques grandes enjambées et il sonnait déjà à l'interphone encastré dans un pilier surplombé par deux caméras de sécurité. Hioka en repéra d'autres fixées dans les arbres, tous les quatre ou cinq mètres. Aucun doute, les visiteurs étaient observés depuis l'intérieur. La voix masculine, qui résonna immédiatement dans l'interphone, en fut une preuve.

— J'arrive tout de suite.

Un jeune homme au crâne rasé émergea des profondeurs de la propriété au pas de course, les pans de sa chemise blanche flottant dans l'air. Il commença à décadenasser le portail puis, apercevant à travers les claires-voies Hioka derrière Ôgami, s'immobilisa. Sourcils froncés, il dévisagea ce visiteur qu'il voyait pour la première fois. Désignant son subordonné d'un doigt nonchalant par-dessus son épaule, Ôgami expliqua qu'il l'accompagnait. Le jeune garda un air méfiant, mais ouvrit sans plus attendre. Ils s'avancèrent vers la maison à ses côtés ; il avait adopté une posture déférente, tête inclinée et corps légèrement penché vers l'avant. Regardant autour de lui, Hioka se remémora la résidence princière d'une vieille famille noble qu'il avait vue autrefois lors d'une occasion particulière.

Le sentier de graviers était ponctué de pas taillés dans le granit. Il y avait des rochers décoratifs, de belles lanternes de pierre et un étang à lotus abritant des carpes colorées.

Le premier bâtiment, de plain-pied, était doté d'un toit imposant ; son style évoquait un hall de réunion plutôt qu'un domicile privé. Au-delà, se trouvait une bâtisse à un étage, qui était sans nul doute une maison d'habitation ; les fenêtres étaient ornées de *shôji*[1] au style raffiné.

Ôgami semblait familier des lieux ; il fit coulisser la porte du bâtiment de plain-pied. L'aménagement était celui d'une agence ou d'une étude, le volume celui d'une salle de classe. Un sol parqueté, et en forme de U, enserrait un espace de terre battue où ne se trouvait qu'un bureau équipé d'un téléphone noir au design inhabituel. La zone parquetée était meublée de fauteuils et de canapés destinés aux visiteurs. Sur une poutre, on avait disposé un petit autel flanqué de lanternes de papier portant le sceau du gang Odani. Hioka savait que l'organisation, fondée juste après la guerre, était très respectée dans le monde des paris illégaux.

— Vous fiez pas à son air morose, c'est un petit

1. Cloison ou fenêtre coulissante, constituée de papier translucide appliqué sur un quadrillage de bois.

gars très bien, ça va le faire ! lança Ôgami sans autre forme de salutations.

Son audience se composait de trois hommes entre vingt et vingt-cinq ans ; même le doyen semblait plus jeune que Hioka. Le type en polo de sport jusque-là assis derrière le bureau se précipita vers Ôgami.

— Merci d'avoir pris la peine de venir. Je vous fais servir un thé glacé. Donnez-vous la peine d'entrer.

Le commandant enleva ses chaussures et s'avança sur le parquet.

— Ichinose est là ?

— Le numéro deux est à l'intérieur, je l'appelle.

Il eut un mouvement de menton à l'intention du jeune tondu, qui se leva d'un bond, enfila précipitamment des chaussons et disparut dans le bâtiment.

Invité par le commandant, le lieutenant se déchaussa à son tour et le rejoignit dans l'espace réservé aux invités. Ôgami s'installa dans un canapé à deux places tandis qu'un jeune teint en blond et coiffé comme Travolta dans *Grease* apportait du thé à l'orge sur un plateau. Hioka prit une tasse et la déposa gauchement devant son chef. Celui-ci s'adressa au jeune gominé.

— C'est Takashi, ton prénom ?

— Euh, oui.

Baissant la tête, il prit un air méfiant.

— Je l'ai appris de la mama-san de chez Riko, rue Akaishi. Elle m'a parlé d'un junior de l'Odani, un certain Takashi, à la peau blanche, plutôt beau gosse, avec une coiffure en cul de canard. Si je comprends bien, le soir venu, tu fais du bon travail.

Le sourire du chef était un peu vulgaire. Le jeune

piqua un fard et haussa les épaules. Ôgami partit d'un rire franc.

— Tu ne le sais peut-être pas, continua-t-il, mais les deux derniers propriétaires du Riko étaient si occupés la nuit avec elle qu'ils en sont morts. Fais attention à ne pas connaître le même destin…

L'autre en eut le souffle coupé et sa pomme d'Adam fit un soubresaut.

— Cette histoire, c'est vrai ?

— Qu'ils sont morts tous les deux, ça, c'est certain.

— Ah…

Cherchant à se rassurer, le jeune gominé jeta un coup d'œil vers ses collègues.

Dans son dos, une voix trancha le silence.

— C'est un apprenti qui vient juste de nous rejoindre, ne me le traumatise pas.

L'homme qui venait de parler se tenait devant une porte coulissante au fond de la pièce. Les cheveux en brosse, il portait une chemise blanche et un costume de lin gris avec, au revers, l'insigne de son organisation. Il s'agissait de Moritaka Ichinose, le successeur désigné du boss actuel. Hioka avait vu sa photo sur une fiche.

— Tu as pris ton temps, Moritaka. Je l'ai tué en plaisantant un peu avec les jeunes.

— Une mauvaise habitude, sans aucun doute, lâcha Ichinose avec un grand sourire.

Il s'assit face à lui dans l'autre canapé.

Le calme émanant de sa personne semblait a priori coïncider avec la plénitude de la quarantaine, mais la musculature puissante que laissaient deviner ses vêtements, ses sourcils épais et son regard débordant de vitalité révélaient plutôt un homme vers la fin de la trentaine. Ce qui était jeune pour succéder bientôt à un boss yakuza.

Ôgami but une gorgée de thé, puis sortit une Peace du paquet glissé dans sa veste. Hioka fit vite émerger de son pantalon la boîte d'allumettes du café Cosmos.

— C'est qui ? demanda Ichinose avec un regard évaluateur.

— Hioka. Qui vient de nous rejoindre. Cette jeune pousse de riz a été nommée lieutenant. Il a sa licence, tu sais, Moritaka. Il sort de l'université d'Hiroshima.

Sous l'effet de la surprise, Ichinose resta bouche bée.

— Bref, encore un *képi*, finit-il par dire.

— Quand je suis là, je ne veux pas entendre ce mot, lâcha Ôgami avec un sourire crispé et une pointe d'énervement.

Ichinose se gratta la tête pour cacher son embarras.

— Désolé.

Hioka se dit que leur relation évoquait celle d'un maître et de son disciple s'ouvrant mutuellement leur cœur en toute confiance. Une situation inédite puisque policiers et yakuzas étaient censés être ennemis. C'était probablement là qu'il fallait chercher l'origine des rumeurs accusant Ôgami de collusion avec les groupes violents.

Celui-ci décrivit, avec maints embellissements, le parcours de son subordonné et son entrée dans la police.

— Il avait des offres des grandes entreprises

privées. Il aurait pu aussi faire une carrière de haut fonctionnaire. Eh bien, il a préféré venir chez nous.

— Voilà qui est admirable, dit Ichinose avec une empathie manifeste. C'est ce qui s'appelle avoir la foi.

Ne pouvant supporter davantage ces exagérations, Hioka agita les mains devant son visage dans une mimique de dénégation et interrompit la conversation.

— Ce n'est pas vraiment ça. En fait, je suis rentré sur un coup de chance à l'université et je n'ai jamais passé les examens pour la haute fonction publique.

Ôgami continua malgré tout avec emphase.

— Même avec un coup de chance, l'université d'Hiroshima, c'est l'université d'Hiroshima. Ce n'est pas rien. En plus, Hioka vient de se débarrasser en cinq minutes de Nawashiro du Kakomura. En combat, il assure aussi.

— *Ce* Nawashiro ? s'étonna Ichinose.

— Ouais. Hioka est à peu près au niveau que j'avais quand j'étais jeune. Mais il ne rivalise probablement pas avec toi, Moritaka.

— S'il est au même niveau que toi, je ne pourrai pas rivaliser.

— Ah ouais, ça c'est bien possible !

Et tous deux partirent d'un énorme éclat de rire. Ne sachant trop où se mettre, le lieutenant rentra la tête dans les épaules.

— Au fait, dit Ôgami, soudain sérieux. Pour Odani, c'est bientôt ?

— Grâces soient rendues, il sera de retour dans le monde des vivants cet automne, je pense.

Ichinose inclina la tête d'une façon respectueuse.

Kenji Odani, soixante-huit ans, grand patron du gang Odani, purgeait une peine à la prison de Tottori après une condamnation pour incitation au meurtre et complicité. Il avait été identifié comme le commanditaire principal de l'assassinat du patron du gang Yokota. Clamant son innocence, Odani avait multiplié les recours judiciaires, mais sa peine de huit ans de réclusion avait été confirmée par la plus haute juridiction.

Ayant lu le dossier, Hioka en connaissait les grandes lignes. Tout avait démarré par l'assassinat du dirigeant de l'Umehara affilié à l'Akashi. Le tueur était un sous-fifre du Yokota, gang en lutte avec l'Umehara pour le contrôle d'une ville. En représailles, l'Akashi avait pris la direction de l'Umehara et monté une équipe pour éliminer le dirigeant du Yokota.

Parmi les tueurs, se trouvait un homme exclu trois ans auparavant du gang Odani pour actes contraires à la Voie de l'honneur, le code yakuza. Arrêté, il avait lâché le nom d'Odani, qui, bien qu'innocent, avait été arrêté et condamné.

Avec une cinquantaine de membres, l'Odani était de petite taille, mais le nom de Kenji Odani résonnait comme le tonnerre dans le Japon des gangs.

À Kurehara, la construction navale était en expansion et l'activité portuaire occupait de nombreux travailleurs. Les paris clandestins, largement dominés par l'Odani, florissaient depuis toujours. Il était arrivé que les tripots du gang rapportent trois cents millions de yens en un seul soir. Et la fois où un joueur avait parié la somme extraordinaire de cent millions de yens, les organisateurs n'avaient pas flanché et avaient courageusement suivi la mise. Ces exploits étaient restés dans les annales. Mais la raison principale pour laquelle de nombreux chefs de gangs reconnaissaient une supériorité à Odani tenait à ses manières et notamment à son sang-froid. Qu'il gagne ou qu'il perde, on ne lui voyait jamais le moindre mouvement de sourcils. L'un des traits les plus marquants de sa personnalité était son insistance à ce que les choses soient faites selon les règles. Confronté à une demande déraisonnable, même provenant d'un boss important, même au péril de sa vie, il ne cédait jamais.

« C'est un homme de tradition », avait résumé un vétéran de la police régionale lorsque Hioka l'avait questionné à son sujet.

— Qu'est-ce qui se passe avec l'Irako, ces derniers temps ? demanda Ôgami.

Il glissa une cigarette entre ses lèvres, puis approcha son visage de Hioka, qui fit rapidement craquer une allumette.

— En utilisant le Kakomura, ils continuent à tourner autour de notre territoire.

Ichinose avait exprimé son irritation avec un claquement de langue.

— J'imagine que la sortie prochaine d'Odani-san doit mettre les gars de l'Irako sur les nerfs, répliqua Ôgami en faisant tomber la cendre de sa Peace dans le cendrier en faïence.

L'Irako, comme l'Odani, était implanté de longue date à Kurehara. Avec une centaine de membres, c'était le plus grand gang de la ville. Par le passé, les deux groupes yakuzas s'étaient souvent affrontés pour le contrôle du port et des cargaisons. Cette longue querelle s'était officiellement terminée treize ans auparavant, dans le sillage de la fin de la troisième guerre des gangs à Hiroshima. En réalité, elle couvait toujours comme des braises sous la cendre.

— Tous ceux du Kakomura sont des crétins qui ne connaissent ni la voie ni les règles, lâcha Ichinose. Leur boss a fait allégeance au second en commande de l'Irako, Asanuma, avec qui il avait déjà des liens d'amitié. Le Kakomura est sous la coupe de l'Irako. Tu as entendu parler de cette affaire glauque à propos de Kurehara Finance. Ces types s'en sont probablement pris à un civil.

— Tu parles de la disparition du comptable Uesawa ? La rumeur dit qu'il s'est trouvé embarqué dans une affaire trouble et qu'il a été traqué par le Kakomura.

— À mon avis, ce n'est pas seulement une rumeur. Je pense que c'est ce qui s'est passé. D'après un de mes juniors, des gars du Kakomura ont fouillé énergiquement le domicile du comptable. Le Kakomura est impliqué dans sa disparition.

— En fait, quand on a eu vent de la rumeur, on a fait une enquête discrète. Toutes les affaires d'Uesawa sont restées dans son appartement. S'il s'était barré, il aurait forcément emporté quelque chose. De plus, s'il s'agissait d'un cas ordinaire, on aurait récupéré quelques fuites en provenance du Kakomura. Mais cette fois-ci, aucune info n'a filtré. (Il se rapprocha d'Ichinose et murmura :) Ça pue.

— C'est clair, acquiesça Ichinose à voix basse.

Ôgami finit son thé à l'orge, se leva et s'étira. Son lieutenant se dépêcha de l'imiter.

Bâillant à moitié, le commandant demanda :

— Moritaka, tu as un peu de temps ? (Ichinose acquiesça.) Bien, allons boire un coup pour fêter l'arrivée de Hioka.

Ce dernier se demanda s'il était convenable pour un policier d'aller au bar avec un yakuza. Sans tenir compte de son expression, son chef lui asséna une grande claque dans le dos.

— Je vous accompagne avec plaisir, répliqua Ichinose.

Le lieutenant les observa avec étonnement. Policier et yakuza souriaient tous deux d'un air satisfait.

*

L'endroit choisi par Ôgami se trouvait dans un quartier animé, à dix minutes de voiture de la gare. Tous les immeubles de l'artère principale abritaient des *izakaya*[1] ou des salons de karaoké. En empruntant une allée latérale, on débouchait dans un enchevêtrement de rues glissant vers la rivière, et en marchant encore un peu, on rejoignait une ruelle au fond de laquelle se nichait un établissement ne figurant dans aucun guide touristique. L'enseigne annonçait Les Petits Plats de Shino, et la façade évoquait une ancienne maison de thé, un endroit hors du temps. Hioka pensa que l'intérieur petit et étroit n'était guère plus spacieux que le lit d'une anguille. Au rez-de-chaussée, on avait un comptoir avec quatre tabourets, et au premier, deux minuscules pièces tatamis. Ôgami avait réservé la quasi-totalité des tabourets en l'honneur de Hioka. Ce dernier

1. Version japonaise du bistrot.

voulut choisir la place la moins prestigieuse, près de la porte, mais son chef lui ordonna de s'asseoir au milieu. Une tradition pour l'invité d'honneur.

Ils trinquèrent d'abord à la bière, puis passèrent au saké froid. Lors du pugilat avec Nawashiro, Hioka s'était blessé l'intérieur de la bouche et une douleur aussi aiguë que persistante lui travaillait le flanc, mais au fur et à mesure que l'alcool opérait, il oublia son corps malmené. L'ivresse faisait office d'anesthésiant.

En moins d'une heure, ils descendirent deux litres de saké à trois.

Lorsque le lieutenant décrivit les raisons qui l'avaient amené à entrer dans la police, la patronne du bar, Akiko, sourit tout en réarrangeant l'avant de son kimono.

— Devenir policier en sortant de l'université d'Hiroshima, c'est inhabituel. Vos parents devaient sûrement y être opposés.

Hioka expliqua que son père était un employé modeste et que sa mère travaillait au marché aux poissons. Son frère, de cinq ans son aîné, avait un poste à la mairie et s'était marié l'an passé. La maison natale d'Hiroshima abritait donc quatre personnes et la famille devait s'agrandir l'année suivante.

— Mon frère a un sens inné des responsabilités et de la piété filiale. Depuis toujours, les espérances de mes parents se sont reportées sur lui. En tant que cadet, mon éducation a été plus libre. Ou, pour le dire autrement, j'ai été négligé. Bref, quand j'ai annoncé à mes parents ma décision de rejoindre la police à la sortie de l'université, je n'ai pas eu à encaisser une grosse opposition.

Il baissa les yeux vers sa coupe de saké. C'était

seulement maintenant qu'il réalisait que son attitude avait contrarié sa famille. Après son admission à l'université, ses parents, qui jusqu'alors n'avait jamais commenté son parcours scolaire, s'étaient mis à évoquer la possibilité de son embauche dans une entreprise prestigieuse. Il s'était refusé à se conformer à leurs attentes. « Je ne suis pas mon frère, je suis moi », s'était-il dit. Contrairement à l'aîné de la famille, il avait refusé les règles de vie édictées par ses parents. Et il était donc devenu policier.

En suivant les cours et les entraînements de l'école de police, ses sentiments avaient évolué. Il avait pris conscience de l'importance de protéger les citoyens et son sens de la mission s'était fortement développé. Une fois son diplôme en poche, il avait été convaincu d'avoir trouvé sa vocation.

— Bon, assez parlé de moi, dit-il.

Ôgami délaissa le sujet du parcours académique pour passer à celui de la bagarre avec Nawashiro. Décrivant la scène avec force gestes, il en fit un spectacle amusant, encouragé à intervalles réguliers par les interventions d'Ichinose.

La narration terminée, Akiko déposa quelques en-cas devant Hioka.

— Aujourd'hui, les jeunes cherchent tous des emplois faciles, où il ne faut pas se salir les mains, et qui payent bien. Hioka est vraiment un cas spécial.

Ôgami l'interrompit d'une voix qui commençait à être pâteuse.

— Spécial, c'est pas le bon mot. Hioka, c'est un jeune qui a de l'avenir, voilà ce qu'il faut dire.

— Oui, oui. Il a un futur. Ce n'est pas comme toi.

Et elle éclata de rire.

— C'est crétin de dire ça. Moi, j'suis pas comme lui. Hioka, c'est un p'tit gars qui sort de l'université d'Hiroshima.

— Oui, oui. Tu as raison, répliqua-t-elle d'un air peu convaincu tout en versant du saké à Ichinose.

— Compris, bon, ça va, grommela Ôgami en se resservant lui-même à boire.

Réprimant un sourire, Ichinose se pencha vers le lieutenant et lui murmura à l'oreille :

— Ôgami semble faire grand cas de vous.

Étonné, Hioka répondit à voix basse :

— Ah bon, mais depuis ce matin, il ne fait que me critiquer.

Ayant capté leur conversation, Akiko se pencha au-dessus de son comptoir.

— Ôgami n'amène ici que les gens qu'il apprécie. Ses adjoints précédents, je n'ai jamais vu le bout de leur nez.

Le lieutenant éprouva un étrange sentiment. C'était bien la première fois de sa vie que quelqu'un l'appréciait dès le premier jour. Et c'était justement cette soudaineté qui rendait le tout difficile à croire.

— Qu'est-ce que vous baragouinez ? demanda Ôgami en agitant le cruchon à saké qui était vide.

— Rien de spécial, de vieilles histoires du passé, répondit Ichinose avec un air innocent.

— De vieilles histoires du passé ? C'est quoi, ce truc ?

— Rien d'important, répliqua Akiko en posant un nouveau cruchon devant lui.

Tout en débarrassant celui qui était vide, elle fit mine d'avoir repéré un détail soudain et inattendu.

Portant sa main à sa bouche, elle scruta les visages du commandant et de son lieutenant.

— Ah, comme c'est bizarre. Hioka ressemble beaucoup à Ôgami quand il était jeune.

Elle jeta un regard à Ichinose pour gagner son soutien. Celui-ci s'inclina pour observer mieux Hioka et prit un air surpris.

— Maintenant que tu le dis… Il y a quelque chose dans le regard.

— N'est-ce pas ! s'écria Akiko. (Prenant le ton d'une enfant en quête d'assentiment, elle secoua Ôgami par l'épaule.) Hé, tu en penses quoi ?

Celui-ci fixait le vide d'un air maussade.

— Arrête avec tes blagues. Il me ressemble ? Tu parles. Quand j'étais jeune, j'étais bien plus beau.

Akiko secoua la tête d'un air insatisfait.

— Ah bon ? Moi, je pense que Hioka est plus beau.

Ce dernier posa la question qui le démangeait depuis un certain temps.

— Tous les deux, ça fait longtemps que vous vous connaissez ?

— Voyons voir, dit-elle, le regard au loin. Je devais avoir vingt ans. Donc, c'était il y a à peu près cinq ans…

Ôgami en cracha son alcool.

— Dis pas de bêtises, à quoi t'essaies de nous faire croire !

Elle gloussa tout en préparant de nouveaux en-cas.

En fait, Hioka apprendrait un peu plus tard qu'Akiko avait quarante-cinq ans et connaissait Ôgami depuis un quart de siècle.

Le chef se leva et annonça qu'il allait se laver les mains.

Akiko finit son saké en dissimulant avec élégance sa bouche derrière sa main. Hioka la resservit.

— Quel est ton prénom ? demanda-t-elle en le servant à son tour.

— Shûichi. Le caractère pour *briller* et le chiffre *un*.

C'était la deuxième fois qu'il faisait cette réponse dans la même journée.

Akiko et Ichinose s'étaient figés. Ils le regardaient tous deux en silence comme s'il venait de leur faire une révélation. Enfin, Akiko sembla revenir à elle-même et reprit la conversation d'un air dégagé.

— Ah, c'est un beau prénom. N'est-ce pas, Moritaka ?

Elle cherchait son approbation avec une certaine insistance. Il opina.

— Oui, c'est un beau prénom.

Voilà qui était étrange. Ôgami lui aussi l'avait complimenté à ce sujet. Difficile de comprendre pourquoi, en quelques heures à peine, trois personnes s'accordaient à trouver à ce prénom banal un charme particulier.

Ôgami revint des toilettes en chantonnant. Il semblait de bonne humeur.

— Bien. Moritaka, ce soir, on boit jusqu'à ce qu'on ne puisse plus tenir debout.

Ichinose leva sa coupe bien haut.

— Entendu. Je serai votre compagnon jusqu'à la fin.

Hioka leva un œil flou vers la pendule fixée au pilier.

On allait bientôt changer de date.

Ça avait été une longue journée. Et elle n'était pas terminée.

2

Journal
20 juin 1988,

11h00, au commissariat de Kurehara Est, réunion de l'équipe d'Ôgami. Keiji Tomotake, directeur de la Section de lutte contre le crime organisé, nous donne ses directives au sujet de la disparition de Jirô Uesawa, comptable de Kurehara Finance, société contrôlée par le Kakomura.
14h00, au commissariat, nous recueillons la déposition de Junko Uesawa, sœur du comptable.
17h00, nous planquons devant chez Kubo, membre du Kakomura.
[redacted]
19h00, arrestation de Kubo pour infraction à la législation sur les stupéfiants (possession).
[redacted]
21h00, interrogatoire de Kubo.
[redacted]

Hioka parcourait des dossiers classés quand quelqu'un ouvrit rageusement la porte. Il releva la tête en même temps que ses collègues. Sourcils froncés, yeux injectés de sang sous son fidèle panama, cure-dent coincé entre des lèvres maussades, Ôgami se trouvait sur le seuil. Les « bonjour » auraient dû fuser mais, comme pour se protéger d'une malédiction divine, les hommes de la Seconde division rentrèrent la tête dans les épaules et se plongèrent dans la contemplation de leurs bureaux. Le lieutenant excepté.

Ôgami laissa la porte grande ouverte, traversa la pièce en diagonale et en silence, fit racler sa chaise sur le sol. Hioka, qui avait eu le temps de jauger en douce la réaction du directeur Tomotake, salua son commandant d'un hochement de tête au moment même où celui-ci s'asseyait. Ne montrant aucun signe de reconnaissance, Ôgami cracha son cure-dent dans son cendrier.

Le bureau d'une soixantaine de mètres carrés était divisé en deux îlots, territoires respectifs de la Section du crime organisé et de celle du crime en col blanc ; Tomotake commandait la première, Sasaya la seconde. Le crime organisé mobilisait deux équipes de cinq enquêteurs chacune ; l'une était dirigée par Ôgami et l'autre par Hideo Doi ; le crime en col blanc était l'affaire d'une seule équipe de six.

En comptant le grand chef, Masanari Itsuki, directeur de la Seconde division, et qui avait installé son bureau au fond de la salle pour embrasser du regard l'ensemble de ses subordonnés, on arrivait à vingt-deux personnes, dont treize pour le crime organisé. Un effectif important pour un commissariat de taille moyenne.

— Ôgami, tu as bu jusqu'à quelle heure ? demanda Tomotake. Permets-moi de te dire que tu sens l'alcool jusqu'ici.

Son ton véhiculait un mélange d'exaspération et de résignation, mais restait respectueux malgré tout. Tomotake était certes le supérieur d'Ôgami mais il avait trois années de moins que lui et lui reconnaissait comme tout un chacun une forte aptitude à obtenir du résultat. Sasaya était le junior du commandant de cinq ans et également une recrue récente, il était donc lui aussi déférent à son égard. Seul Itsuki, plus âgé qu'Ôgami, lui parlait sans précautions particulières.

Ce dernier inclina sa chaise en arrière et ôta son panama.

— Jusque vers 5 heures du matin, je crois bien.

Une voix éraillée typique d'un lendemain de cuite. Tomotake agita sa main devant son visage, faisant mine d'écarter les vapeurs alcooliques.

— Comment arrives-tu à boire autant ?

Le directeur n'avait aucun goût pour l'alcool ; lors du pot de bienvenue organisé pour Hioka, il avait à peine trempé ses lèvres dans son saké.

— Crois-moi, c'était pas pour m'amuser.

Ôgami se redressa sur sa chaise et pêcha une Peace sans filtre dans la réserve de son tiroir. Son lieutenant se précipita pour l'allumer avec le briquet à cent yens qu'il avait acheté pour l'occasion.

Son chef inspira une grande bouffée, exhala un nuage de fumée et s'adressa à Tomotake, assis dans son dos.

— Et ça, je pense qu'en tant que chef de la Section, tu le sais déjà. Mais bon.

L'autre préféra rester coi et se replonger dans la lecture de ses documents.

Hioka alla au coin-cuisine préparer un café à

Ôgami. Son arrivée au commissariat datait d'une semaine, mais c'était la première fois qu'il voyait son chef au bureau le matin. Son rituel consistait plutôt à dormir tard avant de se rendre au café Cosmos où, quelle que fût l'heure, on lui servait toujours son petit déjeuner. Il était d'ailleurs arrivé deux fois au lieutenant de devoir quitter le commissariat pour filer partager avec lui ce snack matinal au Cosmos. Alors que l'horaire de travail standard était 8 h - 17 h 15, l'apparition d'Ôgami au commissariat s'envisageait rarement avant 13 heures.

À l'exception des jours de garde, Hioka démarrait quant à lui à 7 heures ; comme tous les novices au bas de l'échelle, il devait effectuer des tâches spéciales dès son arrivée. Dépoussiérer le bureau des collègues, faire bouillir l'eau, préparer les boissons favorites des uns et des autres. Le plus difficile était de mémoriser les préférences de chacun. Thé ou café ? À quelle température ? Avec ou sans sucre ? Avec ou sans lait ? Ce n'était pas une complète nouveauté ; lorsqu'il était à l'école de police, il avait dû jouer au barman dès son premier stage.

Au sein de la Seconde division du commissariat de Kurehara Est, le système en vigueur était généralement celui de la claque vigoureuse sur le sommet du crâne. Si on se trompait de tasse ou de quantité de sucre, on récoltait un coup. Ôgami buvait son café sucré mais sans lait, et sa dose de café instantané était d'une demi-cuillérée. Un jour, Hioka lui avait servi par erreur un café au lait. Ôgami avait pointé ses propres biceps avant de lui imposer des deux poings une vigoureuse friction du cuir chevelu, et il avait ajouté : « Pour un inspecteur, le muscle est important, mais l'usage de sa tête l'est encore plus. » Le lieutenant avait vite compris qu'exercer sa mémoire était vital. Pour pouvoir arrêter un suspect, il fallait connaître ses traits, sa taille, ses lieux favoris, ses préférences culinaires, ses passe-temps, son type de femme et ses penchants sexuels. Et mémoriser toute cette information était indispensable.

En fait, Ôgami aurait eu plus à dire encore au sujet de l'information ; Hioka devinait que de son point de vue, la capacité à écrire des rapports comptait autant que de mémoriser les faits. En dehors de son enquête, un policier passait le plus clair de son temps à rédiger des documents ; envoyer quelqu'un au tribunal impliquait de documenter méticuleusement les étapes préalables. Jusqu'à présent, son expérience se limitait aux rapports sur des vols ou des infractions au code de la route. Sa formation d'inspecteur l'avait préparé à la rédaction d'une demande de mandat d'arrestation ou d'un rapport d'audition de témoin, mais il n'avait jamais rédigé de tels documents en situation.

C'était ce besoin de s'améliorer qui le poussait à arriver très tôt chaque matin ; il voulait avoir le temps de lire les rapports des enquêtes passées et de prendre des notes. Cet apprentissage était un aspect important de son quotidien.

Il vérifia l'heure. Déjà 10 h 50. Il n'avait pu étudier qu'un tiers de ce qu'il avait sélectionné. Normalement, il pouvait consacrer sa matinée aux rapports d'enquêtes, mais aujourd'hui une réunion était prévue à 11 heures.

Il replaça le dossier sur l'étagère. Il devait préparer les boissons pour la réunion, et fit le tour des bureaux pour ramasser les tasses de l'équipe.

Il nota le sourire sans conviction de Doi, quand celui-ci s'adressa à Ôgami.

— Indépendamment de la quantité de travail, inutile de bosser le dimanche. Quoi qu'on fasse, ils nous forceront à travailler jusqu'à la mort. C'est bientôt le mois spécial.

Ôgami eut une moue désabusée et acquiesça en hochant la tête.

Le mois spécial était celui où la hiérarchie exigeait une augmentation du nombre des arrestations. Cela arrivait chaque printemps et chaque automne, mais le directeur de la police préfectorale s'octroyait le droit d'en rajouter à l'improviste afin de pouvoir communiquer aux médias des chiffres valorisants.

Itsuki s'était d'ailleurs absenté du bureau pour assister à une réunion sur le renforcement, le mois prochain, des arrestations pour détention d'armes à feu. L'ex-commissaire venait d'être remplacé par un jeune officier. Dans pareil cas, il était d'usage que le fonctionnaire sur le départ fasse une fleur à son successeur en mettant la pédale douce sur les arrestations pour sa dernière année, le but étant de permettre une augmentation l'année suivante. Mais sans que l'on sache ce qui lui était passé par la tête, le commissaire avait pressuré ses hommes et pris sa retraite en laissant derrière lui un chiffre d'arrestations record. En conséquence, le nouveau venu avait pris d'emblée en grippe l'ensemble du commissariat, et décidé que le nouveau standard de référence de l'activité serait le record historique établi cette année-là.

Hioka termina sa tournée de ramassage de la vaisselle par le bureau de Tomotake. Celui-ci posa sa tasse sur le plateau et engloba l'équipe du regard.

— Bon, c'est bientôt l'heure.

Il était 10 h 55.

Le lieutenant se hâta vers le coin-cuisine.

Un grognement le fit se retourner. Ôgami s'autorisait un énorme bâillement et venait de se lever de sa chaise.

*

Dans la salle de réunion du bout du couloir, les tables avaient été alignées en U. Tomotake et Ôgami s'étaient installés au centre ; ils étaient entourés par leurs cinq équipiers dont Hioka, qui avait fini sa distribution de boissons.

— Vous le savez déjà, cette réunion concerne la disparition du comptable de Kurehara Finance, commença Tomotake. Vous connaissez les préludes de l'affaire.

Tous hochèrent la tête.

En avril dernier, à Hiroshima, deux membres du Kakomura avaient agressé un employé d'une agence de caisse d'épargne locale. Le forçant à les suivre, ils l'avaient frappé au ventre quand il avait voulu leur échapper. Alerté par des témoins, un policier avait amené le trio au poste.

L'employé connaissait Uesawa du temps où ils travaillaient dans la même agence ; les collègues avaient même voyagé ensemble. À la suite d'un scandale, Uesawa avait été renvoyé. Les deux hommes s'étaient perdus de vue, mais avaient continué à échanger des cartes de vœux. Les agresseurs avaient agité ces cartes sous le nez de leur victime et exigé l'adresse d'Uesawa. C'était lorsque l'homme avait juré ne rien savoir qu'ils l'avaient roué de coups.

Les yakuzas avaient contredit son témoignage, mais pour la police il était clair que le Kakomura cherchait désespérément Uesawa. La question était de savoir pourquoi.

Célibataire, trente-trois ans, enregistré à la mairie d'Hiroshima mais domicilié à Kurehara, Uesawa travaillait depuis un an pour Kurehara Finance lorsqu'il avait disparu sans laisser de traces. Présidée par un homme de paille, c'était une officine du Kakomura. Cela laissait envisager un enlèvement, mais en l'absence de demande de la part de la famille, on n'avait pas écarté la possibilité que le comptable ait organisé sa propre disparition.

L'affaire n'avait évolué que dix jours auparavant, lorsque la sœur d'Uesawa avait déposé une demande pour disparition inquiétante. En froid avec lui depuis un an, elle avait tenté de le joindre après le décès d'un oncle, mais ses appels répétés avaient été vains. La date des funérailles approchant, elle s'était fait ouvrir son appartement et avait découvert un mobilier couvert de poussière. Le loyer était prélevé automatiquement, mais le propriétaire n'avait pas vu Uesawa depuis plusieurs mois. Lorsqu'elle avait téléphoné à ses employeurs, on lui avait annoncé de façon peu aimable que le comptable avait été licencié fin mars pour absences non justifiées.

Elle s'était rendue au poste le plus proche de son domicile pour demander conseil ; on lui avait recommandé de déposer une demande de recherche au commissariat du lieu de résidence de son frère. À Kurehara Est, le policier ayant réceptionné cette demande savait que les liens entre l'officine de prêts employant Uesawa et la pègre étaient notoires ; il avait donc transmis l'information à la Seconde division. Ôgami avait démarré une enquête discrète, conclu à la probabilité élevée d'une disparition criminelle et décidé de convoquer la sœur d'Uesawa. Elle était attendue ce lundi 20 juin dans l'après-midi.

Hioka connaissait les grandes lignes de l'affaire. Le jour même de sa prise de fonction, Ôgami lui avait appris que le Kakomura recherchait activement Uesawa. Et après la soirée arrosée en sa compagnie et celle d'Ichinose, et une demi-nuit de sommeil, il s'était rendu au bureau à l'heure habituelle pour lire le rapport d'enquête et prendre des notes.

Tomotake ouvrit le dossier posé devant lui.

— Junko Uesawa, célibataire, trente et un ans, habite le quartier de Kamioka à Hiroshima et travaille dans un salon de coiffure.

Il précisa qu'à la question de savoir pourquoi elle avait attendu trois mois avant de déposer une demande, elle avait répondu, l'air gêné, qu'ayant rompu ses liens avec son frère, elle n'avait découvert sa disparition que tardivement.

— La raison de leur brouille semble liée au fait qu'il avait un casier, ajouta-t-il.

Trois ans auparavant, Uesawa avait été condamné pour escroquerie. Il avait été incarcéré deux ans à la prison d'Hiroshima après avoir été reconnu coupable de « vente en cascade ». Un système de vente directe entre particuliers de produits bas de gamme à prix exorbitants. Les victimes signaient des contrats les obligeant à prendre des stocks qu'elles n'arrivaient jamais à écouler.

— En sortie de lycée professionnel commercial, Uesawa avait été embauché par la caisse d'épargne d'Hiroshima, puis renvoyé au bout de cinq ans. Officiellement pour violation des règles de conduite dans l'entreprise. Moi, je parierais sur une erreur de comptabilité de sa part. Après ça, il a pris la direction de cette boîte de vente en cascade, jusqu'à ce qu'il tombe suite à une dénonciation. Il a purgé sa peine et a rejoint Kurehara Finance à sa sortie.

Tomotake scruta les visages pour vérifier que tout le monde suivait. Ôgami, qui jusque-là écoutait en silence, prit la parole.

— À coup sûr, il a rencontré un gars du Kakomura en prison. Je ne sais pas si c'était à sa demande ou s'il a été invité, mais je pense que son stage à l'ombre lui a permis de rejoindre la sympathique famille des yakuzas.

Sans doute mécontent qu'on lui vole ses effets, Tomotake feignit maladroitement l'indifférence.

— Oui, oui, peut-être bien… (Se ressaisissant, il toussota et reprit d'une voix forte :) L'enquête sur la disparition d'Uesawa est partagée entre trois équipes. D'abord Karatsu et Takatsuka.

À l'appel de leurs noms, les deux officiers bombèrent le torse.

— Vous deux, vous me surveillez les bureaux de Kurehara Finance. Notez les allées et venues, et si vous voyez quoi que ce soit, vous nous en informez immédiatement.

Le duo acquiesça en silence.

— Ensuite Shibaura et Seuchi. Vous enquêtez sur les flux de capitaux liés à Kurehara Finance. Demandez l'aide de l'équipe de Sasaya.

Shibaura, en charge du club de sports, se renfrogna. À coup sûr, il aurait préféré la surveillance extérieure à l'épluchage de comptes. Les relations entre les Sections du crime organisé et de la délinquance en col blanc ne pouvaient être qualifiées de bonnes. Même Hioka, qui venait d'arriver, avait noté que le courant passait mal. Les seuls à avoir de bons contacts avec l'équipe adverse étaient précisément Shibaura et Seuchi, lesquels avaient fait l'école de police en même temps que certains inspecteurs du crime en col blanc. Hioka les avait vus déjeuner ensemble à plusieurs reprises. De ce point de vue, l'affectation des rôles avait du sens.

Enfin, Tomotake s'adressa à Ôgami.

— Hioka et toi prendrez la déposition de Junko Uesawa. Vous serez aussi en charge du contact direct avec le Kakomura.

Le lieutenant n'ignorait pas que le contact direct consistait à rechercher les personnes en relation avec une affaire. À la différence de la surveillance et des filatures, on faisait face à l'ennemi et le danger était plus grand. Sa bagarre avec Nawashiro sur le parking restait gravée dans sa mémoire. À cette occasion, Ôgami lui avait montré qu'il le considérait comme un pion en surplus, et que prendre des risques ne l'effrayait pas. Il avait un mauvais pressentiment. Mais l'excitation d'être en première ligne l'emporta.

Tomotake bondit hors de sa chaise.

— C'est tout pour aujourd'hui. Pour le moment, ces chiens galeux du Kakomura se pavanent comme des oies. On va bientôt leur péter le nez sévèrement.

Hormis Ôgami et Hioka, les hommes se levèrent d'un bloc.

— Bien, chef ! crièrent-ils à l'unisson.

Hioka se leva à son tour. Shibaura en tête, les membres de l'équipe se dirigèrent vers la sortie.

— Il faut que je te parle, dit Tomotake au commandant.

Le lieutenant suivit le reste de la troupe dans le couloir tandis que son chef restait en salle de réunion. Bras en l'air, Karatsu s'étira en prenant son temps.

— À partir d'aujourd'hui, surveillance. Ça va être rude.

Le capitaine, une quarantaine d'années dont cinq au service de la Seconde division, faisait allusion au système de surveillance en duo, qui imposait de planquer vingt-quatre heures sur vingt-quatre en se relayant. Ça laissait peu de place au sommeil. Hioka s'étonna, ce n'était pas son style de se plaindre.

— Ce qui est dur pour Karatsu, c'est ça, dit Shibaura en mimant le geste de fumer une cigarette.

Un peu plus jeune que son collègue, Shibaura était lui aussi capitaine. Karatsu se gratta la tête, l'air embarrassé.

— Toi qui ne fumes pas, tu ne peux pas comprendre. Pour un gros fumeur comme moi, la surveillance de nuit est une torture.

En stage de formation, Hioka avait appris que fumer était dangereux lors d'une planque nocturne. Le rond incandescent d'une cigarette tranchait l'obscurité et pouvait alerter un suspect. Il était donc recommandé de se passer de tabac, et en cas d'envie irrépressible, de dissimuler le bout de sa cigarette dans une vieille boîte de conserve.

— Si c'est vraiment si difficile, tu ferais mieux d'arrêter. En plus, c'est mauvais pour toi.

Shibaura avait été asthmatique étant petit et attachait beaucoup d'attention à sa santé. Les tiroirs de son bureau débordaient de flacons de suppléments diététiques et sa femme lui préparait chaque jour un panier-repas parce qu'il considérait que les menus des restaurants étaient trop pauvres en légumes. À l'écouter, fumer équivalait à se passer une corde autour du cou et à la resserrer progressivement.

Takatsuka, qui devait faire équipe avec Karatsu, les interrompit.

— Je prends la surveillance de nuit. Karatsu, tu peux faire celle de la journée.

Karatsu lui sourit d'un air entendu.

— Hé, le jeune marié, tu veux faire une connerie pareille ? Le travail, c'est important, mais le travail de nuit l'est autant…

Takatsuka s'empourpra. Il s'était marié l'an passé. Certains pensaient que convoler à vingt-sept ans était jeune pour un homme. Mais Hioka, comme toutes les nouvelles recrues diplômées, s'était vu conseiller de s'établir de bonne heure et de demander une affectation dans un commissariat plutôt que dans un *koban*, un poste de police de quartier. Avoir sa propre famille permettait de se fondre dans la société et de gagner la confiance de ses concitoyens. Qui plus est, un policier citadin n'était pas à l'abri d'une bévue. Il pouvait alors se retrouver muté dans une campagne perdue où il lui serait bien difficile de trouver à se marier. On ne savait jamais ce que vous réservait la vie, mieux valait se construire un entourage permettant de tenir bon.

Seuchi laissa échapper un long soupir de frustration.

— Si vous voulez, moi, je la veux bien cette surveillance de nuit.

Shibaura s'esclaffa.

— Ta jeune épouse fait encore la grève, je parie !

Seuchi était connu dans tout le commissariat pour avoir une femme autoritaire. Un mois auparavant, découvrant qu'il cachait de l'argent dans l'un de ses manuels de préparation aux examens de promotion, elle lui avait fait une scène terrible. Il avait eu beau s'excuser et arguer pour sa défense que c'étaient des économies pour fêter les sept ans de leur fille dans un restaurant huppé de sushi, il n'était pas parvenu à la calmer. Elle le soupçonnait depuis d'avoir une autre cache à billets quelque part.

Il courba l'échine et poussa un nouveau soupir.

— J'économise un peu sur mon argent de poche[1] pour avoir de quoi dépenser lors des enquêtes. C'est un petit pécule, il n'y a quand même pas de quoi en faire un plat, dit-il d'une voix geignarde.

Tout le monde l'approuva. Comme ses collègues, Hioka savait que pour pouvoir enquêter, il fallait dépenser un peu. Il y avait des frais de déplacements et de filature, mais le budget le plus élevé était consacré aux informateurs. On les invitait au restaurant ou dans les bars, on les remerciait avec une enveloppe. Ces dépenses étaient plus ou moins couvertes par l'institution policière. Malgré cela, les enquêteurs de la Seconde division avaient des frais supplémentaires.

1. Au Japon, le salaire est versé sur un compte bancaire commun, contrôlé par l'épouse. Celle-ci verse toutes les semaines un montant fixe à son mari, son argent de poche, qui doit couvrir ses menues dépenses dont les repas du midi.

Ils concernaient les « S ». Les dépenses pour ces indicateurs d'un genre particulier n'étaient pas remboursées par l'administration. Ces gens exigeaient l'anonymat, et aucune trace écrite ne devait les mettre en danger. Les « S » rechignaient à être vus en compagnie de policiers, ce n'était pas pour laisser leur nom sur un document ; il n'y avait donc aucun reçu officiel. De fait, les enquêteurs n'avaient d'autre choix que de payer de leur poche. La gestion des « S » pouvait se révéler assez coûteuse, mais pour obtenir des informations internes aux organisations criminelles, leur existence était sans aucun doute un mal nécessaire.

En entendant les jérémiades de Seuchi, Hioka pensa à Ichinose, du gang Odani. Ses relations avec Ôgami semblaient a priori amicales et naturelles. Mais n'était-il pas en réalité un « S » pour le commandant ? Lors de leur nuit de beuverie, c'était bien Ôgami qui avait réglé l'addition. Cette petite fête à l'occasion de son arrivée n'était peut-être qu'un prétexte. Et si le but de la manœuvre avait plutôt été de renforcer les liens avec l'un de ses espions ?

La fête de bienvenue officielle avait eu lieu vendredi, soit trois jours auparavant.

Il était plus de 22 heures. Les horaires des uns et des autres variant, il avait fallu attendre que tous puissent être rassemblés. On avait choisi une *izakaya* proche du commissariat. Les prix étaient raisonnables, et pour sept l'addition s'était élevée à un peu moins de 30 000 yens. Tomotake était parti le premier en laissant un billet de 10 000 yens sur la table. Ôgami avait réglé le reste. Ses subordonnés avaient proposé de partager l'addition, mais il avait argué de leurs maigres salaires et personne n'avait insisté.

Par ailleurs, Hioka avait appris que le commandant emmenait son équipe boire une fois par mois pour la récompenser de ses efforts. C'était toujours lui qui régalait, et quand ses hommes baissaient la tête en signe de remerciement, il les exhortait en riant à travailler encore plus dur le mois suivant. Avec son grade plus élevé et ses multiples récompenses, Ôgami était forcément mieux payé que ses subordonnés. Mais si l'on tenait compte de ces invitations mensuelles et de la nécessité de payer ses indicateurs, il ne devait pas lui rester beaucoup pour vivre. Ce qui compliquait sans doute sa vie privée.

— Ça doit être dur pour la femme d'Ôgami, laissa-t-il échapper.

Ses quatre collègues se turent soudainement. Et échangèrent un regard. Hioka comprit qu'il venait de faire une bévue. Il avait supposé qu'à plus de quarante ans, Ôgami avait déjà un foyer.

— Euh, je suis désolé. Le chef est célibataire ?

La question ne s'adressait à personne en particulier, mais ils continuèrent tous à marcher en silence dans le couloir.

Hioka vit que Karatsu avait pâli. Remarquant son regard, le capitaine le prit par l'épaule.

— Ôgami a perdu sa femme et son fils dans un accident, lui murmura-t-il à l'oreille.

Il raconta qu'il avait eu lieu plus de seize ans auparavant, quand Ôgami était âgé de vingt-huit ans. Sa femme, Kyoko, avait vingt-quatre ans, et leur fils, un an. Ôgami était en poste à la Seconde division du commissariat d'Hiroshima Nord. La troisième guerre des gangs battait son plein ; pour faire face, il passait souvent ses nuits au commissariat. Cette fois-là, il était rentré chez lui après cinq jours de travail ininterrompu et pensait pouvoir dormir tranquillement. Dans la nuit, son fils s'était mis à crier. Il n'était pas fiévreux et semblait n'avoir mal nulle part. Ôgami l'avait cajolé sans succès puis, étant exténué, l'avait confié à sa femme et s'était enroulé dans son futon. Kyoko, constatant la fatigue extrême de son mari, avait quitté l'appartement avec l'enfant.

Il pleuvait. Elle avait pris un parapluie, décidée à calmer le petit en déambulant dans le quartier. Réalisant que ses pleurs risquaient de gêner le voisinage, elle s'était éloignée dans une rue étroite, où le trafic était rare depuis l'installation d'une rocade de contournement. Mais en cette soirée pluvieuse, la visibilité était mauvaise. Le chauffeur du poids lourd qui arrivait derrière elle ne la vit pas. Il la faucha, à plus de soixante kilomètres-heure. Le bruit de la collision alerta un témoin, qui vit le camion s'éloigner.

La police lança un important dispositif d'alerte. À l'endroit de l'impact, on retrouva un fragment du véhicule et des traces de peinture.

Le camion avait été abandonné à deux kilomètres du lieu de l'accident. Le pare-chocs était cabossé, le phare gauche brisé. La plaque d'immatriculation permit de remonter jusqu'à une entreprise de construction de Tokuyama, laquelle avait déclaré le vol, deux jours auparavant.

Le conducteur portait-il des gants ? En tout état de cause, on ne retrouva aucune empreinte digitale sur le volant ou dans l'habitacle. Plus tard, on découvrit que toute trace avait soigneusement été effacée avec du gel désinfectant pour les mains. Comme la victime était l'épouse d'un officier de police, la hiérarchie avait mis toutes ses ressources au service de l'enquête, mais celle-ci s'était révélée ardue. Seize ans plus tard, le coupable n'avait toujours pas été identifié.

À la morgue de l'hôpital, Ôgami s'était écroulé en larmes en déclarant que c'était lui qui était responsable de la mort de sa femme et de son enfant.

Karatsu poussa un long soupir et ses épaules s'affaissèrent.

— Il a dit que s'il avait su calmer le bébé, l'accident n'aurait pas eu lieu.

Hioka ne trouvait plus les mots.

— Ceux qui travaillent depuis longtemps dans la police préfectorale connaissent tous cette histoire, ajouta Karatsu.

Le lieutenant avait entendu bien des rumeurs au sujet de son chef, mais c'était la première fois que quelqu'un évoquait cet accident.

— Je l'ignorais, parvint-il enfin à articuler.

— C'était il y a très longtemps, il y a des choses dont il vaut mieux ne pas parler.

Hioka l'interrogea des yeux. Des choses ? Parlait-il seulement de l'accident ?

L'expression de Karatsu semblait signifier qu'il en avait trop dit.

— En tout cas, quoi qu'il arrive, ne lui parle surtout jamais de son drame familial.

Baissant la tête, il lui tapota l'épaule, puis coupa net la conversation.

*

Junko Uesawa était assise en salle de déposition. Hioka, placé derrière Ôgami pour prendre en note ses déclarations, l'observait. Visage sans relief, yeux étroits, petit nez, le lien de parenté avec son frère était évident ; son regard fuyant trahissait sa gêne. Elle semblait accorder beaucoup d'attention à son apparence, et c'était probablement dû à son métier de coiffeuse. Son épaisse chevelure teinte en blond foncé avait été savamment ébouriffée avant d'être domestiquée par une barrette clinquante. Elle portait un chemisier fleuri, une jupe plissée jaune pâle et un châle assorti ; malgré ces couleurs vives, son visage ordinaire et son expression peu enjouée projetaient une impression de tristesse.

Après avoir vérifié son identité et échangé quelques politesses, le commandant entra dans le vif du sujet.

— Je vais me permettre des questions directes. Votre frère est administrativement enregistré à Hiroshima. L'adresse est-elle celle de votre maison familiale ?

Elle acquiesça en gardant les yeux baissés.

— Notre maison précédente a été rasée après la bombe. Notre grand-père a fait construire au lendemain de la guerre et ma famille habite là depuis.

Elle expliqua qu'il était mort quand elle avait dix ans, et son père quand elle en avait vingt, tous deux des suites de l'irradiation. Depuis que son frère avait quitté la maison, elle y vivait avec sa mère âgée de cinquante-cinq ans. Ôgami la questionna au sujet du passé de Jirô Uesawa. Ses déclarations coïncidèrent avec les informations que Tomotake avait transmises en réunion.

Au bout d'un moment, les lèvres de la jeune femme se mirent à trembler.

— Je ne sais pas si mon frère est une mauvaise personne ou s'il est seulement un peu idiot, mais en tout cas, depuis longtemps, il se fait avoir par un tas de gens. (Elle triturait son mouchoir.) Enfant, il ne mettait jamais la parole des autres en doute. Au collège et au lycée, il se laissait embringuer avec de belles paroles. C'est comme ça qu'il s'est retrouvé à voler dans les magasins ou à faire n'importe quoi pour rendre service. Quand on l'a forcé à démissionner de la caisse d'épargne, il s'est fait refiler des actions par des collègues. Il a fait des pertes qu'il a essayé de combler en jouant aux courses. (Ses yeux s'étaient humidifiés.) Ça aurait dû lui servir de leçon. Mais il a rencontré quelqu'un sur un champ de course qui l'a entraîné dans une histoire absurde. Une vente de casseroles et de détergents. Il s'est laissé baratiner. Pas besoin de boutique soidisant ni de formation spéciale. Juste de la bonne volonté et des contacts. Ma mère et moi, on a eu beau lui dire que c'était louche, il ne nous a pas écoutées. Ses économies y sont passées. Il a perdu le peu d'amis qu'il avait. Mais ça ne l'a pas arrêté. Il est devenu gestionnaire de la société. Et ça s'est terminé en prison. Il a causé du tort aux gens. Et maintenant, il a un casier judiciaire. Ma mère pleure tous les jours, elle se sent redevable et coupable vis-à-vis de son père et de son mari disparus.

Essuyant ses larmes, elle précisa que la maladie de cœur de sa mère avait été aggravée par la peine, et ses propres projets de mariage réduits à néant par la situation de son frère. Hioka souhaitait qu'elle arrêtât de se plaindre. Le temps leur était compté. Dès qu'ils auraient recueilli son témoignage, il leur faudrait commencer leur enquête.

Mais le commandant restait stoïque, et semblait compatir, glissant de temps à autre un « Ah bon ? » ou un « Ça a dû être terrible » pour maintenir l'échange en vie. Le lieutenant avait appris que s'éloigner du sujet principal pouvait, dans certains cas, permettre de récupérer des informations importantes. Était-ce la raison pour laquelle le chef laissait la bride sur le cou à cette femme ? En tout cas, ça durait depuis une demi-heure et Hioka sentait sa patience mise à rude épreuve.

Lorsqu'elle eut fini de raconter qu'elle s'était remise de la rupture de ses fiançailles, et que sa mère n'avait plus besoin de prendre des médicaments pour son cœur, on en revint au frère. Ses traits s'étaient radoucis, ils se durcirent de nouveau.

— Jirô n'a pas eu de problème de conduite et est sorti de prison à la date prévue. Le jour de son retour, pendant le repas préparé par notre mère à la maison, il nous a annoncé qu'il avait décidé de travailler sérieusement. Nous avons pensé que son expérience en prison lui avait ouvert les yeux et qu'il voulait une profession décente. En réalité, il s'était de nouveau laissé baratiner par cet homme. Il avait opté pour une activité malhonnête.

Elle serra les lèvres. Ôgami, jusque-là adossé nonchalamment à sa chaise, se redressa.

— Et cet homme, vous savez qui c'est ?

— Un certain Kubo.

— Vous connaissez son prénom ?

— Non.

Elle ajouta qu'environ un mois après sa libération, Jirô avait reçu un appel de ce Kubo. La conversation avait duré. Et Jirô, revenu à la salle à manger avec un large sourire, avait annoncé avoir trouvé un travail. On venait de lui faire une offre pour diriger une société financière à Kurehara. Pressé par sa mère, il avait fini par avouer que c'était grâce à quelqu'un rencontré en prison. Malgré leurs supplications, il avait quitté la maison familiale pour se rendre à Kurehara.

— En partant, il a lâché qu'il changeait de milieu social, qu'il ne nous connaissait plus et coupait les ponts.

— Ça s'est produit quand ?

— Au mois de mars de l'an dernier, juste au début de la floraison des cerisiers. Après s'être fait installer le téléphone, mon frère nous a appelées. Mais ça s'est terminé une nouvelle fois en dispute et après ça, plus de nouvelles. Ça remonte à plus d'un an.

Ôgami évoqua sa déclaration de disparition. Ses réponses coïncidèrent avec les faits rapportés par Tomotake en réunion.

— Le nom de Kurehara Finance vous est familier ?

— Je l'ai appris du propriétaire de Jirô, un homme sympathique. En regardant le contrat de location, j'ai pu retrouver le numéro de téléphone de l'entreprise. J'ai appelé.

— Je vois, dit-il en hochant la tête. Ils ont réagi comment chez Kurehara Finance ?

— L'accueil a été glacial. On m'a répété que mon frère avait été renvoyé suite à des absences continues et injustifiées. J'ai eu beau insister, tout ce qu'on a bien voulu me dire c'est qu'il était parti vers la fin du mois de mars, sans donner formellement sa démission. Ils ne savaient pas s'il travaillait ailleurs. (Elle haussa le ton.) Une drôle de façon de répondre, non ? Il est déjà arrivé à mon frère de quitter un emploi de façon impromptue ou de changer de domicile, mais il nous a toujours communiqué ses coordonnées. Disparaître sans un mot, ce n'est pas son genre. Je me demande s'il n'est pas embringué dans une sale histoire.

— Merci. Nous prenons les choses en main. À partir de maintenant, reposez-vous sur la police.

Elle resta silencieuse un instant.

— Même si c'est un imbécile, un frère est un frère, reprit-elle. Notre mère se fait aussi du souci. Elle en perd le sommeil. (Elle s'inclina profondément et les implora.) S'il vous plaît, cherchez Jirô par tous les moyens. Je vous en supplie.

Après le départ de la jeune femme, Hioka regarda sa montre. Il était 16 heures passées. La déposition avait duré plus de deux heures.

— Les fils se sont rejoints, dit Ôgami avec un drôle de sourire.

— Les *fils*, c'est-à-dire ?

— C'est Kubo.

Le lieutenant fit le perroquet :

— Kubo…

— Un membre du Kakomura, Tadashi Kubo.

— C'est de lui que la sœur d'Uesawa a parlé ?

— Oui. Ce type est un *ponya*. Du menu fretin qui vit de la meth et des femmes.

Ponya, autrement dit la boutique à *pon*. Hioka n'ignorait pas que *pon* était l'abréviation d'*hiropon*, l'argot pour méthamphétamine. C'était aussi une marque commerciale avant la guerre ; à l'époque, la molécule était en vente libre.

— Quand Uesawa était en prison, Kubo purgeait une peine pour trafic de stupéfiants. Le précédent comptable de Kurehara Finance avait démissionné dans des circonstances pas claires, le Kakomura cherchait un remplaçant. Kubo a dû recruter Uesawa. Voilà ce que je pense.

— Vous n'avez pas dit ce que vous saviez de lui à Junko Uesawa…

— Ça coule de source. Lorsqu'on écoute quelqu'un raconter son histoire, on ne dévoile rien de ce qu'on sait. Parce que ça risque de filtrer ensuite n'importe où. Une règle de base quand on recueille un témoignage.

Le lieutenant nota mentalement ce détail dans son carnet de notes virtuel.

De retour dans le bureau de la Seconde division, le chef lui demanda de lui faire un café. Il prenait son temps, semblait insouciant ; Hioka se serait attendu à ce qu'ils cherchent immédiatement où se planquait Kubo et montent une surveillance. Mais rien ne se fit. Clairement, le commandant travaillait suivant ses propres règles.

Ayant préparé un café instantané dans le coin-cuisine, il le lui apporta. Ôgami avait enlevé ses chaussettes et se coupait les ongles des orteils.

— C'est bon. Pose-le là, dit-il en désignant du menton le bord de son bureau.

Le lieutenant s'exécuta avant de s'en retourner à sa place.

Lorsqu'il eut fini son opération pédicure, Ôgami but quelques gorgées de café et coinça une cigarette entre ses lèvres. Hioka se dépêcha de récupérer le briquet à cent yens et fit rouler la molette. Il eut beau répéter le geste, aucune flamme ne jaillit. En tant que non-fumeur, il était malhabile avec ce briquet et ne parvenait jamais à l'allumer du premier coup. Comme prévu, il se fit taper dessus.

— T'es vraiment maladroit. Passe-le-moi.

Ôgami le lui prit des mains et alluma lui-même sa cigarette. Il aspira une grande bouffée et, les traits détendus, expira son nuage violacé habituel.

— Ah, après avoir fini un travail, une Peace, c'est vraiment bon.

Du point de vue du lieutenant, leur travail était loin d'être terminé, mais il se garda d'émettre un commentaire. Le chef but d'un trait le reste de son café, puis remit ses chaussettes et ses chaussures. Celles-ci n'étaient pas le modèle réglementaire fourni par l'administration, mais des mocassins vernis de grande marque.

Il se leva et se coiffa de son panama.

— Hé, toi ! On y va.

La soudaineté de l'ordre laissa le lieutenant pantois.

— On va où ?

— À la crèche de Kubo, crétin. Ça tombe sous le sens.

Avait-il cherché l'adresse pendant que Hioka était occupé à préparer le café ? Même quelqu'un comme lui ne pouvait pas avoir en tête les coordonnées individuelles de tous les *chimpira* du coin.

Devinant sans doute les soupçons de son subordonné, le commandant pointa sa propre tempe du doigt.

— Le succès ou l'échec dans notre travail dépendent de notre capacité à mémoriser.

Et il se mit à rire tout en lui donnant une claque sur l'épaule. Chaque information concernant les yakuzas, même la plus minime, devait être gardée en mémoire. Le lieutenant fit une nouvelle note mentale à ce sujet.

*

Kubo habitait le quartier résidentiel de Kajimachi, en amont de la rivière Sakame. Hioka avait lu quelque part qu'à l'époque d'Edo, le lieu était célèbre pour ses nombreux forgerons spécialisés dans la fabrication de sabres. Au-delà du pont, on s'embarquait dans un entrelacs de ruelles. Le commandant guida son lieutenant jusqu'à un petit immeuble.

— C'est au quatrième. Appartement 403, si je me souviens bien.

La plaque sur le bâtiment indiquait *Green Heights*. Hioka s'étonna. La façade était blanche, mais les couloirs extérieurs, les portes et les rampes d'escalier étaient peints en beige et en rose, et les balcons garnis de nombreuses jardinières. De l'ensemble, se dégageait une ambiance plutôt féminine. En d'autres termes, ce n'était pas vraiment le genre d'adresse qu'on imaginait à un yakuza. Ôgami expliqua qu'il s'agissait de l'appartement de la maîtresse actuelle de Kubo. N'ayant pas d'endroit à lui, il déménageait au gré de ses liaisons.

— Avant, il vivait ailleurs. Il y a six mois, il a changé de copine et est venu ici. On va attendre dans la voiture son apparition.

La surveillance durait depuis plus d'une heure lorsqu'il se mit à pleuvoir. Hioka observa une nouvelle fois l'immeuble à travers les salves frappant le pare-brise. C'était sa première planque et il n'avait pas la moindre idée quant à la façon de procéder. Son irritation grandissait. Jusqu'à quand devraient-ils rester là ?

Il fallut patienter une heure de plus avant que Kubo ne se matérialisât. La pluie n'était plus qu'un crachin.

C'était la tombée de la nuit et les lampadaires venaient de s'allumer. La porte du 403 s'ouvrit sur un homme qui leva la tête vers le ciel. Les cheveux courts, moustachu, en T-shirt sombre et short arrivant aux genoux, il approchait de la quarantaine. Malgré l'heure tardive, il portait des lunettes de soleil. Il avait également un sac en bandoulière et l'allure des hommes qui vivent au crochet des femmes.

Jusque-là engoncé dans le siège passager, Ôgami bondit.

— C'est Kubo, on y va !

Le lieutenant descendit de voiture, et conformément à leur plan, fonça vers l'issue de secours de l'immeuble tandis que son chef courait vers la porte principale. Se séparer permettrait d'attraper Kubo quoi qu'il fasse. Il s'était engouffré dans l'ascenseur du quatrième, il réapparut dans le parking à ciel ouvert et s'apprêta à monter en voiture. Ôgami fila à grandes enjambées, vite rejoint par Hioka. Le yakuza venait juste de monter dans un coupé blanc, lorsque le commandant déboula. Le lieutenant se plaça devant la voiture pour empêcher le gars de démarrer. À travers le pare-brise, il semblait effaré. Le chef pianota sur la vitre côté conducteur.

— Hé, Kubo, un mot, dit-il en exhibant son badge.

L'autre abaissa sa vitre, passa une tête, montra un sourire servile.

— J'me demandais qui ça pouvait bien être. Eh bien, c'est le brave Ôgami qu'on a là.

— On a reçu une petite info. Comme quoi tu te promènerais les poches pleines de meth.

Son ton léger atténuait la gravité de ses propos. Il souriait. Mais pas jusqu'aux yeux. Quant à Kubo, il tenta de rire. Sans succès.

— Qui… Qui donc ? bredouilla-t-il. Qui raconte des conneries pareilles ?

— Ça, malheureusement…, répondit Ôgami avec deux claquements de langue désapprobateurs.

— D'accord, j'ai un casier ! Mais depuis ma sortie de tôle, j'ai arrêté la dope. Complètement. La meth aussi, j'ai arrêté.

Le commandant conservait un calme olympien.

— J'ai bien compris que tu étais clean. Du coup, j'imagine que ça te rase de parler de tes vieilles habitudes. Mais bon, on a un travail à faire. On doit suivre les directives qu'on nous donne. Bref, permets-nous de vérifier.

Hioka manqua une respiration. Il ne s'était pas attendu à devoir faire une fouille. Kubo se remit d'aplomb sur son siège, l'air de réfléchir dur.

— T'as un mandat ? Non, j'crois pas. Tu veux m'forcer ? Pour une fouille volontaire, t'as besoin que j'sois d'accord. Mais j'suis libre, hein ? Alors, je dis non.

Il releva ses lunettes de soleil sur son front et démarra. Ôgami glissa une main dans l'habitacle et tourna la clef de contact.

— Hé, c'est quoi, ça ?! brailla le yakuza, déjà au bord de la crise de nerfs.

Le chef posa sa main sur son épaule et articula d'une voix rauque et menaçante :

— Ce serait une grave erreur de nous sous-estimer !

Kubo serra les dents et expira un grand coup. Il sembla encore réfléchir un instant, puis balaya la main d'Ôgami.

— J'suis en retard. Faut que j'me casse, hein, d'accord ?

Et il remit le contact.

La voix du commandant retentit.

— C'est quoi ça, Kubo ?! On te parle poliment et voilà comment tu nous traites. Manquer de respect à la police, c'est impardonnable.

Le type s'immobilisa comme une pierre.

— Bon, je m'excuse, d'accord ? dit-il d'une voix geignarde. J'suis à la bourre. J'mens pas.

Hioka constatait qu'il pleurait presque.

— Kubo, j'oublie la fouille au corps. Je regarde juste ton sac. Hein, ça le fait ça, non ?

La pomme d'Adam du yakuza se mit à jouer au yo-yo. Il avala sa salive.

— Ah, ouais, vrai ? Seulement le sac ?

Son expression était immanquable. C'était celle

du soulagement. Hioka fut donc certain que le sac ne contenait rien de méchant. Son chef devait le savoir aussi. Or si ce sac ne contenait rien, l'enquête s'arrêterait là, et ce type s'évaporerait dans la nature. Quelle était donc la stratégie d'Ôgami ?

— Si c'est juste ça, pas d'problème. (Il descendit de voiture, son sac à la main.) Active un peu tout d'même, dit-il avec la tête d'un enfant qu'on va vacciner. J'ai à faire.

Le commandant prit le sac et regarda son lieutenant.

— Retourne à la voiture et rapporte-moi la lampe de poche, la feuille de vinyle et, juste pour être sûr, le kit d'enquête.

Hioka partit en courant en se disant qu'il n'avait d'autre choix que de lui faire confiance. Lorsqu'il revint avec le matériel, son chef et le yakuza échangeaient des plaisanteries au sujet d'une histoire quelconque.

— Kubo, nous aussi on veut faire vroum-vroum et rentrer chez nous en vitesse, dit Ôgami en souriant. (Son visage redevint sérieux.) Hioka, étends la feuille en vinyle sur le capot de la voiture. S'il restait des gouttes de pluie, ce serait embêtant. Et tu éclaires avec la lampe de poche.

Le lieutenant obéit. La nuit était tombée et, malgré l'éclairage urbain, ce coin du parking était sombre.

— Bien, Kubo, tu peux ouvrir ton sac.

Le yakuza s'exécuta. Le commandant, qui avait enfilé ses gants de coton, ausculta l'intérieur. Pour faciliter sa tâche, le lieutenant dirigeait le faisceau au bon endroit.

— Sors le contenu. Aligne les objets, l'un après l'autre.

Kubo fit émerger son portefeuille, un vieux modèle de chez Vuitton ne contenant que des billets et des pièces, les clefs de son appartement, puis un mouchoir en papier emballant deux préservatifs.

— Grande taille, lâcha Ôgami d'un ton graveleux. Ta réputation te précède !

Sans réagir, Kubo déposa un pager et un porte-bonheur représentant le sanctuaire rouge de Miyajima.

— Voilà, c'est tout.

Ayant passé l'épreuve avec succès, il s'accorda une expression de profond soulagement. Bien qu'il s'y soit attendu, Hioka était découragé. Rien d'intéressant n'était sorti de cette aventure. Tout ce qu'on avait gagné, c'était la certitude que le Kakomura redoublerait de précautions. L'enquête sur la disparition du comptable en pâtirait. Il lança un regard de reproche et d'incompréhension à son chef. Celui-ci souriait comme un homme certain de la victoire.

— Il reste deux ou trois bricoles, probablement.

Il glissa une cigarette entre ses lèvres. Hioka s'apprêta à faire surgir son briquet. Son chef l'arrêta d'un geste et alluma lui-même sa Peace.

— Là, la poche intérieure, dit-il dans un nuage de fumée. Sors ce qu'elle contient.

— Y a plus rien. Le sac, il est vide.

Il y glissa la main et vérifia la poche. Ses traits se durcirent. Avec une lenteur infinie, il fit émerger deux sachets en plastique emplis de poudre. Son expression vira à la stupéfaction.

— Ça, c'est de la couille en barre !

Le chef tirait sur sa cigarette en protégeant le bout incandescent dans le creux de sa main. Pour qu'elle ne se consume pas trop vite, pensa le lieutenant. Il pensa aussi que le yakuza tenait, sans erreur possible, deux doses de dope.

— Kubo, c'est quoi ça ?!

— J'en sais rien ! J'en sais foutre rien !

Sa tête était devenue une girouette sous le vent mauvais.

— Hioka, garde un œil sur cet individu. S'il devient violent, tu lui casses la gueule.

— Entendu.

Il avait répondu par l'affirmative, mais n'ayant jamais arrêté personne, il n'avait pas le sentiment d'avoir la situation en main. À moitié sûr de lui, il se positionna derrière le yakuza. Kubo ouvrait et refermait la bouche comme un poisson hors de l'eau. Son expression était celle de la plus parfaite incrédulité. Ôgami écrasa sa cigarette et saisit le kit d'inspection chimique.

— Kubo-san, dit-il poliment, nous sommes d'accord, n'est-ce pas ? Si la couleur change, c'est de la meth.

Il ouvrit l'un des sachets saisis et versa une petite quantité de poudre dans le tube à essai avant de l'agiter. Le liquide transparent prit une teinte bleutée. Il s'agissait bien de méthamphétamine.

Il regarda sa montre et adopta un ton administratif.

— Il est 19 h 03. Arrestation pour détention de produits tombant sous le coup de la loi contre les stupéfiants. Hioka, passe-lui les menottes !

Le lieutenant tenta d'être réactif, mais l'autre commença à se démener.

— C'est pas moi ! J'sais pas d'où ça vient !

Il parvint malgré tout à le menotter. Le yakuza cracha aux pieds du commandant.

— Tu m'as piégé, Ôgami ! C'que tu viens de faire, c'est dégueulasse ! Au tribunal, je cracherai tout. Tu seras viré de chez les flics !

— Hioka, appelle des renforts par radio, dit Ôgami sans tenir compte le moins du monde de ses protestations. Vous ferez une fouille complète du véhicule en équipe. Moi, je surveille ce type.

Chahuté par des pensées contradictoires, le lieutenant pressa le pas vers leur voiture banalisée.

Tu m'as piégé, Ôgami.

La voix de Kubo résonnait encore.

En salle d'interrogatoire, il ployait l'échine, l'air détruit. À genoux sur la chaise en bois, avant-bras ficelés aux barreaux, regard vide et visage exsangue. Cela faisait trois heures qu'Ôgami l'avait forcé à prendre cette position. Comme on pouvait s'y attendre, il approchait du point de rupture. Le commandant lui faisait face, assis derrière un bureau ; il écrasa sa cigarette dans le cendrier et se pencha pour regarder son visage par en dessous.

— Tu n'as toujours pas envie de parler ?

Kubo ne répondit pas. Les yeux rivés au sol, il n'en avait sans doute plus la force. Hioka regarda la pendule murale. La pendule indiquait 16 heures. Cela faisait près de deux jours qu'il avait été arrêté.

Sa voiture avait fait l'objet d'une inspection détaillée. On avait trouvé dix doses sous le tableau de bord, et une douzaine de seringues dans le coffre. Une faible quantité, qui ne pouvait être considérée comme destinée à la vente. Le suspect comptait l'utiliser pour sa consommation personnelle ; son test d'urine s'était révélé positif.

La méthode n'était pas conforme à la loi. Le lieutenant le savait pertinemment. Lorsqu'il y avait perquisition sans l'accord de la personne, le tribunal considérait que les preuves ayant été obtenues par des moyens illégaux étaient non valides ; certains s'en étaient tirés à bon compte grâce à ça. En revanche, si un suspect se trouvait en possession de substances illégales, alors l'enquête devenait conforme.

C'était pour cette raison qu'Ôgami avait tendu son piège. Il avait glissé deux sachets de drogue dans la poche interne du sac de Kubo. Aucun doute là-dessus. On pouvait se demander où il se les était procurés, mais Hioka avait décidé de ne pas chercher à le savoir. Il voulait se consacrer à l'affaire Uesawa. Il fallait choisir ses priorités.

La première fois qu'il avait vu la méthode d'interrogatoire d'Ôgami à l'œuvre, c'était dans les séries télévisées montrant des brutalités policières. Son chef faisait feu de tout bois. Il interrogeait Kubo en lui hurlant dessus, puis passait le relais à des officiers femmes pour des séances plus mesurées.

La carotte et le bâton.

On savait que le Kakomura cherchait à localiser Uesawa. On savait aussi que celui qui les avait mis en relation via Kurehara Finance était Kubo. Ce yakuza en savait forcément plus. Mais il s'obstinait, et refusait de parler. Ces dernières heures, le commandant en avait pris ombrage et une guerre des nerfs s'était ensuivie. Kubo avait été maltraité.

Membres engourdis, puis douloureux, il aurait dû céder et lâcher quelque information. Mais il avait choisi le silence. Son arrestation remontait à quarante-huit heures. On arrivait au bout de la période de garde à vue.

Ôgami mit fin à l'interrogatoire et ordonna de préparer les documents pour envoyer le yakuza chez le procureur. Hioka l'enferma dans la cellule de détention du commissariat et revint dans le bureau de la Seconde division. Son chef discutait avec Tomotake, lequel semblait soucieux.

— Pour avoir résisté à ton interrogatoire, j'en déduis que Kubo ne manque pas de caractère.

— Non, répliqua Ôgami avec sa tête des mauvais jours. Son silence n'a rien à voir avec son caractère.

— Qu'est-ce que tu veux dire ?

— S'il me donne des informations sur Uesawa, sa vie ne vaut plus rien. C'est pour ça qu'il est resté muet comme une carpe.

Tomotake ouvrit de grands yeux. Le commandant pointa son propre nez du doigt.

— D'après mon sens de l'odorat, qui est plutôt développé, cette affaire, c'est du très lourd. Si on en vient à bout, qu'est-ce qui en sortira d'après toi ? Un démon ou un serpent ?

Tomotake se raidit.

— Ça risque de devenir très grave…

Ôgami acquiesça en silence et scruta le ciel par la fenêtre comme si un ennemi s'y cachait.

3

Journal

25 juin 1988,

14h00, avec Ôgami, nous faisons la tournée des donateurs du temple.

19h00, chez le chef du gang Takii à Hiroshima.

[redacted]

22h00, à l'Hôtel de la Lune parfumée, rue Nagare à Hiroshima. Déposition du gérant.

— C'est ici, annonça Ôgami.

Hioka se gara et observa le magasin. Un rez-de-chaussée vétuste, un toit de tuiles vernissées noires, l'enseigne rouillée indiquait *Marchand de tabac Yoshida* en lettres rouges. C'était la neuvième étape de leur « tournée des donateurs du temple » autour du QG du Kakomura ; une métaphore pour une enquête auprès de citoyens sans lien avec le crime organisé.

Le but n'était pas de creuser les circonstances de l'affaire, mais plutôt d'en rechercher les éventuelles prémices. Employés de stations-services, commerçants, patrons de cafés et ainsi de suite, les donateurs du temple étaient nombreux.

À la différence des « S », il s'agissait de personnes sans histoires. On pouvait se questionner quant à l'utilité d'interroger des gens ignorant tout de la situation, n'ayant aucun lien avec des événements inquiétants et ne détenant pas d'information particulière. En réalité, c'étaient bien ceux dont le quotidien ne variait guère qui étaient les plus susceptibles de repérer un événement sortant de l'ordinaire. Sans compter ces détails a priori sans rapport immédiat avec l'enquête qui pouvaient jouer un rôle par la suite.

Hioka pensa que sans la réunion de la veille, ils ne seraient pas ici à arpenter le périmètre du Kakomura. Une information importante avait émergé à propos de Kurehara Finance.

On savait déjà que le capital initial avait été apporté par le patron d'une marque réputée de saké. Mais jusque-là on ignorait que le président du conseil d'administration était un certain Fukui, expulsé du gang Watafune pour un différend financier.

Karatsu, en charge de la surveillance de l'officine de prêts, avait détaillé l'histoire :

— La nièce de Fukui a épousé le second du Kakomura, Nozaki. Fukui connaît les types du Kakomura depuis toujours puisqu'il faisait partie de la même bande de petites frappes dont le gang est issu. Depuis qu'il s'est fait virer du Watafune, il joue la discrétion. Donc, il fait office de prête-nom. Mais celui qui tire vraiment les ficelles de Kurehara Finance, c'est Nozaki. Je vous précise que leurs taux d'intérêt sont terrifiants. Dix pour cent tous les deux jours ou cinquante pour cent par semaine. C'est intenable pour les emprunteurs, et les prêteurs le savent. Le but est de les emprisonner dans leurs dettes. À mesure qu'ils peinent à rembourser, le taux d'intérêt grimpe. À la fin, ils sont laminés. Certains parviennent à s'enfuir, d'autres se suicident. Mais, même quand les yakuzas ne récupèrent pas tout, les intérêts déjà payés représentent cinq à dix fois le capital initial.

Il avait précisé que ces intérêts n'étaient pourtant pas la principale source de revenus de Kurehara Finance. L'officine misait surtout sur les liquidations de faillite. Elle ciblait des patrons de PME en situation de fragilité et peinant à trouver des financements classiques. Pour créer un climat de confiance, elle commençait par prêter à des taux raisonnables. Rapidement, ces petits patrons lui confiaient l'intégralité de leur financement. Au premier incident de paiement, elle les pressurait avec des taux d'intérêt prohibitifs et les acculait progressivement à la faillite. Une fois détentrice de la dette, elle s'occupait de la liquidation. Et pour gommer ses traces, Kurehara Finance ne détenait aucun compte bancaire. Tout se réglait en liquide.

— D'après nos collègues de la Section crime en col blanc, leur plus récente victime est une boîte de pièces détachées dont la diversification avait échoué. En manque de capital, ses dirigeants se sont refinancés auprès de Kurehara Finance en lui confiant leurs factures. Lorsqu'ils se sont retrouvés une fois de plus en manque de fonds, ils ont fait faillite. Le président s'est pendu en mars dernier. L'entreprise a été liquidée par Kurehara Finance, qui en a pris le contrôle. Les autres créanciers, menacés, ont été forcés de se satisfaire de quelques miettes. Kurehara Finance a récupéré le gros des actifs. Rien que le terrain de l'usine s'est vendu dans les 150 millions de yens. En ajoutant les machines, les yakuzas ont palpé dans les 200 millions.

L'air grave, Tomotake avait rappelé que la disparition d'Uesawa remontait à mars dernier.

— Oui, c'est très possible qu'elle soit liée à la faillite de cette boîte de pièces détachées, avait confirmé Karatsu.

Tomotake, un instant immobile, bras croisés et l'air pensif, avait bondi comme un ressort et frappé son bureau des deux mains.

— Uesawa a disparu au moment même où une grosse somme arrivait dans les coffres du Kakomura. Ce n'est pas un hasard. Il a pu capter une info dangereuse pour le gang ou s'éclipser avec l'argent. Laquelle des deux solutions est la bonne ?

Ôgami avait douché son enthousiasme.

— Je n'y crois pas.

Indigné, Tomotake avait dévisagé celui qui avait osé piétiner sa brillante déduction.

— Comment ça ?

— La disparition d'Uesawa est liée à Kurehara Finance, ça ne fait pas l'ombre d'un doute. Mais permettez-moi de vous proposer à tous un scénario un peu différent. Uesawa a déjà été arrêté suite à l'épisode de la vente en cascade. Généralement, ça en calme plus d'un. Je le vois mal récupérer une info et la donner à la police. Trahir le secret d'un gang, c'est se voir poursuivre jusqu'au tréfonds de l'enfer.

Même chose pour l'argent. Il faut un courage monstrueux pour s'enfuir avec celui des yakuzas. Surtout si on n'en est pas un.

Hioka se souvint qu'Ôgami s'était alors massé entre les sourcils d'un air perplexe. Même pour lui, sa théorie gardait des zones d'ombre.

— La première chose qui m'échappe, avait-il repris, c'est la raison pour laquelle les membres du Kakomura se donnent tant de mal pour que rien ne filtre sur Uesawa. Ils sont alignés comme un banc d'huîtres, aucun ne pipe mot. Même Kubo, qui en est pourtant à sa troisième condamnation pour usage de stupéfiants. Comme il était en période de probation, il va en prendre pour au moins cinq ans. Malgré ça, pas moyen de lui soutirer quoi que ce soit. Il y a forcément une raison. (Menton rentré, il fixa le sol un instant.) J'ai peur que cette affaire ne soit pas aussi simple qu'elle n'y paraît.

Son analyse qualifiée de simplette, Tomotake avait pris un air pincé. Puis, admettant dans son for intérieur que l'argumentation d'Ôgami ne manquait pas de justesse, il s'était contenté d'un toussotement avant de balayer le groupe du regard.

— Bon, la priorité, c'est de localiser Uesawa. Ensuite, on doit apporter les preuves de l'implication du Kakomura dans sa disparition. En conséquence, on passe au crible les endroits en relation avec le gang. Compris ?

Tous avaient pris une expression combative, sauf Ôgami qui avait écouté d'un air relax Tomotake lui annoncer qu'il était bon pour la fameuse « tournée des donateurs du temple » sur le territoire du Kakomura.

Ils venaient donc de visiter, entre autres, un restaurant chinois, un café apprécié par les membres du gang et une station-service. Sans succès.

Le buraliste Yoshida était séparé du QG du Kakomura par une large avenue. La porte coulissante faisait à peu près trois mètres cinquante de large, elle était à moitié dissimulée par un *noren*[1] aux couleurs fanées.

— Ouvre, ordonna Ôgami.

Hioka n'y parvint pas. Le cadre était faussé.

Il se demandait quoi faire, lorsqu'il reçut une claque sur le sommet du crâne. Ôgami repoussa son panama en arrière.

— T'es vraiment nul, pousse-toi de là. Pour ouvrir, il y a un truc. Pendant que tu maintiens le vantail gauche, tu tires sur le droit en le secouant gentiment.

La porte céda dans un couinement pour révéler un sol de béton et une étroite boutique inhabitée. Hioka vit un étal pour crèmes glacées à l'ancienne et un présentoir en bois sur lequel s'alignaient des bocaux en verre pleins de bonbons ou de crackers au riz et des babioles démodées, dont des planeurs en styrène à monter soi-même ou des ballons en papier multicolore. L'ambiance était plus celle d'un magasin de jouets et de friandises que d'un bureau de tabac.

Semblant familier des lieux, le chef s'assit sur la plateforme en parquet surplombant la zone en béton et appela :

1. Enseigne tendue sur une branche de bambou et constituée d'un ou plusieurs panneaux de tissu. Elle est accrochée devant l'entrée des commerces et restaurants traditionnels.

— Hé, la grand-mère, t'es là ?

Au bout d'un certain temps, une vieille femme courbée en deux par les rhumatismes émergea d'un rideau de perles en plastique. Hioka lui donna dans les quatre-vingts ans.

— C'est bien ce que je pensais. Même si je suis un peu dure d'oreille, je reconnais toujours ta voix du premier coup.

Ôgami éclata d'un rire sonore.

— Si tes oreilles sont fatiguées, ta féminité reste inchangée. Toujours cette belle peau lisse. Tu t'es trouvé un nouvel homme ?

Elle partit d'un rire franc.

— Le seul homme qui s'approche de moi, c'est mon bon à rien de petit-fils quand il vient me demander des sous en cachette de ses parents.

— Shinji ? Comment va-t-il ?

Elle sourit et soupira en même temps.

— Ça, pour être en forme, il est en forme. Surtout du bas, quand un joli cul passe dans les parages. Le sang ne saurait mentir. Le portrait craché de son grand-père décédé.

— Bah. Si c'est le cas, il a aussi ses côtés mignons.

— Oui, il a un bon fond.

Elle descendit de la plateforme et, apercevant Hioka, haussa les sourcils.

— Ah, aujourd'hui, t'es venu avec un jeune homme.

— Une nouvelle recrue du commissariat. Il a à peu près l'âge de Shinji.

Hioka s'inclina et se présenta.

— Ravi de vous rencontrer.

— Ça a l'air d'un bon gars. On le dirait plus malin que mon Shinji.

— Probablement ! s'esclaffa Ôgami.

Avant qu'il ne se lançât dans une tirade sur ses brillantes études, Hioka lui coupa l'herbe sous le pied.

— Et vous êtes ? demanda-t-il à la vieille dame.

— C'est Katsu-san, répondit Ôgami redevenu sérieux. Elle tient cette boutique depuis très longtemps.

Il sortit son paquet de Peace de sa poche, s'assit sur une chaise en plastique, tira à lui le cendrier posé sur une antique table en bois et glissa une cigarette entre ses lèvres. Hioka l'alluma promptement.

— Je vais préparer du thé, annonça Katsu. Un petit instant.

Elle disparut dans l'arrière-boutique.

— Son petit-fils Shinji est proche du gang Irako.

Hioka fut surpris. Leur conversation précédente n'en avait rien laissé paraître.

— Ah bon ? murmura-t-il.

À l'instant même où le cône de cendre de sa cigarette menaçait de tomber, un nuage sembla obscurcir les pensées d'Ôgami.

— Katsu ne sait rien. Même en rêve, elle n'imagine pas que son petit-fils est entré dans un gang.

Elle réapparut avec un plateau. Le chef écrasa sa cigarette.

— Au fait, ces derniers temps, ceux d'en face, les Kakomura, ça se passe comment ? demanda-t-il.

— Le printemps dernier, ils étaient très énervés, dit-elle en servant le thé, et puis ça s'est calmé.

— Ça s'est calmé à quelle époque ? poursuivit-il en portant son bol à ses lèvres.

Assise sur le bord de la plateforme en bois, son bol à thé tenu à deux mains, Katsu réfléchit un instant.

— À peu près quand les cerisiers ont perdu leurs fleurs.

Hioka en conclut que les allées et venues dans le bureau du Kakomura, frénétiques début avril, étaient redevenues normales une quinzaine de jours plus tard.

— Un jeune est entré chez moi, vert de rage. J'ai pensé qu'il y avait eu de la bagarre. Quand il est reparti, il était toujours très agité.

— Je vois, fit Ôgami en finissant son thé. Bien. Hé, la grand-mère, comme d'habitude.

— Oui, oui, répliqua Katsu en se redressant péniblement pour attraper sur l'étagère une cartouche de Peace emballée dans du papier.

Il lui tendit un billet froissé de 5 000 yens.

— J'ai pas besoin de la monnaie.

— Comme à chaque fois, merci. (L'air ravi, elle fourra le billet dans une poche de son tablier.) Bon. Ah, j'oubliais. (Elle lui tendit un paquet de cigarettes.) Des Caster Mild. Ça vient de sortir, il y a une promo. Emporte-le.

— Merci beaucoup !

Hioka avait noté que son chef questionnait toujours les *bienfaiteurs* avec un billet de 1 000 yens sous la main. Une cartouche de Peace coûtait 2 400 yens. L'information fournie par Katsu valait donc deux à trois fois plus que celle des autres. Ou alors, la vieille dame jouissait d'un statut particulier. Pour cette seule tournée, le chef avait déjà dépensé plus de 10 000 yens. Même en tenant compte de son célibat, difficile de l'imaginer survivant sur son seul salaire.

Et Hioka n'avait pas oublié la réaction de Kubo, ramené en cellule après le dernier interrogatoire. Se démenant et crachant par terre, il avait une fois de plus copieusement injurié Ôgami. « Tu palpes ton pourcentage chez les yakuzas ! C'est comme ça qu'tu vis. On te nourrit et tu nous trahis avec tes pièges dégueulasses. La honte ! Je lâcherai tout au tribunal. Prépare-toi. »

Le commandant se faisait-il arroser par des gangs ?

— Qu'est-ce que tu fabriques avec cet air endormi ? On y va !

Ses pensées venaient d'être interrompues par la voix criarde de son chef. Levant les yeux, il le vit déjà dehors et l'observant à travers la vitrine. Il salua Katsu d'un hochement de tête et sortit à son tour. De retour à la voiture, le commandant se cala dans le siège passager et sortit une cigarette du paquet qu'on venait de lui offrir. Son lieutenant la lui alluma.

— Ça ne sent pas bon, murmura Ôgami en soufflant une fumée bleutée.

— Le goût des Caster Mild est très différent ? (Récupérant un regard courroucé, il se hâta d'ajouter :) Comparé aux Peace, le goût est faible, je veux dire.

— Crétin, je ne parle pas de la cigarette.

— Ah, de quoi alors ?

— Du comptable Uesawa, soupira-t-il. (Dérouté, Hioka haussa les sourcils.) Mon intuition n'était pas la bonne.

Il s'expliqua. D'après lui, le risque qu'Uesawa ait été embarqué par le Kakomura était élevé. Fin mars, les membres du gang étaient furax et le recherchaient. L'information de Katsu concernant un retour à la normale fin avril laissait penser qu'ils l'avaient alors attrapé. Cela remontait à plus de deux mois. Même dans un endroit isolé, détenir quelqu'un longtemps était compliqué.

— Ce sera dur pour sa sœur, mais j'ai bien peur qu'il soit mort.

Son pager sonna dans sa poche ; il le consulta et le rempocha, l'air soucieux.

— Trouve-nous un téléphone public, ordonna-t-il.

Hioka démarra et remonta l'avenue jusqu'à la première cabine téléphonique. Le commandant s'y engouffra sans un mot, puis fut vite de retour.

— On va à Hiroshima.

Depuis Kurehara, le trajet ne prenait qu'une trentaine de minutes, mais il les faisait quitter le périmètre couvert par leur commissariat. Ce déplacement concernait le travail ou une affaire privée d'Ôgami ?

Remarquant l'hésitation de son lieutenant, il eut un claquement de langue énervé.

— Qu'est-ce que t'attends ?! Démarre !

Hioka enfonça l'accélérateur.

*

Celui qui avait contacté Ôgami sur son pager était un certain Sagawa, le bras droit de Ginji Takii. Ancien pilier du Watafune, Takii dirigeait maintenant son propre gang et était aussi très influent dans la Jinsei, une fédération locale de plusieurs gangs représentant environ six cents yakuzas et présidée par Watafune, lui-même allié du Shinpû, un gros gang de Kobe.

La seconde guerre des gangs d'Hiroshima était née de la rivalité entre le Shinpû et l'Akashi, les deux plus grandes organisations yakuzas du Japon. D'abord ennemis, les chefs de l'Irako et du Watafune s'étaient donc alliés au sein de la Jinsei. Mais d'après la rumeur, la place de Watafune était convoitée. Pour Ôgami, la Jinsei avait beau avoir une image de roc inébranlable, elle se lézardait de l'intérieur.

Sagawa s'occupait de la gestion au jour le jour du gang Takii aussi bien que des affaires privées de son patron. Il venait d'appeler Ôgami à la rescousse : Yôko, la femme de Takii, avait eu vent de son infidélité. En route, Ôgami expliqua que ce n'était pas sa première incartade. À chaque fois, ça s'était terminé par une scène de carnage. Et Ôgami était systématiquement appelé pour venir restaurer la paix.

Les bureaux du gang Takii, contigus au domicile du patron, se trouvaient au cœur d'un luxueux quartier résidentiel. En jaillit Sagawa, qui s'inclina plusieurs fois devant Ôgami, son menton touchant presque ses genoux.

— Il n'y a que vous qui pouvez calmer la « grande sœur », geignit-il. Je vous demande humblement d'intervenir !

— Ça va, ça va, j'ai compris ! répliqua le chef, excédé par ces courbettes. Yôko est à l'intérieur ?

— Oui, confirma Sagawa, l'air rassuré.

— Et ton boss ?

— Il s'est réfugié dans son bureau.

— Toi, tu restes dans la voiture, dit Ôgami à Hioka, ce qui va suivre n'est pas un spectacle pour les enfants. Quand ce sera fini, je t'appelle.

Pour une fois, sa voix était mal assurée.

Un jeune yakuza vint le prévenir une demi-heure plus tard.

— Ôgami-san vous demande.

En pénétrant dans le bureau, Hioka vit Takii le toiser depuis un canapé fatigué. Cheveux légèrement bouclés et coupés court, nez à l'arête saillante, menton pointu et teint hâlé de golfeur, il portait une chemise à rayures et un cardigan sur les épaules. Son regard aigu et ses lèvres fines lui donnaient une expression énergique.

— Ah, c'est le gars dont tout l'monde cause…

— Lui-même, dit Ôgami.

Hioka se présenta et inclina la tête. Le chef yakuza lui retourna son salut d'un air peu engageant, puis se tourna vers le commandant, prit sa main entre les siennes et s'inclina profondément.

— Tu m'as rendu un foutu service. Si ma tronche est encore attachée à mes épaules, c'est grâce à toi. Même si j'me vautrais à tes pieds, ça suffirait pas.

Ôgami se bricola un air étonné avant de s'installer sur l'autre canapé, séparé du premier par une table basse en verre.

— Tu exagères beaucoup.

Takii secoua la tête avec vigueur.

— Non, contre cette femme, j'pouvais rien. Quand elle a su que j'la trompais, elle a foncé à la cuisine et a attrapé un grand couteau. « Cette fois-ci c'est la bonne ! Tu vas me payer ça ! » Elle était monstrueuse, la bave lui giclait d'la bouche, elle s'est jetée sur moi en beuglant. Si tu t'étais pas interposé, c'était foutu.

Hioka était surpris ; cet homme, capable de glacer

n'importe qui d'un regard, semblait à deux doigts de pleurer.

— C'est une bonne leçon. Le côté effrayant de Yôko est gravé en toi maintenant.

Takii, gêné, fixait ses cuisses.

— La fille, elle avait le même âge qu'mon fils, mais j'ai pas pu me retenir. Quand y a un truc appétissant devant mes yeux…

— Je comprends l'idée, mais si c'est juste pour grignoter des biscuits apéritifs, tu pourrais te débrouiller pour que ça ne se sache pas, non ?

— J'ai fait gaffe. Mais bon, ça s'est vu. L'intuition des bonnes femmes, c'est un truc horrible. La prochaine fois, j'ferai vraiment attention.

Ôgami poussa un long soupir.

— Pense un peu à Yôko. Si tu es devenu ce que tu es, c'est grâce à elle.

L'air soudain docile, Takii acquiesça.

— Ouais, grâce à vous deux. Sans elle et sans toi, j'aurais été coffré et j'passerais ma vie en tôle ou alors j'pourrirais au fond de l'océan. Au choix.

Pour monter son propre gang, Takii était forcément passé par des phases périlleuses. Du point de vue des yakuzas, il fallait autant de talent que de chance, et une femme qui vous soutenait dans l'ombre était un atout supplémentaire, mais Hioka s'interrogeait. Ôgami l'avait-il carrément aidé dans son parcours ? Par exemple, en échangeant des informations sur les enquêtes en cours. Leur connivence indiquait qu'une ligne avait été franchie.

De même, le fait que Yôko ne prêtât l'oreille, lorsqu'elle était en colère, qu'aux propos d'Ôgami prouvait qu'ils avaient traversé des épreuves ensemble, avaient une communauté de vues et partageaient une confiance réciproque. Que ce soit avec Ichinose du gang Odani ou avec Takii, le commandant avait clairement des contacts rapprochés avec l'ennemi.

Après avoir bu le thé apporté par un jeune subordonné, Takii retrouva un visage sérieux.

— Tu nous avais posé une question tantôt. Un d'nos juniors nous a apporté une info.

Comme mû par un ressort, Ôgami se redressa.

— On sait où crèche Uesawa, reprit Takii.

Interloqué, le lieutenant regarda son chef. Il avait donc transmis à Takii une information sur la disparition du comptable et leur enquête ?

Ils n'étaient que trois dans cette pièce d'environ quarante mètres carrés, cependant Takii baissa la voix.

— Mon junior a appris qu'un mec vivait seul dans un love-hotel de la rue Nagare.

Il s'agissait du quartier chaud d'Hiroshima. S'y entassaient bars, restaurants, sex-shops et love-hotels. Ôgami sembla découragé.

— Ce n'est pas rare qu'un homme passe du temps dans un love-hotel. Il s'est fait poser un lapin par la fille avec qui il avait rendez-vous ou il y séjourne avec une prostituée. Il y a même des voyageurs de commerce qui les préfèrent aux hôtels normaux parce qu'ils sont moins chers.

— Pendant deux semaines ? C'est pas courant, si tu veux mon avis.

Une lueur traversa le regard du commandant. Takii ajouta que l'homme était arrivé à la mi-avril et n'avait pas quitté sa chambre. Son comportement étrange avait interpellé le gérant de l'hôtel.

Mais impossible d'évacuer un client payant sa note. Finalement, des types à l'allure de *chimpira* étaient arrivés. Ils connaissaient le numéro de la chambre et avaient embarqué le client malgré ses protestations.

— C'était y a deux mois à peu près.

— Celui qui s'est fait emmener, c'était Uesawa ?

— J'peux rien affirmer, mais d'après mon gars, le mec ressemblait beaucoup à ta description. En plus, ces *chimpira* étaient pas connus à Hiroshima. C'est peut-être bien des mecs de Kurehara.

Un instant, Ôgami sembla perdu dans ses pensées.

— Quel est le nom du love-hotel ?

— La Lune parfumée.

Takii précisa que c'était un établissement traditionnel, niché dans une petite rue près du bar à entraîneuses L'Emperor, et utilisé principalement par des couples adultères d'âge moyen.

— On y va, dit Ôgami à Hioka en se levant.

Celui-ci se précipita dans son sillage. Alors qu'ils remettaient leurs chaussures dans l'entrée, Takii les rejoignit ; un jeune arriva en courant, il lui fit signe de rester à l'écart. Hioka sortit en premier, mais put capter la conversation.

— Fais gaffe, dit Takii. J'ai entendu des histoires pas trop gentilles.

— Quel genre ?

— Rapport à la police de la préfecture. En gros, t'intéresses assez l'Inspection des services.

— Bah, ce ne sera pas la première fois, ricana Ôgami.

— Ouais, mais là, c'est chaud. On dit que t'as des indics infiltrés par l'ennemi.

Hioka se glissa derrière le volant et attendit qu'ils

aient fini leur conciliabule. Il était 21 heures passées. La portion de rue était éclairée par les puissants projecteurs du portail et on y voyait aussi bien que dans un quartier gorgé de néons. À travers la vitre baissée, le lieutenant vit son chef passer un bras autour des épaules du yakuza. Leur échange était toujours audible.

— Merci pour cette info sur le love-hotel. Je vais voir de quoi il retourne.

Takii agita sa main devant son visage pour signifier que les remerciements étaient superflus.

— C'est moi qui suis en dette. Et j'ai même pas pu t'offrir un coup sérieux à boire. Ma meuf était pas de bon poil, désolé. On picolera une autre fois.

— Pas de souci. Mais ce soir, en y mettant du cœur et des excuses, sacrifie à la piété maritale. (Il se mit à rire.) Avec un bon coup de ton fier magnum, ça va le faire.

Ce fut au tour de Takii de le prendre par l'épaule.

— Le magnum ? dit-il avec un sourire amer. Quand je suis avec bobonne, j'sais pas pourquoi, mais y tire pas bien. C'est con.

— Bah, ce qu'on appelle le pistolet des hommes, il faut aussi qu'il serve sur les vieux champs de bataille…

Et ils éclatèrent tous deux d'un énorme rire qui chamboula la paix de cette rue résidentielle. Takii avait le dos tourné. Hioka crut le voir fouiller la poche intérieure de sa veste tout en murmurant à l'oreille du chef. Il se concentra et parvint à saisir les mots « pour ce mois-ci ». Le commandant empocha son cadeau. Une enveloppe blanche.

Pour ce mois-ci.

Les mots de Kubo lui revinrent à l'esprit.

Ôgami, tu palpes ton pourcentage chez les yakuzas.

Il était désormais évident que le commandant recevait des dessous-de-table. Et chaque mois, apparemment. Le lieutenant détourna la tête et serra les mâchoires.

La portière côté passager finit par s'ouvrir.

— Je t'ai fait attendre.

La voix était guillerette.

— Non, pas du tout, répondit Hioka.

Conscient que ses propres traits s'étaient durcis, il avait évité de croiser le regard de son chef. Dans une gestuelle désormais familière, celui-ci se cala dans le siège passager et fit glisser son panama sur ses yeux.

— Bon, départ pour la rue Nagare et La Lune parfumée. On va interroger les employés de ce love-hotel mentionné par Takii.

Le yakuza était déjà rentré chez lui. Le lieutenant regarda le trottoir désert et illuminé, puis démarra.

*

Le love-hotel correspondait en tout point à la description de Takii. Il était niché au fond d'une ruelle, et seule une petite enseigne lumineuse permettait de le repérer. Cerné d'un mur à hauteur d'homme, il ressemblait à ces maisons traditionnelles en bois qu'on voyait à la campagne. Les murs avaient été repeints, l'enseigne changée, mais ce bricolage ne cachait pas sa vétusté.

L'intérieur n'était pas aussi catastrophique que ce à quoi on se serait attendu. Le parquet de l'entrée, poli à fond, jetait des reflets profonds. Devant les portes de chaque chambre se trouvait un petit extincteur. Pas une once de poussière, le ménage avait été fait avec soin.

Ôgami actionna la sonnette du guichet de la réception. Un rideau s'écarta aussitôt sur le visage d'une femme entre deux âges.

— Pardon de vous déranger durant votre travail, mais nous souhaiterions poser quelques brèves questions au gérant.

Elle leur jeta un regard soupçonneux, puis découvrant le badge d'Ôgami, ouvrit la porte attenante à la réception. Ils pénétrèrent dans un petit bureau. L'employée leur proposa des chaises métalliques, puis appela sur une ligne intérieure. Un homme arriva rapidement. Vêtu d'un kimono traditionnel, il devait avoir un peu plus de cinquante-cinq ans ; pour dissimuler sa calvitie naissante, il avait pommadé ses mèches survivantes. L'œil interrogateur, il s'assit de l'autre côté d'une table basse et rajusta les pans de son habit.

— Que puis-je faire pour vous ? Il ne se passe généralement rien dans mon établissement qui puisse attirer l'attention d'inspecteurs de police.

Sa voix trahissait une certaine inquiétude. Ça ne semblait pas lié à un problème de conformité avec la loi régissant le commerce des corps ou les règlements anti-incendie. Hioka penchait plutôt pour un sentiment de culpabilité.

Ôgami entra dans le vif du sujet.

— Nous avons reçu une information selon laquelle, vers le mois d'avril, un homme aurait été enlevé ici. Nous aimerions confirmer ou infirmer.

Le gérant feignit l'innocence.

— Non, il n'y a rien eu…

— Un groupe d'amis, qui auraient eu une querelle ? le brusqua Ôgami. Ce genre de choses, vous voyez ?

Il se tut pour le regarder fixement. Hioka se fabriqua le même air glaçant. De plus en plus embarrassé, le gérant reprit la parole.

— D'un côté il y avait des sortes de *chimpira*, de l'autre une personne qui pleurait. J'ai cru que c'était sans importance. Je me rends compte que j'aurais dû alerter le commissariat. Mais je vous assure que je n'avais pas de mauvaises intentions. J'ai dit la même chose aux membres du Takii.

Après ce discours maladroit, il baissa la tête. Ôgami inclina la sienne en signe d'assentiment. Il repéra un petit moniteur posé sur la table ; il permettait de voir l'entrée du love-hotel, la réception et les couloirs du rez-de-chaussée et du premier.

— Ah, je constate que vous avez des caméras de surveillance. Vous gardez les vidéos ?

— Oui, j'ai reçu pour instruction de la police de les conserver trois mois. Veuillez patienter, s'il vous plaît. (Il alla ouvrir une armoire métallique et vérifia les dates.) Ça devrait être celles-ci.

Il revint avec deux cassettes vidéo. Il éjecta celle de l'enregistrement en cours et la remplaça par l'une de celles qu'il avait apportées. L'habituelle tempête neigeuse apparut sur l'écran, vite remplacée par une vue de la réception. Le gérant fit avancer la bande avec la télécommande, arrêtant et accélérant plusieurs fois jusqu'à ce qu'il trouve ce qu'il cherchait.

— C'est ce moment-là, annonça-t-il avec une certaine fierté.

La date et l'heure indiquées sur le moniteur étaient le 15 avril à 22 h 15. Hioka vit quatre individus entrer dans l'hôtel. Indifférents aux protestations de la réceptionniste, ils foncèrent à l'étage pour réapparaître quelques minutes plus tard avec un homme. Bâillonné, maintenu fermement, lançant des coups de pied frénétiques et tentant de résister avec la dernière énergie. Les *chimpira* l'agrippèrent chacun par un pied ou une main et l'entraînèrent vers la sortie.

— Voilà, ça s'arrête là.

Le gérant éjecta la cassette avant de se confondre en excuses. Mais Hioka n'écoutait plus. Il se repassait mentalement la vidéo. Il avait reconnu deux hommes. Le premier était membre du Kakomura. Il s'agissait de Nawashiro, qu'il avait combattu le jour de sa prise de fonction sur le parking du pachinko Hinomaru. Il faisait partie des quatre assaillants. Le second était la victime. Le lieutenant n'avait vu son visage qu'en photo. Mais c'était bel et bien le comptable.

Visage fermé, Ôgami fixait l'écran vide du moniteur.

— L'homme enlevé, c'est Uesawa, lui dit Hioka. Le Kakomura est impliqué dans sa disparition. C'est certain.

Sans tenir compte de sa remarque, le commandant s'adressa au gérant.

— Cette cassette, je la prends comme matériel d'enquête.

L'hôtelier poussa un soupir résigné et la lui tendit.

— Va récupérer la voiture au parking. On rentre ce soir au commissariat.

— Compris.

— À partir de demain, c'est la guerre.

Le lieutenant fonça chercher la voiture.

En chemin, il jeta un coup d'œil à sa montre. Il était plus de 23 heures.

4

Journal
27 juin 1988

Un peu après minuit, rue Akaishi à Kurehara, bagarre dans le bar Riko entre des membres des gangs Odani et Kakomura.
1h00, Takashi Yanagida, 21 ans, membre de l'Odani, est grièvement blessé.
3h00, Yanagida décède à l'hôpital Hisseki de Kurehara.
4h00, échange de tirs dans le quartier de Kaname. Un appel au 110.
7h00, coups de feu tirés sur les bureaux du Kakomura.
9h00, coups de feu sur la résidence de Bizen de l'Odani.
10h00, avec Ôgami, nous nous rendons au QG de l'Odani. Collecte d'informations auprès du numéro deux, Moritaka Ichinose.
[redacted]

Hioka projeta son futon dans les airs. Il venait d'être réveillé en sursaut.

Mais le coupable n'était pas le réveil. Dans le noir, il rampa à moitié, tendit la main vers le téléphone mural, trouva le combiné à tâtons, le pressa contre son oreille et parvint à articuler son nom.

L'appel était déjà interrompu, seul le *tut-tut-tut*

symptomatique d'une communication manquée résonna dans son oreille. Les yeux embués de sommeil, il raccrocha. Il n'avait entendu que deux ou trois sonneries, mais ça avait dû durer plus longtemps. Il approcha son visage du réveil posé près de l'oreiller : 5 h 20. Une erreur ou une urgence au commissariat ?

D'un pas mal assuré, il alla aux toilettes, puis but de l'eau à la cuisine et revint s'asseoir sur le futon qu'il ne prenait jamais la peine d'aérer. S'il y avait urgence, ils rappelleraient bientôt.

La veille, lors de la réunion d'enquête consacrée à la disparition d'Uesawa, il avait été décidé de demander un mandat d'arrêt à l'encontre de quatre membres du Kakomura, dont Nawashiro, sous le motif de présomption d'enlèvement. Ensuite, Ôgami avait invité Hioka à prendre un verre. Contrairement à son habitude, il l'avait libéré avant minuit et avait décliné l'invitation de partager un taxi au prétexte qu'il avait à faire ailleurs. Le lieutenant avait alors réussi à le surprendre :

— Si c'est pour boire, aucune raison de ne pas y aller ensemble. Je dois jouer mon rôle d'éclaireur auprès de vous.

— Tu es sérieux au point d'en être presque crétin. Bah, ça le fait sûrement pour toi. Mais apprends quand même un peu la discrétion.

Ne comprenant pas où il voulait en venir, Hioka l'avait interrogé du regard.

— Toi aussi tu dois avoir une fille, avait fini par lâcher Ôgami.

Comprenant enfin qu'il se rendait chez une petite amie, le lieutenant avait vu flotter devant ses yeux le visage d'Akiko, la patronne des Petits Plats de Shino. La silhouette de son chef s'était dissoute dans l'obscurité relative de la rue, et il était rentré chez lui pour s'écrouler sur son futon sans même se changer.

Il vivait seul, une rareté pour une jeune recrue. Il n'y avait plus de place dans le dortoir des célibataires, aussi lui avait-on attribué un logement privé, à deux pas du commissariat. Il faisait une quinzaine de mètres carrés et n'était meublé que du futon et d'une petite table. La télévision portative rapportée de chez ses parents était encore dans les cartons de déménagement, il n'avait pas le temps de la regarder. La minuscule cuisine n'avait jamais été utilisée puisqu'il prenait ses repas à l'extérieur, et ses étagères ne recelaient que quelques boîtes de nouilles instantanées.

Lorsqu'il put enfin s'allonger, la fatigue accumulée s'empara de lui d'un seul coup. Un brouillard s'élargit dans son esprit. L'image d'Akiko et d'Ôgami enlacés se mêla à celles de l'enlèvement d'Uesawa sur la vidéo de sécurité. Ces visions roulèrent un moment comme des billes dans sa conscience.

Il balaya ses souvenirs, puis tourna la tête vers son réveil : 5 h 23. L'alarme était réglée sur 6 heures. Alors qu'il s'emballait dans son futon, la sonnerie retentit de nouveau. Cette fois, il décrocha vite.

— Allô ? Hioka à l'appareil.

— C'est moi. T'es réveillé ?

Le chef. Son ton indiquait que c'était lui qui avait appelé auparavant. Le lieutenant s'excusa.

— Le temps que je me lève pour répondre et vous aviez déjà raccroché.

— Takashi s'est fait saigner.

Takashi ? Il fouilla sa mémoire engourdie, mais son cerveau refusa de fonctionner, et il garda le silence. À l'autre bout du fil, un claquement de langue réprobateur se fit entendre.

— Quand on était au siège de l'Odani, il y avait ce type teint en blond et coiffé comme Travolta dans *Grease*.

Hioka retrouva ses esprits. On parlait du gars qui couchait avec la mama-san du bar de la rue Akaishi. Un jeune qui avait encore un air chérubin.

— L'hôpital Hisseki vient de confirmer son décès.

L'info le réveilla comme une gifle. En employant l'expression « se faire saigner », son chef voulait donc parler de meurtre. Sa plaisanterie remonta à la surface. « Les deux derniers propriétaires du Riko étaient si occupés la nuit avec elle qu'ils en sont morts. Fais attention à ne pas connaître le même destin… » Incapable d'articuler, il serra le combiné.

Ôgami lui apprit qu'une dispute avait éclaté au Riko, juste après minuit, entre deux membres du Kakomura et trois juniors de l'Odani. Un certain Sôryô du Kakomura avait importuné la mama-san, et Takashi l'avait défendue puisqu'elle était sa petite amie. Blessé à la tête avec un tabouret en métal, Sôryô s'était mis à saigner abondamment. Ses acolytes et lui étaient repartis en crachant des imprécations, et les hostilités s'étaient arrêtées là. Takashi et la mama-san avaient quitté le bar vers 1 heure. Le Riko se trouvait au troisième étage d'un immeuble ; pendant que sa petite amie fermait le bar, Takashi s'était trouvé seul dans la rue où il s'était fait agresser. Blessé d'un coup de couteau à l'abdomen, il avait été transporté en ambulance à l'hôpital, mais avait succombé à sa blessure vers 3 heures.

— La mama-san a vu deux hommes s'enfuir. L'un d'eux avait la tête bandée. Probablement Sôryô, venu se venger. Bon, je serai au commissariat jusqu'à 7 heures. Rejoins-moi avant.

Il raccrocha. Hioka remit le combiné en place et se dérouilla les muscles du cou. Il était tenaillé par de sombres pensées. Le Kakomura et l'Odani avaient toujours été ennemis. Une altercation entre deux sous-fifres risquait de déclencher une guerre. D'autant qu'il y avait mort d'homme.

Il alluma, arrangea rapidement sa tenue, se débarbouilla, se lava les dents et s'apprêta à sortir. Alors qu'il enfilait ses chaussures, le téléphone se remit à sonner. Il revint à toute allure dans sa chambre.

— Ça vient de chauffer à Kaname. Je file au commissariat. Viens m'y retrouver.

Depuis des lustres, Kaname était le quartier des plaisirs de Kurehara. Après la guerre, les soldats américains y prenaient du bon temps. Le pressentiment de Hioka se trouvait confirmé.

— Avec la mort de Takashi, vous pensez que le Kakomura et l'Odani vont se mettre une raclée ?

— Bon, tu te ramènes, oui ou non ?!

Et Ôgami coupa la communication.

*

Hioka arriva au commissariat un peu avant 6 heures. Lorsqu'il entra dans le bureau de la Seconde division, le commandant était déjà là.

Jambes allongées, sourcils froncés et yeux dans le vague sous le panama.

En s'approchant pour le saluer, le lieutenant put constater qu'il puait l'alcool. Il allait lui demander des instructions, lorsque le chef ressuscita.

— Fais-nous du café. Fort.

L'ordre était impérieux et il ravala sa question. Il alla dans la petite cuisine, fit chauffer l'eau et prépara un café corsé. Arrivèrent Itsuki et Tomotake. Qui pilèrent sur le seuil. Itsuki réagit le premier.

— Quoi, vous êtes déjà là, vous deux ?! Vous êtes au courant ?

Tomotake renchérit d'une voix où perçait la colère :

— Où étais-tu passé, Ôgami ? J'ai essayé de te joindre un nombre incalculable de fois.

Comme en service minimal, le commandant hocha la tête.

— Désolé, j'avais un truc à faire.

— J'ai essayé le téléphone, le pager. Tu n'y as prêté aucune attention, continua le directeur de la Section d'un ton lourd de reproches.

Personne n'ignorait que le commandant avait toujours son pager sur lui ; les chances qu'il n'ait pas remarqué les appels étaient faibles.

— Ah bon, dit-il en ôtant son panama avant de se masser le cou. Je n'ai rien remarqué. T'as peut-être pas fait le bon numéro.

Tomotake s'apprêta à répliquer puis, notant la grimace amère d'Itsuki, se retint. Tous deux s'installèrent derrière leurs bureaux.

Itsuki interpella Ôgami.

— À part les officiers directement impliqués,

Tomotake et moi-même, personne n'a été informé de la mort du jeune de l'Odani et des échanges de coups de feu à Kaname. Comment se fait-il que tu sois au courant ?

Hioka encaissa durement la remarque et, d'un coup d'œil, vérifia que personne ne se trouvait dans le bureau à part eux quatre. Si Ôgami n'avait pas été informé par le commissariat, c'était qu'il disposait d'un autre canal. La nouvelle n'avait pas été diffusée, sinon les autres membres de la Seconde division seraient présents. Cette révélation l'ébranla.

Son chef commença à siroter son café.

— C'est quelque chose que j'ai entendu par hasard, au détour d'une conversation téléphonique.

— Une conversation téléphonique ! lâcha Tomotake. Je me demande bien laquelle.

Ôgami l'ignora.

— Si je suis ici, c'est parce que les événements deviennent un peu… ennuyeux.

Itsuki, bras croisés, bien calé dans sa chaise, émit une sorte de grognement qui pouvait signifier : « Je vois. »

Ennuyeux ? Hioka devina que son chef faisait référence à la disparition d'Uesawa.

La veille, lors de la réunion de la Section, il avait transmis le tuyau obtenu à Hiroshima, et donné la cassette vidéo du love-hotel de la rue Nagare.

— On voit quatre membres du Kakomura, dont Nawashiro, emmener de force Uesawa, avait-il expliqué à Tomotake. Aucune erreur possible. Le gang est impliqué dans sa disparition.

Lorsque Tomotake avait voulu savoir par quelle voie l'information avait transité, Ôgami avait noyé le poisson. Comprenant que le tuyau venait des yakuzas, Tomotake n'avait pas insisté ; connaître l'origine de l'info n'était pas si important, la priorité était la résolution de l'affaire.

L'équipe avait visionné la vidéo sur le magnétoscope et le téléviseur de la salle de réunion, ce qui avait permis d'identifier les trois hommes accompagnant Nawashiro. Il s'agissait des vétérans Yokoyama et Imamura ainsi que du junior Ôe. Tomotake avait alors planifié une large perquisition en vue de leur arrestation. Itsuki avait donné son accord pour l'obtention d'un mandat et alerté ses supérieurs.

Pour l'instant, il n'y avait aucun résultat. La mort du jeune yakuza et le risque que des citoyens ordinaires se trouvent en danger si la situation s'envenimait risquaient de reléguer l'affaire du comptable au second plan.

Le groupe resta un instant silencieux.

— Oui, le timing n'est pas bon, constata Tomotake en se grattant la tête d'un air énervé.

— On va organiser une réunion d'urgence pour coordonner les deux affaires, dit Itsuki.

Il ordonna à Hioka de contacter les autres membres de l'équipe. Celui-ci se précipita sur le téléphone.

À 7 heures, tous étaient rassemblés et la réunion commença immédiatement. Tomotake détailla les circonstances de la mort de Takashi Yanagida.

Dans la nuit, l'hôpital Hisseki avait annoncé son admission à la suite d'une blessure au couteau. De son côté, la gérante du Riko, liée à la victime, avait signalé son agression en appelant le 110. Yanagida était décédé peu de temps après. Vers 4 heures, dans le quartier de Kaname, un jeune livreur de journaux avait entendu un échange de coups de feu. L'équipe dépêchée sur place avait pu repérer des impacts de balles sur le rideau de fer d'une banque et récupérer trois douilles.

— Depuis ce matin, le standard reçoit quantité d'appels de journalistes et de gens du voisinage qui craignent pour leur sécurité.

— La fusillade à Kaname est en relation avec la mort de Yanagida, non ? demanda Karatsu.

Tomotake s'apprêtait à répondre, Ôgami le devança.

— Je me demande bien pourquoi. (Tous les regards convergèrent vers lui.) Yanagida n'était pas un membre officiel de l' Odani. C'était juste un *chimpira* qui n'avait pas son insigne. On peut même dire qu'il a été attaqué dans le cadre de sa vie privée. Une organisation telle que l'Odani réagirait aussi vite pour un gars comme lui ? Vous y croyez ? (Il se tourna vers Karatsu.) La fusillade a eu lieu vers 4 heures. Quoi qu'on dise, c'est trop tôt…

Hioka fit les calculs. C'était trois heures après l'agression de Yanagida, une heure seulement après la confirmation de sa mort. Même si l'Odani voulait se venger, ses membres ne pouvaient pas imaginer croiser naturellement ceux du Kakomura à pareille heure.

— Alors ? demanda Karatsu en regardant Ôgami.

— Tu veux savoir si je pense qu'il s'agit d'une coïncidence et qu'une brouille d'une autre nature est en cause ? Une brouille qui s'est terminée au hasard par un échange de coups de feu ? Eh bien, je n'en sais rien. Il n'est pas encore démontré que c'était une fusillade entre le Kakomura et l'Odani. En tout cas, d'une façon ou d'une autre, les rues de Kurehara sentent la poudre. Ça, aucun doute.

Tous approuvèrent. Itsuki haussa la voix.

— Notre priorité est la sécurité des citoyens. Nous devons appréhender au plus vite le tueur de Yanagida. Même si les détails concernant la fusillade nous manquent, le risque que ça dégénère en guerre ouverte est bien réel. Nous ferons le maximum pour éviter ça. Sur ordre du commissaire, la Seconde division unifiée en une seule équipe va couvrir l'assassinat de Yanagida et la fusillade à Kaname. Les détails vous seront donnés plus tard. Une réunion est prévue à 13 heures.

Hioka constata que ses craintes se justifiaient. L'enquête sur la disparition d'Uesawa allait passer au second plan. Ôgami, les traits un rien tendus, regardait dans le vague. À quoi pouvait-il bien penser ?

Alors qu'Itsuki concluait la réunion, la porte s'entrouvrit sur l'un des hommes de la Section crime en col blanc, au bord de la suffocation.

— Le QG du Kakomura vient de subir une fusillade !

Ôgami se redressa d'un bond.

— Il y a des morts ou des blessés ?

— On n'a pas les détails, mais aucune ambulance n'a été demandée. Notre équipe d'urgence est en route.

— Ôgami ! intervint Itsuki. Vas-y et fais en sorte qu'il n'y ait plus d'agitation supplémentaire. La sécurité des citoyens doit être notre priorité à chaque instant.

— Entendu.

Le commandant agrippa sa veste posée sur le dossier de sa chaise et lança un regard au lieutenant. Ils allèrent récupérer leur voiture banalisée au parking.

*

La bande fluo marquée *police* interdisait l'entrée de l'immeuble abritant le siège du Kakomura. Journalistes et curieux grouillaient déjà dans les parages. Hioka se gara derrière une voiture de patrouille et enfila son brassard. Ôgami, descendu le premier, se fraya un chemin jusqu'au jeune planton gardant l'entrée. Le lieutenant suivit. Le junior se redressa et rectifia sa position pour saluer. Un officier de l'équipe d'urgence s'approcha d'un pas vif.

— Ôgami, merci d'être venu.

— Quelle est la situation ?

L'homme expliqua qu'une heure auparavant, une série de coups de feu avait résonné dans le voisinage. Les membres du Kakomura avaient montré des signes d'énervement dans la rue et les résidents avaient appelé la police. La façade et l'enseigne du gang avaient encaissé plusieurs impacts de balles. Par chance, personne n'avait été blessé. Une voiture blanche, qui avait été vue quittant les lieux après les tirs, était activement recherchée.

Le premier étage abritait un parking, le QG du gang se trouvait au second, les troisième et quatrième étages étaient occupés par des bars et des salons de massage. Commandant et lieutenant évitèrent leurs collègues de l'Identité judiciaire et montèrent directement au second. Ils entendirent des cris, qui s'amplifièrent à mesure de leur progression. Devant le portail du Kakomura, c'était la foire d'empoigne. Des membres du gang tentant de s'échapper étaient repoussés dans le local par un important groupe de policiers. Protégeant son panama d'une main, Ôgami fonça dans la mêlée, suivi par Hioka.

— Hé, Nozaki, restons calmes, dit-il au yakuza le plus âgé.

Il venait d'interpeller le second en commande. Cheveux teints en châtain et lissés au gel, visage fin, lunettes stylées, fine cravate, costume à rayures, il avait un look de producteur de musique. Un *chimpira* enragé surgit derrière lui pour menacer Ôgami.

— Qu'est-ce tu fous ? Pousse-toi d'là !

Hioka voulut jouer les boucliers. Nozaki, plus rapide, gifla son sous-fifre.

— Te mêle pas de ça.

L'autre se toucha la joue, l'air de ne pas comprendre ce qui lui arrivait, puis recula sans faire d'histoires.

Nozaki rajusta ses lunettes.

— C'est nous les victimes, Ôgami. Mais on nous traite comme des coupables. Pourquoi ?

— J'ai bien compris que vous étiez les victimes, répondit posément le commandant. Mais pourquoi est-ce que tes gars font un tel boucan ? On les entend depuis la rue. Les honnêtes gens prennent peur. S'il y a des choses qui ne vont pas, il faut les dire. Mais si tes hommes continuent comme ça, on les embarque pour trouble de l'ordre public.

Nozaki émit un claquement de langue et, d'un regard, intima à ses hommes de se calmer. Ils renâclèrent, puis obéirent. Ôgami ordonna à l'escadron de policiers d'attendre à l'extérieur du bâtiment.

Au premier abord, le QG du Kakomura était tout à fait ordinaire. De la taille d'une salle de classe, il était partitionné par deux armoires et abritait trois bureaux bien alignés. Un espace de réception, séparé par un rideau, était meublé de deux petits canapés et d'une table. Au-dessus du bureau en ébène du boss, les armoiries du gang encadrées. Sans ce détail, l'ambiance aurait été celle d'une banale administration.

Ôgami et Nozaki s'installèrent chacun sur un canapé ; Hioka resta debout. Le commandant soutint le regard du yakuza sans plus d'émotion que s'il se mirait dans une glace.

— Bon, qu'est-ce qui s'est passé ?

Sans le quitter des yeux, Nozaki croisa les jambes, posa un coude sur l'appuie-bras et cala son menton dans sa main.

— Je n'en sais rien. On a entendu les tirs, les jeunes sont sortis pour voir, le résultat est comme tu l'as vu.

Ôgami ficha une cigarette entre ses lèvres.

— Tu sais qui a pu faire le coup ?

— Ça… je n'en ai pas la moindre idée, murmura Nozaki, d'un air pincé.

Dans son dos, un membre du gang se mit à beugler.

— C'est ceux de l'Odani ! C'est clair !

— Ouais, c'est vrai ! intervint un autre. C'est pour se venger de l'incident du Riko et de la mort de Yanagida qu'ils sont venus nous provoquer.

— Fermez vos gueules !

Nozaki venait d'enlever ses chaussures. Il les lança sur les deux types ayant osé l'interrompre. La pièce replongea dans le silence. Quelqu'un rapporta ses chaussures à Nozaki, qui les renfila.

— Le chef du Kakomura, il est où ? finit par demander Ôgami.

— Le boss est parti à Kyoto, hier.

— Il fait quoi, là-bas ?

Nozaki sortit d'un geste mesuré une blonde d'exportation de sa poche et l'alluma avec un briquet Dunhill.

— Il serait peut-être temps que tu te retires. Comme tu peux voir, on est pas mal occupés ces derniers temps.

— Nozaki, tu peux me dire où tu étais entre hier soir et ce matin ?

Le yakuza le toisa dans un nuage de fumée.

— Je dormais, chez moi. Pourquoi ? Il est arrivé un truc ?

C'était feindre l'ignorance, il savait pertinemment ce qui s'était passé à Kaname. Le chef écrasa son mégot dans le cendrier et se leva.

— C'est bon. Ça va le faire. Je vais regarder un peu ce qui s'est passé aujourd'hui.

Il remit son panama et fit signe à Hioka de le suivre. Ce dernier le devança pour lui ouvrir la porte. Au moment de franchir le seuil, Ôgami se retourna.

— Tiens-toi prêt, Nozaki. Au cas où tu entendrais encore des coups de feu.

— Ouais, et toi, dis la même chose à ceux de l'Odani.

Leur échange de regards tenait du feu d'artifice.

L'atmosphère était sèche comme un nerf de bœuf. Des bruits de pas résonnèrent dans l'escalier. C'était l'officier qui les avait accueillis. Ôgami s'approcha. L'homme murmura à son oreille. Le visage du commandant changea de couleur.

— Vraiment ? (L'officier hocha tête.) Préviens immédiatement le commissariat.

L'autre repartit sans attendre.

— Qu'est-ce qui se passe ? demanda Hioka.

— On vient de tirer sur le domicile du numéro trois de l'Odani, Bizen.

Hioka réalisa que son chef s'était exprimé volontairement à voix haute afin d'être entendu de Nozaki. Avec un tel timing, ça ne pouvait être que des représailles du Kakomura. Il observa les membres du gang ; tous arboraient un léger sourire.

— Eh ouais, tout le monde est très occupé, lâcha Nozaki.

Le commandant fit lentement demi-tour et lui jeta un regard froid.

— Bientôt, vous aurez fini de rigoler.

Il avait parlé à voix basse, mais d'un ton menaçant. Il saisit Hioka à l'épaule et, d'un mouvement de menton, lui indiqua l'escalier. Une fois en voiture, il utilisa la radio pour appeler Itsuki. La voix sévère du patron résonna dans le haut-parleur. Selon le rapport de la patrouille, le domicile de Bizen avait été criblé de balles aux alentours de 9 heures. Il s'y trouvait seul avec son épouse. Ni l'un ni l'autre n'était blessé. D'autre part, la réunion de coordination était terminée. Une équipe était chargée de l'agression contre Yanagida, l'autre des fusillades entre le Kakomura et l'Odani.

— Par prudence, tes hommes suivent l'Odani, et ceux de Doi le Kakomura, ajouta Itsuki. En ce moment, Doi est d'ailleurs en route pour leur siège. J'ai mis deux de nos gars sur la résidence de Bizen. Toi, il faut que tu ailles au plus vite au siège de l'Odani. Il est vital que tu parles à Ichinose pour que la situation ne dégénère pas plus.

Sans attendre de réponse, il interrompit la communication. Ôgami remit l'écouteur de la radio en place et fixa son regard sur la rue.

— T'as entendu, j'imagine. Direction les bureaux de l'Odani.

Hioka démarra, accéléra et mit la sirène en marche.

*

Les alentours n'avaient plus rien de paisible. La rue résidentielle était encombrée de voitures de patrouille et de véhicules antiémeute. Devant le porche du QG de l'Odani, l'ambiance était houleuse. Ils étaient une vingtaine, qui encombraient l'allée de la propriété et débordaient sur la rue en jetant des coups d'œil nerveux autour d'eux.

Hioka se gara et la voiture fut vite encerclée. Les hommes étaient prêts à en découdre. Le chef descendit de voiture et les interpella.

— Qu'est-ce que c'est que ce boucan sur la voie publique ?! Vous troublez les honnêtes citoyens. Rentrez.

Le reconnaissant, les yakuzas reculèrent. Hioka se plaça en protection devant lui. Un quadragénaire sortit du bâtiment et s'inclina poliment, mains à plat sur les genoux.

— Ah, Yajima. Ichinose est là ?

— Oui, le numéro deux est là.

Hioka se souvenait de la fiche de cet homme. C'était un cadre très ancien de l'Odani. Lors de la troisième guerre des gangs d'Hiroshima, il avait abattu un membre de l'Irako et écopé de douze années de prison. Il avait été libéré plus tôt que prévu, deux ans auparavant.

Saluant de nouveau, il ouvrit le portail et les invita à pénétrer dans le bâtiment à sa suite. Calé dans un canapé, Ichinose fumait. Quelques membres du gang se tenaient derrière lui, visiblement en attente de ses ordres. Il écrasa sa cigarette dans le cendrier, se leva lentement et les salua d'une voix calme. Il se comportait comme si rien d'extraordinaire ne s'était passé. Cela étonna Hioka, jusqu'à ce qu'il repère le cendrier sur la table. Les mégots de Highlights, la marque favorite d'Ichinose, formaient une montagne.

Ils s'assirent face à lui tandis que le groupe de yakuzas rentrait. Bientôt une quarantaine d'hommes se trouvèrent rassemblés dans la pièce, et la température sembla monter de quelques degrés.

— Moritaka, ce qui arrive est problématique, dit Ôgami en portant une cigarette à sa bouche que Hioka alluma immédiatement.

Il expira la fumée et soupira en même temps ; Ichinose baissa la tête et émit un claquement de langue.

— Ces enfoirés du Kakomura font des conneries méprisables.

— Pour l'affaire de Bizen, que comptes-tu faire ?

— Le Kakomura, je finirai par tous les buter.

Je te le dis, ça réglera le problème. Mes jeunes, dans l'immédiat, je peux les retenir, mais jusqu'à quand ? (Il se pencha vers Ôgami.) Cette fois-ci, c'est le Kakomura qui a commencé. Tu as déjà entendu mes conversations téléphoniques.

Le lieutenant observa son chef. La personne avec qui il buvait hier soir n'était autre qu'Ichinose. Ça expliquait pourquoi il avait été le premier à apprendre la mort de Yanagida et l'échange de coups de feu à Kaname.

Ôgami demanda à Ichinose de lui donner un compte rendu détaillé des derniers événements. Le numéro deux de l'Odani se lança dans un récit entrecoupé de répliques rageuses. Il raconta qu'un des chefs du Kakomura, un certain Wayama, avait débauché la meilleure hôtesse du luxueux club de Bizen, situé dans le territoire de l'Odani. Bizen lui avait donné rendez-vous dans un bar pour lui demander de lui rendre la fille. Chacun était venu accompagné de juniors. Wayama s'était contenté de propos évasifs et avait prétendu que l'hôtesse travaillait volontairement pour lui. La discussion s'était éternisée jusqu'à ce qu'il manquât de respect à Bizen, et dans la foulée, au gang Odani. Bizen l'avait alors injurié, ça avait viré au pugilat.

C'était à ce moment-là qu'un junior de l'Odani avait accouru pour annoncer que Yanagida s'était fait poignarder à la sortie du Riko par des hommes du Kakomura. Un silence de plomb était tombé sur le bar. Jusqu'à ce que Bizen le fasse exploser en hurlant : « Bande de chiens, vous n'en sortirez pas vivants ! » Wayama et les siens s'étaient enfuis, poursuivis par Bizen et sa troupe. Ils allaient être rejoints lorsqu'un jeune du Kakomura s'était retourné pour leur tirer dessus. Bizen et ses hommes avaient riposté. Personne n'avait été blessé, mais le tumulte avait alerté les voisins. Et la police était arrivée au pas de charge.

Le chef avait écouté ce récit en restant impassible, mais Hioka se doutait bien que rien n'était nouveau pour lui. Dans son imagination, il donna des contours plus précis à l'histoire qu'il venait d'entendre. Itsuki et l'équipe avaient vu l'échange de coups de feu comme une vengeance liée à l'attaque au couteau contre Yanagida, sans tenir compte de l'opinion contraire d'Ôgami. Pourtant ce dernier avait raison. Les coups de feu étaient liés à la mainmise sur une hôtesse de bar et les premiers à tirer avaient été les hommes du Kakomura.

Il se souvint que lors de cette réunion très matinale, Ôgami avait douté que l'Odani puisse réagir aussi vite pour venger un jeune gars qui ne faisait pas encore officiellement partie du gang. En fait, à ce moment précis, il connaissait déjà les faits, mais avait fait semblant de les découvrir.

La voix tremblante de colère, Ichinose agrippa ses genoux.

— Ça fait longtemps qu'on a des problèmes avec le Kakomura. Ils ne se gênent pas pour pénétrer sur notre territoire. Ils y vendent même de la meth. Jusqu'à présent, on a résisté à la tentation d'employer la manière forte. Pour éviter les violences inutiles jusqu'au retour du boss. Quand le Kakomura nous jetait du sable, on fermait les yeux, mais… s'ils crachent sur le sceau de l'Odani, même si on doit y aller à la main, on les tuera tous.

— Moritaka, je comprends tes sentiments, répliqua le commandant. Mais tu ne crois pas que poursuivre l'héritage d'Odani est plus important ? Si la guerre éclate, tu te retrouveras en première ligne. Comme la dernière fois, tu te feras probablement arrêter. Et il se passera une dizaine d'années avant que tu retrouves ta vie. Mieux vaut rester tranquille encore un peu.

— N'oublie pas la Voie de l'honneur. Un yakuza qui n'est pas respecté ne mange pas. Se faire piquer une femme dans un bar, c'est couvrir de boue le sceau du gang. On ne peut pas se taire. (Son regard se durcit.) Même si nous, les vétérans, on le supportait, les jeunes ne nous écouteraient pas. Tous autant qu'ils sont, ils placent le sceau de l'Odani au-dessus de leur propre vie…

Hioka se souvint de ce que lui avait dit son chef à propos du gang Odani. Il les voyait comme une force spéciale d'élite. Les membres étaient peu nombreux, mais du haut en bas de l'organisation, ils étaient tous prêts à mourir pour elle si nécessaire. Ôgami avait utilisé une métaphore : « Ils ont couvert leurs ventres de bandes de tissu blanc comme des samurai sur le point de commettre seppuku. »

— Encore une chose, reprit Ichinose. Même si un homme n'est pas encore officiellement affilié, il est déjà des nôtres. Quand tu tues l'un des miens, tu es mon ennemi. C'est ça, la Voie de l'honneur.

Le commandant écoutait en silence. Il avait même fermé les yeux. Semblant consentir, il hocha la tête, puis rouvrit les yeux et se pencha pour murmurer.

— J'ai compris. Et je ferai ce qu'il faut. Peux-tu me donner un peu de temps ?

— Qu'est-ce que tu vas faire ?

— Eh bien… laisse-moi m'en occuper. (Il s'adressa à Hioka.) Allez, on rentre.

Sans attendre sa réponse, il fila en direction de la porte. Ichinose l'appela. Il se retourna.

— Il te faut combien de temps ?

— Une semaine… Non, plutôt cinq jours. Ça le fera. Tu peux empêcher tes jeunes de s'énerver entre-temps ?

— Tu as trois jours. Jusqu'à minuit.

Ils échangèrent un regard.

— Pourquoi pas, répliqua le commandant.

Il tourna les talons, imité par son lieutenant. Les yakuzas s'écartèrent pour les laisser passer. Lorsque Ôgami franchit le seuil, tous s'inclinèrent pour le saluer.

5

Journal

30 juin 1988,

10h00, réunion de l'équipe d'Ôgami.

11h00, avec le commandant, nous nous rendons à la prison de Tottori.

15h00, entretien en prison avec le boss Kenji Odani.

[redacted]

20h00, de retour à Kurehara, nous allons directement au siège de l'Odani.

[redacted]

Hioka quitta l'autoroute de la préfecture d'Okayama pour celle de la région du Chûgoku.

— On arrivera dans une paire d'heures.

— S'il n'y a ni accident ni embouteillage, répondit Ôgami en regardant le paysage et les nuages gonflés de pluie.

Le lieutenant repensa aux derniers événements. Après les échanges de coups de feu, la police préfectorale d'Hiroshima avait monté un groupe spécial d'intervention à Kurehara. Les perquisitions des sièges du Kakomura et de l'Odani n'avaient pas permis de trouver des armes illégales. De l'avis général, anticipant la descente de police, les yakuzas les avaient planquées dans des caches séparées. Pour le Kakomura, la moisson s'était résumée à une liste de membres et à deux sabres, et pour l'Odani à un vénérable fusil à mèche.

Après cet échec, le commandant avait suggéré à la hiérarchie d'utiliser l'enlèvement d'Uesawa pour anéantir le Kakomura.

— Le comptable a probablement été liquidé. On oublie un moment les fusillades et on se concentre sur l'arrestation de Nawashiro et des autres. On met le paquet pour les faire avouer. On localise le cadavre d'Uesawa. Et on arrête les chefs du Kakomura pour complicité d'enlèvement et d'assassinat. En décapitant l'un des gangs, on tuera la querelle. Impossible de se faire la guerre à soi-même…

Itsuki l'avait interrompu.

— Et s'ils n'ouvrent pas la bouche, on fait quoi ?

— Dans ce cas-là, tous les moyens sont bons. Les forcer à pisser debout, arrêter les leaders un par un puisque les motifs d'arrestation sont légion. Ça le fera, hein, Doi ?

Pour toute réaction, ce dernier n'avait eu qu'un rictus amer. Lorsqu'il était en poste à la préfecture, il avait été en charge de la fédération de gangs Jinsei et connaissait bien l'Irako et le Kakomura qui y étaient affiliés. La rumeur courait même qu'il avait un indicateur au sein du Kakomura. Doi n'était pas le seul dans l'équipe à avoir un problème avec l'idée de favoriser l'Odani, mais Itsuki avait tranché. La priorité était d'éviter le retour d'une guerre ouverte ; sur la base des éléments déjà obtenus, on mettrait l'accent sur le Kakomura afin d'arrêter Nawashiro et ses complices.

Malheureusement, les hommes chargés de l'arrestation avaient échoué. Nawashiro et ses sbires semblaient avoir disparu sans laisser de traces. Depuis trois jours, ils ne s'étaient montrés ni à leurs domiciles ni au siège du gang. On les recherchait activement, mais personne n'avait rien à se mettre sous la dent.

Hioka se tourna vers le siège passager. Fumant en silence, le chef regardait au loin. Trois jours s'étaient déjà écoulés depuis sa promesse faite à Ichinose d'arranger sa situation. Aujourd'hui, c'était la date butoir. Il était clair que, même pour lui, la disparition de Nawashiro et de ses complices était inattendue.

La veille au soir, c'était Karatsu qui lui avait confirmé l'évaporation du *chimpira*. Colère et embarras s'étaient mêlés dans le regard d'Ôgami. Et lorsqu'ils s'étaient trouvés seuls, Hioka lui avait fait part de ses doutes.

— Nawashiro et ses complices, comment se fait-il qu'ils aient disparu la veille des coups de feu ?

— Qu'est-ce que tu sous-entends ?

— Nawashiro a enlevé Uesawa à la mi-avril. Je me suis bagarré avec lui dans le parking du salon de pachinko le 13 juin. Entre-temps, il aurait eu largement le temps de disparaître. Pourquoi le faire maintenant ? Le jour où on décide de l'arrêter. La coïncidence n'est pas trop belle ?

Ôgami avait eu un petit rire.

— Tu as remarqué ça. On voit que tu as fait des études.

Pour la première fois, l'évocation du parcours universitaire avait été teintée de sarcasme. Le commandant s'était arrêté devant la porte des toilettes et lui avait jeté un regard oblique avant d'ajouter :

— Ouais. Quelque part, il doit y avoir un rat.

Faisait-il référence à un équipier de Doi qui aurait laissé filtrer des infos sur l'avancée de l'enquête ? En proie à des sentiments mêlés, Hioka s'était mordillé les lèvres. Son chef venait d'utiliser l'expression de « rat » pour parler d'un indicateur, pourtant Ichinose et lui échangeaient bel et bien des informations.

Ôgami avait la main sur la poignée de la porte des toilettes lorsqu'il l'avait interrompu :

— La limite de votre promesse à Ichinose, c'est demain. Que va-t-on faire, chef ?

Intercepter Nawashiro, résoudre l'affaire en enchaînant les arrestations, ce plan était devenu difficile à réaliser. Surtout en un jour. Et si la promesse n'était pas tenue, que ferait Ichinose ? Ignorant les conseils d'Ôgami, il affronterait probablement le Kakomura bille en tête. Le risque était grand de voir débouler le plus grand gang du pays, l'Akashi, dont l'Odani était proche, et le Shinpû auquel étaient liés le Kakomura, l'Irako et la Jinsei. La situation pouvait dégénérer en un conflit à grande échelle.

Ôgami était resté silencieux un temps, puis avait regardé Hioka droit dans les yeux.

— Je vais y réfléchir après avoir pissé.

Et il avait ouvert la porte des toilettes.

*

Ils quittèrent l'autoroute pour la nationale 53 et franchirent la rivière en direction de Tottori. C'était à l'issue de la réunion matinale au commissariat qu'Ôgami avait annoncé son intention de se rendre à la prison et désigné Hioka comme chauffeur. Ça avait réussi à étonner l'équipe au grand complet. Itsuki lui avait demandé comment pareille idée lui était venue alors que grandissait le risque d'une explosion de violence.

— On pourra toujours mettre la main sur Nawashiro, avait rétorqué Ôgami. En revanche, je ne sais pas combien de temps Ichinose va pouvoir tenir sans réagir à l'assassinat d'un de ses jeunes. Donc, je vais passer voir quelqu'un capable de le calmer.

Itsuki avait changé de couleur.

— Kenji Odani ?

Hioka savait que le boss purgeait une peine pour complicité d'assassinat et devait sortir dans trois mois. Un fait était certain, il était le seul capable de retenir Ichinose. Itsuki avait eu l'air dubitatif. C'était la police qui était censée contrôler les yakuzas ; il y avait quelque chose d'humiliant à demander l'assistance d'un chef de gang emprisonné. Le patron avait réfléchi quelques instants, poussé un grand soupir et autorisé Ôgami à le rencontrer.

— Je vais appeler le directeur de la prison, avait-il ajouté.

Hioka avait lu le dossier Odani en long et en large, et tout en conduisant, s'en remémora les détails. Kenji Odani était né en 1920 à Kurehara. À quinze ans, il avait été invité par le boss le plus puissant d'Hiroshima, un roi des paris clandestins, à partager la coupe de saké rituelle scellant son entrée parmi les yakuzas. Quand le conflit sino-japonais avait éclaté, il avait vingt ans ; enrôlé dans l'armée, il avait été envoyé en Mandchourie[1], dans le nord de la Chine.

À la fin de la guerre du Pacifique, le boss était mort dans l'explosion de la bombe atomique et la plupart de ses lieutenants avaient connu le même sort ou étaient décédés sur les champs de bataille. C'était en 1946, une fois démobilisé, qu'Odani avait appris la dissolution de l'organisation. De retour à Kurehara, il avait alors créé son propre gang avec huit survivants. Quatre ans lui avaient suffi pour devenir célèbre dans le monde de la pègre. En 1950, Kurehara débordait d'activités à cause de la guerre de Corée ; à la fin du conflit, dans un contexte de privations et de chaos, un grand nombre de gangs, petits et grands, s'étaient formés. Les deux plus puissants étaient l'Onishi, spécialisé dans la méthamphétamine, et le Miwa Ikka, régnant sur les tripots clandestins et qui allait devenir l'Irako. Leurs querelles territoriales avaient laissé pas mal de morts sur le carreau.

Odani avait annoncé sa neutralité et, pour réconcilier les deux parties, avait rendu visite à Kinugasa, un homme plus âgé, qu'il percevait comme son mentor, et qui dirigeait un gang basé à Fukunaga, dans la préfecture d'Hiroshima. Ce dernier ayant accepté

1. La Mandchourie était une région de la Chine occupée par l'armée japonaise de 1931 à 1945, et qui fut libérée par l'armée soviétique, puis rétrocédée à la Chine. Environ 500 000 Japonais y furent faits prisonniers par les Soviétiques et employés à la construction de chemins de fer. Beaucoup périrent et certains ne revinrent au Japon que plusieurs années après la fin de la guerre.

d'intervenir comme arbitre, les hostilités avaient pris fin. Mais, juste après la cérémonie de réconciliation, Kinugasa avait proposé au dirigeant du Miwa Ikka de s'affilier. Cette décision avait été perçue comme une menace par le chef de l'Onishi. Il s'en était plaint auprès d'Odani, lequel avait alors compris que l'objectif de Kinugasa avait toujours été de faire main basse sur Kurehara. Odani était parti sur-le-champ à Fukunaga pour dissuader Kinugasa de faire alliance. Celui-ci avait refusé de se ranger à ses arguments, l'avait traité de jeune impertinent et lui avait lancé un cendrier qui l'avait blessé à la tête. Odani était resté impassible et, pour préserver le code d'honneur des yakuzas, avait salué poliment avant de se retirer.

Mais un jeune l'ayant accompagné chez Kinugasa n'avait pas digéré l'affront. Que quelqu'un appelé en arbitrage choisisse un camp était considéré comme tabou dans son monde. Et l'agression physique du boss Odani était inacceptable.

Pour venger son patron, le junior était revenu seul à Fukunaga, s'était introduit de nuit chez Kinugasa et avait tenté de lui couper le doigt pendant son sommeil. Il s'était fait surprendre par des hommes du gang qui s'étaient déchaînés sur lui. Jeté à moitié mort dans la benne d'un camion en partance pour Kurehara, il était décédé pendant le transport et son corps avait été livré devant le domicile d'Odani à titre d'exemple.

Apprenant la nouvelle, Odani avait refusé les conseils de prudence de ses lieutenants et s'était rendu à Fukunaga pour demander à Kinugasa de prendre sa retraite. Non seulement, il avait obtenu le résultat escompté, mais Kinugasa s'était en prime tranché le doigt à titre d'excuses. La méthode d'Odani, décidé à mourir s'il le fallait, avait consisté à cacher des bâtons de dynamite sous sa ceinture de flanelle. La peur de l'explosion l'avait emporté et sa menace avait fonctionné.

Se jeter dans la gueule du loup sans une pensée pour sa propre sécurité, soumettre son adversaire grâce à sa témérité, voilà ce qui avait bâti sa réputation dans le Japon du crime. En revanche, le rapport de police évitait de mentionner par quelle magie il était parvenu à ses fins. Lorsqu'il s'était trouvé devant Kinugasa, celui-ci était forcément entouré de ses hommes. Comment avait-il pénétré au siège du gang avec de la dynamite ?

Hioka décida de questionner son chef.

— En 1950, quand Odani a forcé Kinugasa à se retirer, pourquoi n'a-t-il pas été fouillé au corps ?

— Qu'est-ce qui te prend tout d'un coup ? s'étonna Ôgami en le dévisageant.

— J'ai lu les procès-verbaux de la police préfectorale. Quand son junior a été tué, Odani est entré seul au siège du Kinugasa. Et de façon miraculeuse, il a obtenu la reddition du boss.

— Ah, l'histoire de la dynamite…

— Ce qui est surprenant, c'est que les membres du Kinugasa aient laissé Odani, bardé de bâtons de dynamite sous sa ceinture de flanelle, s'approcher si près de leur chef.

Ôgami s'esclaffa.

— C'est pas surprenant, et ça s'est passé il y a longtemps.

— Oui, bon, c'est juste un détail que j'avais remarqué.

Le chef reprit soudain une voix sérieuse.

— Et toi, tu as déjà vu le visage de quelqu'un prêt à mourir sur-le-champ ?

Le lieutenant réfléchit quelques instants, et répondit qu'effectivement, ça ne lui était jamais arrivé. Le commandant sembla brasser quelques pensées compliquées, puis poussa un énorme soupir.

— Si quelqu'un est prêt à mourir, dit-il, personne ne s'approche, personne ne le touche. C'est tout simplement impossible.

Hioka avait vérifié le trajet sur la carte et continuait à longer la rivière.

— Ôgami-san, pourquoi êtes-vous entré dans la police ? demanda-t-il en gardant les yeux sur la route.

— Qu'est-ce qui t'arrive encore ? Aujourd'hui tu as décidé de t'entraîner pour les interrogatoires ?

Il arrivait parfois, lors de longs trajets routiers, que des réflexions vous viennent soudain à l'esprit et vous poussent à parler. C'était ce qui était en train de se passer pour le lieutenant ce jour-là.

— Non, c'est sans raison particulière. Juste une pensée qui m'est venue comme ça, répondit-il en regardant Ôgami du coin de l'œil.

Le chef semblait absorbé dans la contemplation du paysage. Il ne reprit la parole que lorsque des montagnes apparurent au loin.

— Mon père était policier en Mandchourie.

— En *Mandchourie* ?

— Oui, c'est là-bas que je suis né. Après la guerre, j'avais trois ans et je suis rentré au Japon avec ma mère et ma sœur aînée. Mon père avait été fait prisonnier par les Soviétiques et envoyé dans un camp de travail en Sibérie. Il n'a pas survécu. Il est mort sans avoir pu remettre le pied sur le sol japonais. Dès le collège, j'avais appris le judo, et je me suis retrouvé au lycée d'Hiroshima Nord, connu à l'époque pour être un nid de mauvais garçons. Au lycée aussi, je me suis inscrit à la section judo. J'avais du caractère, et aussi des coudes rapides. Je suis devenu le dur-à-cuire dont tout le monde parlait aux alentours.

— Super, un chef de bande de lycée !

Ôgami agita la main pour doucher son enthousiasme.

— Non, non, je n'étais pas chef de bande. C'était l'affaire d'un autre groupe d'élèves.

Il ajouta que, fondamentalement, il n'aimait guère l'idée de groupe. La frontière qu'il avait tracée dans sa tête le séparait de la bande du lycée. À l'époque, il fonctionnait déjà comme un louveteau solitaire.

— Ce que j'aimais plus que tout, c'était me bagarrer, dit-il avec un soupir nostalgique. Si des petits voyous voulaient se la jouer cool, je les provoquais les uns après les autres. Si les bagarres étaient à un contre un, pour cent batailles, j'avais cent victoires. J'ai combattu bien des chefs de bande sans pratiquement connaître aucune défaite. Je n'arrêtais jamais, jusqu'à ce que je gagne.

Le regard mélancolique, il alluma une cigarette.

— Il n'y a qu'un adversaire que je n'ai pas pu battre. C'est quelqu'un que tu connais.

— Qui donc ? demanda Hioka en serrant le volant.

— C'était le chef de la bande du lycée de l'ouest,

répondit Ôgami en soufflant un énorme nuage de fumée. Takii, le boss du gang du même nom.

Ainsi donc, leur relation faisait sens, pensa le lieutenant. Le commandant et lui étaient du même âge.

— Ça devait être en première, au lycée. Je ne me souviens pas de la raison, mais Takii et moi, on s'est retrouvés dans une bagarre en face à face, au finish. Bien sûr, à mains nues. Lui avait le bras cassé, et moi une côte. Comme on ne pouvait plus lever le poing, on se cognait à coups de tête. À la fin, on a perdu connaissance au même moment. Score nul. On s'était bagarrés dans un champ. Quand je suis revenu à moi, j'avais la tête dans une bouse de vache. En fait, on avait les cheveux pleins de merde. Ça a été le début d'une amitié qui sentait fort.

— Tout ça, c'est bien, lâcha Hioka sans réfléchir, mais quand le chemin du yakuza et celui du policier se sont-ils donc séparés ?

Ôgami écrasa sa cigarette dans le cendrier et se mit à rire, se moquant visiblement de lui-même.

— Devenir policier, pour moi, ça s'est joué à pas grand-chose. Je ne faisais que me bagarrer et le prof qui encadrait la section judo m'a convoqué. Il m'a engueulé. « Toi, si t'aimes tellement la bagarre, tu finiras yakuza. » J'ai répliqué : « Ouais, pas de problème, je deviendrai yakuza. » Ça l'a mis en rage. « Crétin ! Tu crois qu'ils emploient des mecs comme toi ? Ça n'a rien à voir avec le fait d'être intelligent, idiot ou dans la moyenne. Le monde des yakuzas, ça se résume à faire ce qu'on te dit. Si le chef dit noir, tout ce qui est blanc devient noir. C'est un boulot absurde. Toi qui n'en fais qu'à ta tête, tu finiras soit mort soit au trou pour le restant de tes jours. Si tu ne veux pas mourir, entre dans la police. » Comme je ne voulais pas mourir, je suis devenu policier.

Il expliqua qu'à l'époque, dans une économie en croissance et alors que les salaires dans le privé étaient en pleine progression, les candidats pour devenir policiers étaient rares. Les professeurs de judo ou de kendo faisaient souvent les scouts pour en dénicher. Une tendance qui n'avait pas complètement disparu aujourd'hui.

— Je vois, dit Hioka en réprimant un sourire.

Comme je ne voulais pas mourir, je suis devenu policier. Cette phrase ne visait en fait qu'à dissimuler son trouble. Une nuance d'autodérision pimentait ses propos mais, en réalité, il marchait sur les traces de son père.

Ils repérèrent bientôt le panneau indiquant la prison de Tottori. La route les y mena en longeant la rivière sans discontinuer. Le bâtiment était entouré d'un mur de béton et flanqué de miradors. Aux alentours, il n'y avait que des rizières, et dans les lointains, on apercevait une chaîne montagneuse d'un vert intense.

Les prisonniers étaient en majorité des récidivistes condamnés à des peines inférieures à dix ans. L'ambiance pesante qui se dégageait des lieux ne tenait pas seulement au ciel nuageux. Il était à peine 15 heures. Ils étaient un peu en avance sur leur rendez-vous. Une fois à l'intérieur, ils furent accueillis par le directeur.

— J'ai été prévenu de ce qui vous amène. Veuillez me suivre.

Il les fit entrer dans une salle de réunion.

Normalement, tout entretien avec un prisonnier était surveillé, mais comme il s'agissait d'une enquête de police, les gardiens s'étaient retirés. Ils s'assirent pour patienter. Après un bref instant, la porte se rouvrit sur le directeur, qui précédait un homme de petite taille aux cheveux argentés, coupés très court.

Kenji Odani.

— Entrez, lui ordonna le directeur.

Odani pénétra d'un pas tranquille dans la pièce. Sans doute parce que les photos que Hioka avait vues le montraient en vêtements de tous les jours et que les tenues de prisonnier tassaient la silhouette, il lui parut plus petit que dans son imagination. Mais avec son port parfaitement droit et son air de bouddha qui venait d'essuyer sans faiblir une tempête de neige, il dégageait une assez extraordinaire majesté. Ses larges pupilles lui donnaient un regard perçant. Son visage marqué de rides profondes et sa bouche mince exprimaient une grande ténacité.

Il s'assit face à eux. Le directeur le libéra de la chaîne lui ceignant la taille et à laquelle ses menottes étaient attachées, puis se retira après un léger salut.

— Boss, ça faisait longtemps qu'on ne s'était pas vus, lui dit Ôgami.

Boss. Une formule utilisée entre yakuzas, nota Hioka.

Le regard d'Odani s'était réchauffé.

— C'est vrai. En tout cas, je vous suis reconnaissant pour votre aide continue à Moritaka.

Derrière cette réponse chaleureuse et ces manières suaves, il était difficile de deviner le tempérament exceptionnel d'un homme qui s'était ceint le corps de dynamite pour pénétrer chez ses ennemis.

— Un nouveau ?

Il regardait Hioka. Ôgami expliqua qu'il s'agissait de son subordonné.

— Il est encore jeune, mais on peut lui faire confiance.

— Je vois, dit Odani en plissant les yeux. J'ai entendu parler de vous par Moritaka. Vous avez fait l'université d'Hiroshima.

Le lieutenant se dépêcha de s'incliner.

— Ravi de vous connaître. Mon nom est Shûichi Hioka.

— Shûichi ? On peut comprendre qu'Ôgami vous aime bien.

Encore, pensa Hioka. Ichinose tout comme Akiko, la propriétaire des Petits Plats de Shino, avaient eu cette même réaction en découvrant son prénom. C'était à croire qu'il revêtait une signification spéciale pour son chef. Il lui jeta un regard. Celui-ci, ne tenant aucun compte de sa perplexité, fit remarquer que le temps était compté.

— Permettez-moi de rentrer dans le vif du sujet. Vous êtes probablement déjà au courant de ce qui se passe avec le Kakomura.

Odani confirma que Moritaka était venu le visiter la veille et lui avait fait part des derniers événements.

— Et qu'est-ce que vous en pensez ?

— Je lui ai dit de faire comme bon lui semblait.

Ôgami marqua le coup.

— Boss… (il haussa la voix), la cible du Kakomura est, depuis le début, Moritaka ! Ils attendent qu'il perde patience. L'irriter de façon régulière, menacer le territoire, tout ça n'est qu'une tentative pour lui faire démarrer une guerre. Le Kakomura et derrière lui l'Irako tendent tout simplement un piège.

Il détailla ses arguments. Le Kakomura donnait l'apparence d'être autonome, mais était en fait sous l'influence de l'Irako, dont la stratégie consistait à utiliser le gang pour souffler sur les braises et venir à bout d'Ichinose. Un assassinat pendant une guerre, dans le monde des yakuzas, était considéré comme un acte pour sauver la face. Et avec Odani emprisonné, l'élimination d'Ichinose ne serait qu'une étape vers le contrôle total de Kurehara.

Malgré son ton désespéré, le chef yakuza fut insensible à son argumentation.

— Ôgami-san, dans notre activité, si on nous cherche querelle, pas question de fuir. C'est une question de respect du code d'honneur.

Le commandant refusa de s'avouer vaincu.

— Exposer Moritaka comme une cible, ce n'est pas bon. C'est même du gâchis. Parce qu'il a les épaules pour unifier les yakuzas d'Hiroshima.

Odani esquissa un sourire, montrant qu'il avait reçu le message, puis reprit vite une expression sévère.

— S'il devait mourir dans cette affaire, Moritaka aura montré sa dignité jusqu'au bout. Voilà ce que je pense, dit-il d'un ton résolu.

Il voyait probablement en son second un écho de sa propre jeunesse. Ôgami se tut, comme prostré. Le silence écrasa la salle jusqu'à ce qu'il pousse un profond soupir.

— J'ai compris. Ce sont les paroles du boss et ajouter quoi que ce soit serait superflu. Mais… (relevant la tête, il se pencha vers Odani) pouvez-vous lui dire d'attendre un peu, le temps que j'élabore un plan ?

Le yakuza se renfrogna, puis prit un air interrogateur. Ôgami détailla alors la stratégie qu'il avait proposée en réunion au commissariat : arrêter le chef du Kakomura et ses lieutenants en utilisant le prétexte de l'enlèvement d'Uesawa, avec pour objectif final l'anéantissement du gang.

— C'est quoi, cette histoire ? Vous voulez foutre ces types en taule ? lâcha Odani.

Ôgami posa ses deux mains sur le bureau et approcha son visage de celui de son interlocuteur.

— Quand vous sortirez, ça évitera une guerre sanglante. Comme vous le savez, l'ennemi n'est pas le Kakomura, mais l'Irako. Tant qu'ils n'auront pas été écrasés, il n'y aura pas de paix à Kurehara. La solution idéale, c'est que Moritaka prenne le premier rôle. Survivra-t-il ou mourra-t-il dans ce moment crucial ? Je n'en sais rien, mais je parie sur lui.

Cette fois, Odani avait écouté en gardant le silence. Il ferma un instant les yeux, puis les rouvrit et se cala dans sa chaise.

— J'accepte votre proposition et je vous accorde ma confiance. Je vais envoyer immédiatement un pigeon à Moritaka.

Dans le jargon pénitentiaire, un pigeon était un employé de la prison qui coopérait avec les détenus pour faire passer leurs messages à l'extérieur. Le lieutenant put sentir son chef se relaxer.

— Je vous remercie. Dès mon retour, j'irai le voir.

Il fit signe à Hioka d'appeler le directeur. Celui-ci était posté juste à l'extérieur et le lieutenant lui annonça que l'entretien était terminé. Lorsque Odani se leva pour quitter la pièce, Ôgami s'inclina profondément.

*

Malgré la pluie, Hioka conduisit vite ; sans avoir échangé de véritable conversation, ils arrivèrent à Kurehara juste après 20 heures. Il ralentit dans le voisinage du QG du gang Odani ; les projecteurs du porche éclairaient une camionnette blanche.

— On dirait qu'ils ont déjà un visiteur, murmura-t-il.

Il se gara tandis que son chef observait le véhicule. Ils descendirent de voiture et s'approchèrent du porche. Un jeune au crâne rasé déboula pour leur ouvrir ; sans doute avaient-ils été repérés par les caméras de sécurité. Le pigeon d'Odani avait déjà fait son travail et prévenu le gang de leur arrivée. Hioka s'étonna de la rapidité du volatile.

— Vous avez de la visite ? demanda Ôgami en franchissant le seuil.

— L'oncle Nozu est là, murmura le junior.

Interloqué, le chef éleva la voix :

— Nozu ? On parle bien de Yoshio Nozu ? (Le jeune confirma d'un hochement de tête.) Tiens donc. Je croyais qu'il avait pris sa retraite. Qu'est-ce qu'il est venu faire ?

Soit il l'ignorait soit on lui avait interdit d'en parler, mais le jeune détourna les yeux et se contenta de les guider à travers le jardin, où des costauds éparpillés montaient la garde.

Ils pénétrèrent dans le bureau. Ichinose était

flanqué de deux de ses lieutenants, Bizen et Yajima. Depuis le canapé de la réception, ils faisaient face à un homme aux cheveux poivre et sel. Hioka ne voyait que son dos mais devina qu'il s'agissait de Nozu. Les trois membres de l'Odani affichaient un visage dur et avaient visiblement demandé à leurs sous-fifres de les laisser seuls. Quand le jeune au crâne rasé prévint son patron de l'arrivée d'Ôgami, les quatre hommes tournèrent la tête d'un seul mouvement. Nozu devait avoir dans les soixante-cinq ans, son visage était hâlé comme celui d'un paysan. Ichinose, l'expression bienveillante, les invita d'un geste à s'avancer.

— Ôgami, on t'attendait. Nous avons reçu un message du boss Odani.

Bizen et Yajima se levèrent pour céder leurs places. Ôgami s'adressa à Nozu :

— Ça fait bien longtemps.

— En effet, dit le vieil homme en inclinant la tête. Je ne vous ai plus donné de nouvelles.

— Pourquoi tirez-vous tous une tête pareille ? lança Ôgami à la cantonade.

Personne ne réagit. Nozu se contenta de regarder Hioka avec insistance.

— Lui, c'est un jeune qui m'est dévoué, lui dit Ôgami d'un ton léger. Moritaka le connaît déjà. Pas de souci.

Ichinose confirma d'un hochement de tête. Rassuré, Nozu échangea un léger salut avec Hioka. Le silence se poursuivit. Le commandant prit sur lui de le déchirer.

— Je croyais que vous étiez à la retraite Nozu-san, qu'est-ce qui vous amène ?

L'intéressé se contenta d'une mimique gênée. Quant à Ichinose, il garda le silence. Bizen se décida à parler :

— Nozu-san est venu nous voir parce que les derniers événements l'ont inquiété.

— Hé, Moritaka, soupira Ôgami. On est là, à tes côtés, prêts à entendre le pire. Et tu ne nous parles pas ?

— Ce n'est pas ça. (Ôgami le considéra d'un air interrogateur. Ichinose s'adressa à Bizen :) Explique-lui, toi.

Bizen acquiesça et, au passage, détailla la vie de Nozu pour que Hioka puisse suivre. Il raconta qu'il était devenu un honnête homme quinze ans auparavant, lorsqu'il avait hérité de champs dans son village natal et s'était reconverti dans l'élevage et la vente de lait. Ayant appris les événements par la presse, il avait retiré ses économies de la banque, vendu ses vaches et rassemblé ainsi une somme de cinq millions de yens. Un vieux retraité ne pouvait pas se transformer en balle de fusil ou en amulette contre les coups de feu. En revanche, il pouvait apporter une contribution financière même si la somme était faible. Nozu était donc venu témoigner sa sympathie.

Après ce récit, Hioka remarqua une sorte de brique emballée dans un tissu violet et posée sur la table. Nozu, les yeux rivés sur ses genoux, reprit enfin la parole.

— J'ai beau lui demander de toutes les façons possibles, le numéro deux refuse ma proposition.

— Quelle que soit l'insistance de l'oncle, répliqua vivement Ichinose, il a pris sa retraite et est devenu un citoyen honnête. Je ne peux donc pas accepter son argent.

Yajima, resté jusque-là silencieux, s'adressa à Ôgami d'un air las :

— Ça fait plus d'une heure qu'on est là, à discuter.

Nozu releva la tête, l'air suppliant.

— Numéro deux, c'est sûr que j'ai pris ma retraite, et donc tu ne peux pas accepter cet argent. Tu as ta fierté. Mais le boss Odani m'a aidé toute ma vie sans que je puisse retourner la faveur. Quand j'ai subi un échec et raccroché, il m'a donné plusieurs millions de yens. À ce moment-là, le gang avait pourtant des dettes, on était carrément dans la merde. Le boss a mis tout son mobilier au prêt sur gages et m'a donné l'argent en disant : « Tu t'en serviras pour nourrir tes vaches quand tu seras à la campagne. »

Il regarda un instant au loin, les yeux humides, avant de reprendre :

— Comme il le répétait souvent : « On ne cause aucun trouble aux honnêtes gens. » C'est d'accord, mais même si je suis devenu honnête, ne pas rendre les faveurs reçues ferait de moi un fils de chien. Ça m'est impossible de mourir avec ça sur la conscience.

Il se tourna à nouveau vers Ichinose et, paumes à plat sur la table, s'inclina aussi profondément qu'il le put.

— Numéro deux, comme je l'ai dit, je n'ai que ça. Ensuite, je devrais pouvoir lever dix ou vingt millions de yens. En tout cas, accepte déjà ce que je t'apporte.

Ichinose poussa un grand soupir.

— Oncle, relevez la tête, s'il vous plaît. J'ai bien compris ce que vous ressentez.

Nozu se redressa avec vivacité. Il rayonnait.

— Vos sentiments ont touché notre cœur, enchaîna Ichinose. Mais les sentiments sont suffisants. Prenez l'argent et rentrez chez vous. Si le boss était là, il dirait la même chose.

Le visage de Nozu se tordit.

— Numéro deux, ne dis pas une chose pareille !

Bizen décocha un regard suppliant à Ôgami. Ce dernier comprit qu'on attendait de lui une porte de sortie.

— Hé, Moritaka, dit-il. Mets-toi à sa place. Si tu étais Nozu, une fois qu'il a apporté son présent, il le donne ou il rentre avec ?

— Comme je viens de le dire, nous ne pouvons pas accepter. La Voie de l'honneur, c'est la Voie de l'honneur. Il y a une ligne infranchissable.

Des deux côtés, l'argument se tenait et Ôgami croisa les bras, l'air préoccupé ; le silence engloba une nouvelle fois le bureau. Au bout d'un moment, il se redressa et regarda le retraité, qui gardait la tête baissée.

— Bon, et si vous me confiiez l'argent ?

Hioka en oublia de respirer. C'était impossible. C'était contraire à toutes les règles de la police. Il ouvrit des yeux ronds et fut imité par Ichinose, Bizen et Yajima.

— Tu en ferais quoi ? demanda Ichinose.

Ôgami lui sourit.

— Avec cette somme, on va essayer de se débarrasser du Kakomura.

Ichinose et Nozu échangèrent un regard.

— J'en ferai définitivement bon usage, ajouta Ôgami d'un ton rassurant.

— Bon usage…, murmura Nozu.

Il devait être en train de penser que sans cette solution l'affaire ne se réglerait pas, qu'il serait coincé et devrait rentrer au bercail avec son argent. Il acquiesça tout en semblant rester sur ses gardes.

— C'est d'accord. Ôgami-san, utilisez cet argent à de bonnes fins.

— Soyez sans crainte. Nous nous en servirons pour tenter de faire de Kurehara le royaume d'Odani. (Il prit le paquet enveloppé de tissu et le tendit à Hioka.) Cet argent est important, prends-en soin.

— Chef…

Le lieutenant avait l'intention de refuser, mais sa voix s'enraya.

— Eh, ça va ? lui demanda Ôgami en se levant.

Se désintéressant de la réponse, il se dirigea vers la sortie. Hioka suivit en pressant le paquet contre sa poitrine. Un junior les raccompagna jusqu'à la voiture. Lorsqu'ils furent seuls, le lieutenant s'adressa à son chef d'un ton décidé.

— On a dépassé les bornes.

— Tu as entendu le patron. Pour Itsuki, la priorité est d'éviter à tout prix les hostilités. Cet argent, c'est pour les frais d'enquête.

Des frais d'enquête ? Pour cinq millions de yens ?

Devant l'expression abasourdie de Hioka, Ôgami s'offrit un éclat de rire. Il jeta ensuite le paquet enveloppé dans son tissu coloré sur la banquette arrière et annonça qu'on se rendait aux Petits Plats de Shino. Cette fois, l'objectif ne semblait pas être de prendre un verre. Hioka tenta un regard interrogatif. Son chef se coula dans le siège, mains derrière la nuque.

— On va aller planter la première graine, se contenta-t-il d'ajouter d'un air énigmatique.

6

Journal

1er juillet 1988,

15h00, nous recueillons la déposition d'un employé du salon de pachinko Hinomaru. Deux ans auparavant, il avait déposé plainte contre Yoshida, du gang Kakomura, pour coups et menaces.

[redacted]

23h00, nous rencontrons Yoshida aux Petits Plats de Shino.

[redacted]

23 heures. Ils n'étaient pas en retard à leur rendez-vous, mais trouvèrent porte close. Le restaurant était fermé. Ils prirent la ruelle adjacente et frappèrent à la porte de derrière. On leur ouvrit immédiatement, preuve qu'ils étaient attendus, et le visage de la mama-san s'encadra dans l'embrasure. Avant de les laisser entrer, elle jeta un coup d'œil aux alentours.

— Désolé de te déranger, lui dit Ôgami en réajustant son panama.

Elle eut un petit rire.

— Tout va bien. Pas de formalités entre nous. Bon, au travail !

Selon le plan établi, Ôgami grimpa au premier étage, Hioka se dissimula sous l'escalier et Akiko s'assit au comptoir.

Arriva 23 h 30, l'heure convenue. Hioka regarda sa montre, puis ajusta sa position. Après un bref instant, quelqu'un frappa à la porte principale. Akiko cligna de l'œil vers Hioka, répondit « Oui, j'arrive ! » d'une voix séduisante et alla ouvrir. Dissimulé dans l'ombre de l'escalier, il pouvait apercevoir l'entrée. Apparut un homme aux traits fins, qui pouvait avoir entre trente-cinq et quarante ans. Son visage ciselé lui donnait l'air d'un métis. Ses cheveux étaient ramenés en arrière et fixés au gel. Sa chemise criarde, au col ouvert, laissait voir un collier en or. Il s'agissait du très attendu Shigeru Yoshida, un membre du Kakomura. Akiko fit sa coquette et posa sa main sur la poitrine de son visiteur.

— Pardonne-moi de te faire venir si tard, lui dit-elle.

Il enlaça ses épaules et rapprocha son visage du sien.

— Qu'est-ce que tu racontes ! J'attendais tellement ce moment que j'ai cru prendre racine.

Le lieutenant pensa que le plan fonctionnait comme prévu ; Yoshida venait de se faire prendre au piège, persuadé qu'Akiko répondait enfin aux invitations persistantes dont il l'avait abreuvée. La veille au soir, le commandant et lui étaient déjà passés aux Petits Plats de Shino après la fermeture. La mama-san leur avait servi de la bière au comptoir et ils avaient trinqué.

— Bon alors, qu'est-ce que tu veux me demander ? avait-elle lancé.

Avant de lui répondre, le chef avait englouti sa bière et laissé échapper un gros rot.

— Dans le Kakomura, y en a pas un qui te court après ?

Surprise, elle avait fait les yeux ronds.

— Voilà une question bien abrupte. Mais bon, je ne vais pas dire non plus que personne ne vient me faire la cour.

— L'histoire entre l'Odani et le Kakomura, tu es au courant.

Elle avait hoché la tête.

— On parle en long et en large des échanges de coups de feu dans les journaux et à la télévision.

Un ponte de la préfecture était passé sur la télé locale et il y avait eu une suite d'articles dans la presse sur la gestion des gangs violents par la police.

Ôgami avait alors expliqué que la situation nécessitait d'être réglée au plus vite pour éviter une guerre ouverte qui ne manquerait pas d'affecter les citoyens. Il avait évoqué la disparition du comptable de Kurehara Finance et l'implication de Nawashiro du Kakomura.

— On compte arrêter tous les chefs. Si on les ramasse, le menu fretin se retrouvera comme des poulpes dans une marmite, et le Kakomura aura vécu. Mais les plus durs, dont Nawashiro, ont disparu sans laisser de traces. De façon surprenante, les autres, d'ordinaire si diserts, ont fermé leur gueule comme des huîtres à marée basse. Bref, si on attaque de front, on se cassera les dents.

— Je vais faire tomber dans mes filets l'un des gars du Kakomura qui en pince un peu pour moi.

— Tu comprends vite, ça va le faire ! avait répliqué Ôgami avec un grand sourire.

Elle avait énuméré quelques noms et le chef avait fait son choix.

— Shigeru Yoshida, je le sens bien. Ce type survit à peine grâce au pachinko Hinomaru et au guichet de remise des prix[1]. Il a probablement des dettes. C'est exactement le gars qu'il nous faut. Il est aussi un junior de Nozaki, le vrai patron de Kurehara Finance. Et Yoshida doit avoir une relation avec Nawashiro, qui passe son temps libre au Hinomaru. Moralité, on doit pouvoir lui soutirer des infos sur la disparition d'Uesawa.

Il avait demandé à Akiko d'inviter Yoshida la nuit suivante, à 23 h 30.

— Quand il arrivera, il te suffira de le faire monter au premier, dans la pièce tatami. Je me chargerai du reste.

— Pourquoi ne pas l'embarquer au commissariat pour l'interroger ? avait demandé Hioka, inquiet.

— Crétin, quand on est au commissariat, on ne peut pas franchir les limites de la légalité.

Le lieutenant l'avait regardé, sidéré.

— Ça veut dire que vous avez l'intention de procéder de manière illégale ?

1. La législation interdisant le paiement direct dans les salons de pachinko, les joueurs ne gagnent que des gadgets. Les propriétaires contournent alors la loi en leur permettant d'échanger ces babioles contre de l'argent liquide via de discrets guichets situés à l'extérieur des salles de jeux.

Il avait voulu insister, mais Ôgami lui avait coupé la parole d'un ton déterminé.

— Et si tu te taisais et te contentais de regarder, hein ? Je vais m'occuper de ça exactement comme il faut.

— Mais…

Akiko, qui avait jusque-là suivi leur échange en silence, était descendue de son tabouret pour décrocher le téléphone derrière le comptoir. Tout en compulsant d'une main son carnet d'adresses, elle avait pianoté de l'autre sur le clavier à touches. Elle était restée plusieurs secondes sans rien dire, puis avait raccroché. Un instant plus tard, elle avait reçu un appel.

— Allô, oui, vous êtes chez Shino !

Elle avait détourné la tête pour regarder Ôgami et lui sourire.

— Ah, mon cher Yoshida, il est tard, je suis désolée. Tu es très occupé ?

Comprenant qu'elle avait contacté le yakuza grâce à son pager, Hioka s'était redressé sur son siège.

— Oui, je suis un peu embarrassée. Et je me demandais si je pouvais te demander conseil…

Expliquant alors à Yoshida qu'elle ne pouvait pas parler devant témoin de ce qui la préoccupait, elle lui avait suggéré de venir seul.

— Vraiment ? Alors, je t'attends demain, à 23 h 30.

Elle avait ajouté quelques politesses tout en s'assurant une nouvelle fois qu'il ne serait pas accompagné, puis avait raccroché. Le petit sourire qu'elle avait adressé au chef était triomphant.

— C'est bon pour toi ?

— Tu t'es bien débrouillée. Demain, si tu arrêtes la restauration, tu peux faire actrice.

La machine est en marche, avait pensé Hioka. Faire demi-tour était devenu impossible. Ôgami avait agrippé les cinq millions de yens emballés dans la pièce de tissu posée sur le comptoir. Le souvenir de leur obtention lui étant trop pénible, le lieutenant avait baissé la tête pour ne plus les voir. Son chef lui avait alors agité le paquet sous le nez.

— Je ferai tout ce qui est en mon pouvoir pour poursuivre ces pourris du Kakomura. Même si je dois faire couler le sang de ce Yoshida.

Hioka avait relevé vivement la tête. Ôgami, sans se soucier de son regard interrogateur, lui avait décoché un sourire intrépide.

*

— Alors, tu m'as dit que t'avais un problème ? Et qu'il fallait qu'on en cause ?

Akiko enleva sa main de la poitrine de Shigeru Yoshida et ferma la porte du restaurant à clef.

— Je t'ai dit que je ne voulais pas que ça s'ébruite. Il ne faut pas qu'on soit dérangés. Et si on allait tranquillement au premier ?

Comme prévu, elle l'entraînait à l'étage. Ne se doutant de rien, il s'engagea dans l'escalier d'un pas léger. Hioka entendit la porte de la pièce tatami coulisser, puis sa voix stupéfaite.

— C'est quoi ce truc ? Qu'est-ce que tu fous là ?!

Le lieutenant se précipita hors de sa cachette, monta l'escalier quatre à quatre, pénétra dans la pièce et referma la porte coulissante, coupant ainsi toute possibilité de fuite à Yoshida. Celui-ci se retourna et, découvrant l'expression d'Akiko et de Hioka, abandonna la lutte.

— D'accord, compris. La personne qui voulait me parler, c'est lui.

Panama vissé sur la tête, assis en tailleur et le dos vers la porte, Ôgami fumait ; sans se retourner, il souffla un énorme nuage de fumée violette.

— Shigeru, j'ai mal agi dans ma façon de te faire venir, mais maintenant que tu es là, assieds-toi.

Il se retourna enfin et, du bout de sa cigarette, indiqua la place la plus éloignée de la sortie. Au commissariat, en salle d'interrogatoire, il agissait de même en plaçant toujours le suspect dans le coin d'où il était le plus difficile de s'échapper. La veille, il avait demandé à ce que le volet en bois qui protégeait de la pluie les *shôji* en papier du restaurant soit cadenassé.

Un piège bien conçu et imparable. Mécontent, le yakuza s'assit de l'autre côté de la petite table.

— Utiliser la mama-san, t'avais pas mieux ? Si tu veux me demander un truc, t'as qu'à venir au bureau du gang ou me convoquer au commissariat. Pas besoin de faire des embrouilles.

Adossée à un pilier en bois et mains croisées sur la poitrine, Akiko arborait un air innocent.

— Ne le prends pas comme ça, dit le chef. Y a une bricole dont je voulais te parler sans que tout le monde soit au courant.

Sentant que ça n'annonçait rien de bon, l'autre conserva une expression rancunière. Ôgami vida d'un trait son saké et démarra les hostilités.

— Dis-moi, Shigeru, il y a deux ans, tu as eu une

dispute à propos du rachat des gadgets du pachinko Hinomaru. Et tu as cassé la figure à un employé.

C'était probablement une histoire qui ne valait pas la peine qu'on s'en souvînt. Yoshida, dont les yeux étaient déjà bien ouverts, les écarquilla davantage.

— Ça date, je m'en souviens vaguement… En quoi ça t'intéresse ?

— J'ai reçu une plainte.

Il tira le récépissé de la poche intérieure de son veston et le lui montra pour qu'il puisse le lire ; cet après-midi, il l'avait obtenu, sous la menace, de l'employé en question. Apparemment, le chef avait emmagasiné un stock d'histoires sur chaque membre des gangs. Et cet épisode impliquant Yoshida avait dormi gentiment dans ses synapses pendant deux ans.

— Violence, menaces, racket ! (Sa voix s'était durcie.) Hioka, c'est combien d'années ?

Il réutilisait la tactique employée avec Nawashiro sur le parking de ce même salon de pachinko Hinomaru. Le lieutenant se concentra.

— Pour des actes de violence, la peine réglementaire est de deux ans ou moins. Pour les menaces, même chose. Pour le racket, c'est trois ans ou moins. Si on regroupe, ça peut monter jusqu'à sept ans.

— Même si tu t'en tires à bon compte, ça vaut la moitié. Trois ans et demi ! lâcha Ôgami.

— Tu veux quoi au juste ?

Le chef reposa sa coupe de saké et regarda le yakuza par en dessous.

— Uesawa, qui travaillait pour Kurehara Finance. Et si tu me disais pourquoi on l'a enlevé ?

Yoshida prit une couleur spectrale.

— De quoi tu parles ?

— Il s'est fait embarquer dans un love-hotel de la rue Nagare à Hiroshima. Nawashiro, quelqu'un de chez vous, était sur le coup. On a les preuves. (Il agita une nouvelle fois le récépissé de plainte.) Crache-moi ce que tu sais et je flanque ce papier à la poubelle.

Le yakuza, visage en sueur, détourna le regard avec une énergie désespérée.

— Moi, je ne sais rien ! Et même si je savais, j'irais pas balancer mes potes à la police.

Ôgami rit en découvrant ses canines.

— Ça, c'est un mec, un vrai. Bravo. Mais bon, les types comme toi, je peux leur faire chanter des chansons, même si je dois devenir brutal.

Yoshida eut un petit rire nasal.

— Un policier qui utilise la force ? Laisse-moi rigoler. Bon, je me casse. T'as pas de mandat, c'est un interrogatoire illégal. J'appelle un avocat et je porte plainte pour violence par un fonctionnaire dans l'exercice de ses fonctions.

— Un pourri qui ne paye pas d'impôts portant plainte contre un fonctionnaire ! Tu la ramènes sérieusement, dis-moi.

— Et celui qui a sa part grâce aux pourris, c'est qui, hein ? Celui qui prend du fric aux yakuzas peut-être, non ? Il donne des leçons de morale, mais c'est pas plutôt lui qui est mal barré ?

Ôgami utilisa sa coupe de saké pour cogner la table.

— Bon, je t'ai traité comme un mec bien pour rien ! Hioka !

— Oui, oui !

À l'appel de son nom, le lieutenant avait senti son corps entier se raidir.

— Passe-lui les menottes !

Il hésita. On avait raclé les fonds de tiroir pour faire remonter un délit vieux de deux ans. Et le gars n'avait montré aucune résistance. Les menottes, ça faisait un peu beaucoup.

— Ôgami-san, tout bien considéré…

Il allait ajouter que les menottes étaient superflues, mais ce fut le moment que choisit le yakuza pour se lever d'un bond et tenter de s'enfuir. Hioka se projeta vers lui alors qu'il était déjà au milieu de la pièce. Ils roulèrent sur le tatami et le lieutenant lui passa les menottes dans le dos. Après quoi, il le fit se redresser et s'appuyer contre un pilier. Ôgami approcha son visage du sien comme s'il comptait le lécher.

— Yoshida, je suis un homme qui tient ses promesses. Je te l'ai déjà dit, même si tu dois pisser le sang, tu lâcheras le morceau.

L'autre lui cracha au visage.

— Vas-y, tu verras bien !

Ôgami, impassible, essuya le crachat du revers de la main.

— Je vois que tu as pris ta décision. (Continuant de dévisager le yakuza, il s'adressa à Hioka.) Apporte-moi le sabre court qui est en bas.

Après les menottes, les armes tranchantes. La situation n'avait plus rien d'ordinaire. On outrepassait les limites de l'interrogatoire réglementaire. Voyant qu'il ne réagissait pas, Akiko intervint.

— Je vais le chercher.

Surpris, Hioka la regarda. Elle sortit de la pièce avec son expression de tous les jours. Il l'entendit dévaler l'escalier. Elle revint avec un couteau à sashimi dont la lame faisait dans les vingt centimètres.

— Celui-ci, ça peut aller ? demanda-t-elle, le souffle un peu court.

— Ça devrait le faire, répondit Ôgami en le lui retirant des mains avec un sourire.

Il montra l'arme à Yoshida, assis sur le tatami, jambes allongées.

— Bon, Shigeru, je vais te prouver que je dis ce que je pense et que je fais ce que je dis.

Son visage n'était plus celui d'un policier. Il avait viré au faciès de barbare violent. Les joues de Yoshida s'étaient creusées. Il suait plus que jamais.

Hioka s'interposa.

— Ôgami-san. Arrêtons ! On ne peut pas aller plus loin.

— Mon petit..., commença Ôgami.

Akiko apostropha Hioka.

— Toi, tu te tais et tu regardes !

Ça ne laissait aucune place à la contradiction. Le lieutenant, sonné par le ton cassant de la mama-san, recula. Le chef se tourna lentement vers lui.

— Hioka, ne t'en fais pas. Ce n'est pas toi qui agis. Et tu diras que tu n'as rien vu.

Le lieutenant réfléchissait. Tout ça, c'étaient les affaires d'Ôgami et lui n'en savait rien. Oui, voilà le témoignage qu'il donnerait si besoin était. Fondamentalement, un officier de police ne pouvait pas accepter la violence. Mais au point où il en était, il avait bien compris qu'il ne pouvait plus rien y faire. Son seul choix était de laisser Ôgami agir. Et il savait que celui-ci se sacrifierait si, par un risque sur mille, ça s'avérait nécessaire. Sa décision prise, il garda le silence.

Le commandant se retourna vers le yakuza et lui tapota la joue avec la lame du couteau.

— Shigeru, je veux éviter la guerre entre l'Odani et le Kakomura. Toi, tu n'es qu'un troufion de seconde classe. Alors, ce qui t'attend, c'est une mort instantanée ou un long séjour en prison. Maintenant que tu as décidé de ne pas coopérer avec moi, prépare-toi à accepter ton sort.

Yoshida, malgré sa peur, se bloqua dans son refus.

— Même si je suis merdique, je suis un yakuza. Trahir le gang m'est interdit.

Ôgami ricana, puis articula en grimaçant :

— Ne joue pas au héros, petit pourri. Si tu ne l'ouvres pas, je causerai à ton cadavre.

Malgré cela, l'autre ne prit pas la menace au sérieux.

Ôgami le regarda fixement.

— Tu veux voir si le flic va le faire ou non, c'est ça ?! rugit-il.

Sa bouche se tordit. L'instant suivant, la lame brillante effleura la joue du yakuza et le sang gicla.

— Ôgami-san !

Hioka venait de crier, mais sa voix fut couverte par les hurlements de bête de Yoshida. Mains entravées par les menottes, il se roulait sur le tatami.

— Yoshida !

Hioka s'était précipité vers lui. Il pensait le calmer, mais celui-ci gesticulait avec une énergie rageuse.

— Mama-san, dit calmement Ôgami, tu peux nous apporter de quoi éponger ? Il y a un peu de sang qui coule.

Akiko sortit un *tenugi*[1] des plis de son kimono et en tamponna la joue de Yoshida, qui se tordait toujours comme un ver.

— Reste calme. Une blessure comme ça, ce n'est rien du tout.

Le lieutenant pensa que l'adage populaire disait vrai : les femmes étaient plus résistantes à la vue du sang que les hommes. Sans se laisser intimider par les dégâts, elle pansa le yakuza du sommet du crâne au menton avec le *tenugi*. Un peu calmé, il finit par se redresser. De grosses gouttes de sueur perlaient sur son front, ses lèvres tremblaient comme du flan.

— T'es cinglé…

Le chef s'accroupit pour le regarder.

— Ouais, je le suis. Pour les besoins d'une enquête, je vends mon âme aux démons et aux ogres. Et même si tu ne me dis rien, je suis capable de souffler aux mecs du Kakomura que t'as craché leurs secrets.

Le visage du yakuza fut secoué par des spasmes. Le chef se rapprocha encore un peu.

— Tu comprends, Shigeru ? (Sa voix était passée de la dureté à la sympathie.) S'ils savent que t'as parlé, ils ne resteront pas sans rien faire. Même si tu te retrouves en prison, tu te feras tuer. Ça te fout les foies, non ?

Yoshida le regarda un instant sans réagir, puis son expression se décomposa et vira au désespoir.

1. Une mince serviette en coton.

Il plia le cou, ses épaules sombrèrent et il laissa filer un long soupir.

— Je t'explique la situation, insista Ôgami. Tu restes avec le gang et c'est l'enfer, tu vas en prison et c'est l'enfer aussi.

L'autre releva la tête. Son visage était noyé de larmes.

— Ôgami, qu'est-ce que je dois faire ?

Le chef lui posa la main sur l'épaule.

— Tu me racontes tout et tu te barres. À Okinawa ou à Hokkaido, dans une ville où personne ne te connaît. Et tu ne reviens pas avant que l'affaire ne soit tassée. De toute façon, on va coffrer tout le Kakomura. La destinée du gang est de disparaître.

Yoshida secoua la tête dans une dernière tentative de dénégation. On devinait ses pensées. Il allait se retrouver propulsé dans un nouvel endroit, au milieu d'inconnus, et ne saurait pas comment gagner sa vie. Il était tourmenté par le doute.

Le commandant se releva pour fouiller son sac. Il revint avec le paquet au tissu violet et le déposa devant Yoshida.

— Là-dedans, il y a cinq millions de yens. De quoi vivre un temps. Et voyager sans souci.

Il dénoua les coins du tissu. Yoshida écarquilla les yeux. Ôgami saisit les cinq liasses, maintenues chacune par une bande de papier, et les agita dans l'air.

Comme hypnotisé, le yakuza retint sa respiration.

— Tu me racontes tout, tu prends le paquet et tu pars en voyage. C'est ta meilleure option.

Les yeux de Yoshida se remplirent une nouvelle fois de larmes. Et la digue céda enfin. Il leur raconta ce qu'il savait.

Uesawa avait été sacrifié par les hommes du Kakomura. Lui-même en avait profité quand, avec Nawashiro et d'autres, ils avaient obtenu du comptable de Kurehara Finance qu'il leur fasse, sous un nom fictif, des avances répétées de 50 000 yens par-ci, 100 000 yens par-là pour leurs dépenses courantes. Tous avaient bien compris qu'il était un faible. Ils avaient donc prétendu qu'ils le rembourseraient, mais ne l'avaient pas fait. Ils avaient pris leurs petites habitudes. Jusqu'au jour où le boss Kakomura avait dû aider financièrement un autre gang. Le contenu du coffre avait alors été vérifié. Nawashiro et ses sbires avaient paniqué, les sommes retirées grâce à Uesawa se montaient à plus d'un million de yens. Rassembler un tel montant en une fois leur était impossible. Et si le boss apprenait l'usage qu'ils en avaient fait, sa réaction aurait des conséquences tragiques. Nawashiro et ses complices avaient alors échafaudé un plan de survie. Ils avaient décidé de tout mettre sur le dos d'Uesawa en faisant courir le bruit qu'il avait fui avec l'argent.

Entendant cela, le boss Kakomura s'était mis à « cracher des flammes de colère ». En rage, il avait ordonné à ses lieutenants de lui amener Uesawa. Réalisant que sa capture mettrait à jour leur montage, les profiteurs avaient décidé qu'il valait mieux que le comptable mette les voiles. Ils avaient réussi à le persuader de quitter Kurehara sans laisser de traces.

Mais l'affaire ne s'était pas terminée là. Informé de sa disparition, le boss était entré dans une colère noire, et avait ordonné qu'on retrouvât l'argent et le fuyard.

Il avait aussi précisé en hurlant qu'il était prêt à accepter éventuellement la disparition de la somme, mais pas celle du comptable.

Bien sûr, ramener un Uesawa vivant au boss Kakomura n'était pas une option. Nawashiro et sa bande avaient alors décidé de prétendre qu'ils l'avaient retrouvé, mais que son cœur avait lâché lorsqu'ils l'avaient torturé pour savoir où était planqué l'argent. Parmi ses contacts, ils avaient déniché une prostituée. C'était une bonne copine. Deux jours auparavant, Uesawa l'avait appelée pour lui donner rendez-vous dans un love-hotel d'Hiroshima. Nawashiro et ses amis s'y étaient rendus à sa place et avaient embarqué Uesawa.

— Et après, qu'est-ce qui s'est passé ? demanda Ôgami, l'air soucieux.

Yoshida avait visiblement encore des révélations à faire. Il hésita, puis reprit d'une voix faible.

— Ils l'ont emmené dans un hangar du port de Tajima… Et ils l'ont torturé à mort.

La logique échappait à Hioka. Tuer cet homme pouvait avoir du sens pour eux, mais pourquoi le torturer ? Il ne s'était pas enfui avec l'argent, c'étaient eux qui l'avaient volé. Le torturer n'avait aucun sens.

— Il fallait montrer le corps au boss. Par sécurité, ils ont torturé Uesawa. Mais finalement, quand il a appris sa mort, Kakomura n'a plus exigé qu'une chose. Qu'on lui apporte sa tête.

— Ah bon, seulement la tête ? s'interrogea Ôgami en fronçant les sourcils.

— Oui, le corps ça prend trop de place, répliqua Yoshida avec la grimace d'un type qui venait d'avaler une purge.

Hioka observa Akiko. Elle avait son air habituel comme si on ne lui racontait rien de bien particulier. Comment parvenait-elle à garder son sang-froid ?

Yoshida expliqua que ses confrères avaient décapité Uesawa avec une pelle avant de mettre sa tête dans un sac de bowling et d'en faire offrande au boss Kakomura. Celui-ci l'avait regardée, puis après un claquement de langue, avait ordonné à ses lieutenants de s'en débarrasser.

— Où est le corps ? demanda Ôgami.

Le témoignage de Yoshida ne constituait pas une preuve admissible. Il était impossible de lancer une procédure d'arrestation des membres du Kakomura sans avoir retrouvé le corps de leur victime. Yoshida répondit qu'il l'ignorait puisque c'était Nawashiro qui s'était chargé de le faire disparaître. Il avait entendu dire qu'il avait été enterré près de la mer, mais ne connaissait pas l'emplacement exact.

— Vraiment ?

Yoshida se redressa en prenant appui sur le pilier et se pencha vers lui.

— C'est la vérité. Je t'ai dit tout ce que je savais. Désolé.

Les yeux pleins de larmes, il semblait sincère. Ôgami le regarda avec intensité, puis se releva et s'adressa avec calme à Hioka.

— Ôte-lui ses menottes.

*

Yoshida fourra le paquet contenant les cinq millions de yens dans sa veste, salua Ôgami à maintes reprises et disparut dans la nuit.

Akiko invita les deux policiers à s'asseoir au comptoir. Elle sortit un carafon de saké de ses réserves et posa deux coupes devant eux. Hioka vida la sienne d'un trait. Elle le resservit. Il engloutit une nouvelle fois sa boisson.

Il se sentait oppressé. Ses pensées s'agitaient comme les tourbillons d'eau d'une région volcanique. Son chef avait obtenu du résultat. Il avait précisément mis à jour ce qui s'était passé dans l'affaire Uesawa et gagné une confession. Mais sa méthode avait été sauvage. Il n'avait pas hésité à infliger une blessure au couteau à Yoshida. Des méthodes peu différentes de celles des yakuzas. Impossible de considérer cela comme un comportement de policier.

Était-ce parce qu'il buvait sur un estomac vide ? Au bout de la cinquième coupe, il commença à se sentir bien ivre. Akiko, qui sirotait une bière à ses côtés, le regardait avec inquiétude.

— Mon petit, faudrait peut-être voir à ralentir le rythme.

Mais les sentiments avaient pris le pas sur la raison et, sans tenir compte de l'avertissement de la mama-san, il continua à se servir lui-même et à boire en silence.

Ôgami buvait quant à lui à son propre rythme, par petites gorgées, en inclinant à peine sa coupe.

Finalement, sa colère rentrée contre ce chef qui bafouait les règles éclata. Il parvenait à peine à articuler, mais lâcha ce qu'il avait sur le cœur.

— Ôgami-san, pour vous, la justice, c'est quoi ?

— Eh, petit…

C'était Akiko qui venait d'intervenir en douceur

pour tenter d'apaiser son ressentiment. Enflammé par l'alcool, il s'emporta :

— Ce que vous faites, chef, c'est bordélique ! Ça part dans tous les sens. Et c'est pas des méthodes correctes pour un policier !

Ôgami prit une cigarette dans son paquet posé sur le comptoir et l'alluma.

— Le sens de la justice ? Hum… Voyons voir… Non, j'ai pas ça en magasin.

Et il expulsa une bouffée dans les airs. Le lieutenant approcha son visage du sien.

— Alors pourquoi vous continuez à être policier ? Pour l'argent ? Pour le pouvoir ?

— Arrête.

Akiko s'interposait de nouveau, cette fois d'un ton plus marqué. D'un geste de la main, Ôgami la fit taire.

— Pour toi, Hioka, c'est quoi le rôle d'un policier de la Seconde division ?

C'était répondre à une question par une autre, mais le lieutenant n'hésita pas.

— C'est réduire à néant les groupes violents.

— Alors, comme ça, tu veux arracher la pousse de riz comme une mauvaise herbe ? Si les yakuzas disparaissent, nous, on perd notre gagne-pain.

Ne voyant dans cette réponse qu'une échappatoire, Hioka se mordilla les lèvres.

— En gros, continua Ôgami, il est impossible de débarrasser le monde des yakuzas. Les gens, tous autant qu'ils sont, une fois qu'ils ont mangé, ils vont couler un bronze. Et quand ils s'essuient le cul, il leur faut du papier toilette. Moralité, nous, les policiers, on est comme le papier chiotte.

Hioka en perdit les mots. Il avait posé une question sérieuse et n'avait nulle envie de récupérer une vanne lamentable en guise de réponse.

Ôgami saisit le carafon de saké et le resservit.

— Notre rôle, je vais te dire ce que c'est, reprit-il. Les yakuzas qui n'ennuient pas les honnêtes gens, on les surveille de près. Et les pourris qui en font trop, on les écrase.

Le lieutenant serrait les poings sur le comptoir. Son chef faisait le tri entre les truands. Ceux qui lui plaisaient, il les laissait vivre. Ceux qui lui déplaisaient, il les écrabouillait. Il se souvint de ce qu'il avait dit à Ichinose lors de cette discussion qui n'en finissait pas à propos de l'ex-yakuza reconverti dans l'élevage des vaches.

Hé, Moritaka. On est là, à tes côtés, prêts à entendre le pire. Et tu ne nous parles pas ? Il n'avait pas oublié l'expression de son chef. À ce moment précis, sa loyauté n'était pas acquise à l'institution policière. Elle appartenait au gang Odani. Et pour le lieutenant, en tant que policier, c'était intolérable.

Il but le saké que son chef lui avait servi.

— Ôgami-san, quand vous êtes rentré à l'école de police, vous avez bien prononcé le serment, n'est-ce pas ?

La voix était calme, mais la question brusque. Ôgami fronça les sourcils, l'air de penser : « Où veux-tu en venir ? »

Hioka se redressa et raffermit sa voix.

— « Je protège fidèlement la constitution et les lois japonaises, j'obéis aux ordres, je n'appartiens à aucune organisation ou aucun groupe dont les règles impliqueraient que je leur donne la priorité sur mes devoirs de policier. En agissant sans peur et sans haine, en me laissant guider par ma seule conscience, je fais le serment de remplir mes fonctions de policier avec impartialité et justice. »

Ôgami avait écouté en fixant le vide.

— Ce que tu veux dire, c'est que je contreviens à ce serment ? réagit-il.

Hioka ne détachait pas ses yeux de sa coupe de saké. Inutile de répondre, son silence était suffisamment éloquent.

Le commandant lui jeta un coup d'œil, puis poussa un soupir et regarda de nouveau droit devant lui.

— Hioka, un jour ou l'autre, toi aussi tu comprendras qu'il y a vraiment différentes sortes de gangs.

Il s'étira, bras tendus vers le ciel, sa façon d'annoncer que la discussion était close.

— Ce soir, je suis un peu fatigué, dit-il comme pour lui-même. Ah… étreindre une femme et rentrer…

Il sortit du restaurant sans payer. Aucun problème, l'addition serait dûment notée sur un carnet et les comptes réglés plus tard.

La mama-san alla réchauffer un carafon de saké et revint s'asseoir à côté du lieutenant.

— Il n'est pas un très bon parleur. Certaines fois, il n'arrive pas bien à exprimer ses sentiments. Petit, il faut faire un effort pour le comprendre.

— Mama-san, je les comprends ses sentiments, mais…

Elle eut un rire léger et lui servit à boire.

— Ça fait longtemps qu'on se connaît, lui et moi.

L'esprit embrumé par l'alcool, Hioka pensa qu'il pouvait traduire ça par : « Ça fait longtemps qu'on est en couple. » Si c'était le cas, son chef venait de dire, devant sa maîtresse, qu'il allait coucher avec une autre.

— Comment ça se fait ? bredouilla-t-il.

— Quoi ?

Leurs regards se croisèrent.

— Si vous avez une relation comme ça, pourquoi vous n'avez rien dit ? Il vient de vous annoncer qu'il allait se faire une fille.

Akiko écarquilla les yeux et porta sa main à sa bouche.

— Ah, petit, j'ai l'impression que tu fais une erreur de perception.

Une erreur de perception. En ce qui concernait les rapports homme-femme. En gros, elle pensait qu'il n'était qu'un bouseux qui n'avait rien compris. Elle rit toute seule, remplit elle-même sa coupe et la vida d'un trait.

— Entre lui et moi, il n'y a rien du tout. Même s'il me disait qu'il serait intéressé, je ne deviendrais pas son amante.

Ayant l'impression de pénétrer dans un domaine très privé, il détourna la tête. Elle poussa un grand soupir.

— Moi, je n'aime pas ceux qui ne s'intéressent qu'à l'aspect physique, lâcha-t-elle sur le mode de la plaisanterie.

Akiko était assez belle fille, aucune raison de ne pas s'y intéresser. Ôgami étant Ôgami, y avait-il des choses que sa conscience lui interdisait ?

— Cet homme, il ne faut pas le détester, reprit-elle d'un ton sérieux. Il est parfois maladroit, il a des côtés brutaux, mais au fond, c'est vraiment quelqu'un de bien. (Au lieu de réagir, il lui versa du saké.) Ce que je sais, c'est qu'il te considère un peu comme son fils.

— Ça a un rapport avec mon prénom ?

Elle poussa un nouveau soupir.

— Tu connais l'histoire de la mort de sa femme et de son enfant ? (Il fit signe que oui.) Son fils avait le même prénom que le tien. Même les caractères étaient identiques.

Il s'en doutait vaguement. Ôgami, puis Ichinose, Akiko et même Odani, tous avaient eu une réaction particulière à l'énoncé de son prénom. Ça prenait enfin sens.

— Moi aussi, j'ai perdu quelqu'un de cher, et je peux comprendre sa tristesse.

Il l'observa. Elle était toujours si enjouée. À la regarder vivre, jamais il n'aurait pu envisager cela.

— Il y a quatorze ans, mon mari est mort, et à ce moment-là, Ôgami m'a été d'une grande aide.

Ce qui signifiait qu'il connaissait cet homme. S'agissait-il d'un policier ou de quelqu'un de l'autre bord ?

— C'était quel genre de personne ? demanda-t-il, désinhibé par l'alcool.

Semblant se remémorer le passé, elle sourit.

— De ton point de vue, c'était un ennemi. Il était yakuza.

Si l'on considérait son sang-froid lors de la scène dans la pièce tatami, il n'était pas surprenant qu'elle ait été femme de gangster. Son regard flottait au loin. Puis une expression de fierté passa sur son visage.

— Même s'il était un yakuza, ce n'était pas un quelconque *chimpira*, il était le numéro deux de l'Odani.

Hioka fut surpris. À l'Odani, le prédécesseur de l'actuel numéro deux, Ichinose, était un certain Tomoyasu Saimoto. Il cita ce nom et Akiko confirma.

En fait, il se souvenait bien des détails de l'affaire. En 1973, Saimoto avait été poignardé par un sous-fifre de l'Irako. Chez les yakuzas, personne ne croyait à la version officielle : une bagarre ayant mal tourné dans un bar. Sans le moindre doute, l'Irako avait voulu affaiblir l'Odani.

Trois mois plus tard, le second de l'Irako, Kanemura, avait été retrouvé poignardé dans le cimetière d'Hiroshima. La veille, il s'était mystérieusement rendu dans cette ville sans ses gardes du corps. Bien sûr, la police avait pensé à une vengeance de l'Odani. Le principal suspect était Moritaka Ichinose, alors âgé de dix-neuf ans. En tant que protégé de Saimoto, il avait pu se porter volontaire pour tuer l'ennemi de son parrain. De plus, malgré son jeune âge, il avait la réputation d'avoir des nerfs d'acier.

Ichinose avait un alibi : la nuit du meurtre, il était avec une fille. Mais dans un tel état d'ébriété qu'il ne se souvenait plus ni du nom de l'hôtel ni de celui de sa partenaire. Du côté des policiers, tous avaient pensé qu'il mentait. Tous sauf un. Ôgami. Il avait mené seul l'enquête et retrouvé la fille. Le témoignage de l'hôtelier avait permis d'innocenter Ichinose. Par la suite, aucun suspect sérieux n'avait émergé et l'affaire Kanemura n'avait jamais été résolue.

Hioka referma le dossier dans sa tête et poussa un petit soupir. Akiko avait toujours les yeux dans le vague comme si elle se remémorait le passé.

— Ôgami m'a vraiment rendu service. Même si j'y consacrais ma vie, je ne pourrais jamais lui rendre la pareille.

Elle se tourna vers lui. Il vit qu'elle était au bord des larmes.

— Donc, je te le demande, ne pense pas du mal d'Ôgami. (Elle inclina profondément la tête.) Hein, dis-moi que tu es d'accord !

Il la saisit par les épaules pour qu'elle se redressât. Elle insista.

— Allez ! Dis-moi que tu n'en penseras pas du mal et que tu l'aideras quand il en aura besoin !

Face à ces supplications insistantes, il accepta. Mais ce fut à contrecœur. Elle avait rougi.

— C'est bien. Merci !

Elle se leva et prit une bouteille qui trônait sur une étagère derrière le comptoir.

— Ça, c'est le meilleur de la maison. *La lune après la pluie*. Bois-en autant que tu veux.

Elle versa le saké froid dans la coupe de son invité. Jusqu'à ras bord.

— Bon, maintenant, tu la vides !

Ne pouvant reculer, et à moitié par désespoir, il obéit.

— On ne peut pas s'arrêter en si bon chemin.

Et d'un air joyeux, la mama-san resservit le lieutenant.

7

Journal

6 juillet 1988,

10h00, réunion au commissariat.

13h00, poursuite de l'enquête à Tajima auprès des associations de pêcheurs et de marins.

18h00, nous nous rendons au bureau du gang Takii à Hiroshima. Obtention d'une info sur un bateau de pêche utilisé par le Kakomura pour son trafic de stupéfiants.

21h00, aux Petits Plats de Shino, discussion avec Kousaka, journaliste au Quotidien d'Hiroshima.

[redacted]

La chaleur était oppressante.

D'un geste régulier, Hioka épongeait la sueur dégoulinant sur son front ; à ses côtés, Ôgami s'éventait avec son fidèle panama. Ils se trouvaient dans le port de Tajima, à l'extrême pointe de la presqu'île de Takaura, qui s'avançait dans la Mer intérieure depuis Kurehara. Si l'on considérait

Kurehara, avec ses chantiers navals en plein essor et son mouvement incessant de cargos chargés de voitures ou de pièces industrielles, comme la vitrine de la vitalité économique locale, alors Tajima en était l'arrière-cour avec ses activités de pêche. On n'y voyait que les petits bateaux des marins pêcheurs, et l'apparition d'un gros chalutier venu se réapprovisionner en diesel n'était que l'exception confirmant la règle.

Ils marchaient sur le quai, et les goélands à queue noire faisaient réverbérer leurs cris. Au-delà de la baie, quelques bateaux de pêche. Les ports ouverts sur le grand large bénéficiaient généralement d'un vent agréable, mais celui de Tajima avait été bâti face à l'embouchure d'une rivière se jetant dans la Mer intérieure. En cette saison, il n'y avait pas le début d'une brise, et Hioka regardait d'un air rancunier cette mer lisse comme un lac.

Cela faisait plusieurs jours qu'ils arpentaient le port à la recherche d'informations. Ôgami avait changé ses habitudes. Lui, qui d'ordinaire ne venait travailler qu'à l'heure du déjeuner, remuait désormais ciel et terre du matin au soir. Le repas était la seule pause de la journée, mais il ne s'agissait plus de le savourer assis tranquillement. On engloutissait debout et à toute allure un plat de nouilles ou un bol de riz agrémenté d'un peu de viande, et on reprenait vite les choses où on les avait laissées.

Le lieutenant s'inclinait devant la vitalité du commandant. En cherchant sans relâche sa proie, Ôgami faisait penser à un loup affamé.

Lors de la dernière réunion au commissariat, il avait révélé les détails de l'enlèvement d'Uesawa, en évitant bien sûr de divulguer sa source, ce pauvre Yoshida qu'il avait travaillé au corps chez Shino.

Apprendre que le comptable avait été torturé puis décapité dans un hangar du port de Tajima avait tiré de longs soupirs apitoyés à la hiérarchie, et puis quelqu'un avait déclaré : « Aucune info n'a filtré en provenance du Kakomura. On devrait pouvoir retrouver des traces de sang et des empreintes digitales. » Ôgami s'était alors redressé pour s'adresser d'une voix déterminée à ses supérieurs.

— Autorisez-nous à fouiller immédiatement les docks.

La mort d'Uesawa était confirmée, on connaissait le lieu du crime. Dans pareille situation, la norme était d'enquêter sur place au plus vite. Mais de façon surprenante, le commissaire adjoint, Kanbara, la mine sévère et les bras croisés, avait interpellé Ôgami.

— Ton info, elle vient d'où ?

Hioka avait peut-être été le seul à s'en apercevoir, mais à ce moment précis, les lèvres d'Ôgami s'étaient contractées légèrement. Jusqu'à ce qu'il émette un petit claquement de langue.

— De quelqu'un en relation avec le crime.

Une réponse par trop imprécise. Le ton de Kanbara s'était fait rugueux.

— Tu ne peux pas le dire franchement ? Des types du Kakomura ont fait porter le chapeau à Uesawa après qu'il a utilisé l'argent. Comment se fait-il que tu le saches ? Tu as dû attraper l'un de ces gars et le presser comme un citron…

Avec son ton provocateur, toute l'équipe avait compris ce qu'il sous-entendait. « Je connais tes méthodes, ce sont celles des yakuzas. » Ne tenant aucun compte de ces questions pressantes, Ôgami s'était contenté de s'éventer avec son panama en regardant le plafond. Une façon comme une autre de montrer à quel point les réprimandes de ses supérieurs l'indifféraient. L'atmosphère dans la salle de réunion était devenue pesante et tous les participants avaient baissé la tête.

Le commissaire adjoint avait fini par rendre les armes, réalisant que le plus important était de se concentrer sur la résolution de l'affaire.

— Obtenez un mandat et inspectez les entrepôts, avait-il déclaré.

Et il avait ordonné à Itsuki d'organiser l'enquête de voisinage.

Le mandat obtenu, l'équipe d'Ôgami avait pris la direction de Tajima. Une fois devant les entrepôts portuaires, et confrontés à leur étendue, les hommes avaient eu un mouvement d'hésitation. L'endroit ne pouvait guère être qualifié de grand port de pêche, malgré tout, en additionnant les entrepôts en activité et ceux qui étaient désaffectés, on arrivait à une dizaine de hangars. Tout le monde était tombé d'accord ; avec ces murs et ces sols maculés de crasse, un certain temps serait nécessaire pour faire la distinction entre de l'huile de machine, des restes de poissons transformés et des traces de sang humain. Ôgami avait ordonné de se concentrer sur les entrepôts de la société Kainan Shôji, et notamment sur ceux qui n'étaient pas utilisés. L'administrateur n'était autre que Nozaki, le second du Kakomura. La société possédait trois hangars sur le port et n'en utilisait qu'un, probablement pour stocker les biens des victimes tombées dans le piège de l'endettement. Les deux autres étaient à l'abandon.

Deux heures après le début de la perquisition, la voix d'un enquêteur s'était élevée depuis l'entrepôt numéro 3.

— On a une réaction au Luminol.

Ôgami et Hioka, occupés jusque-là à vérifier les alentours, s'étaient précipités.

— C'est ici.

L'un des techniciens, accroupi devant un tapis roulant rouillé, leur avait désigné une tache brune s'étendant jusqu'au sol. Une partie émettait une pâle lueur fluorescente, tout comme une pelle abandonnée à proximité. Le Luminol, mélange d'hydroxyde de sodium et de peroxyde d'hydrogène, était réactif aux taches de sang. L'expression d'Ôgami s'était assombrie. Et il s'était fié à son instinct.

— C'est probablement là que ça s'est passé.

Le Luminol réagissait à l'oxydation au sens large ; des matériaux tels que l'acier ou le cuivre pouvaient décomposer le peroxyde d'hydrogène, et la présence de sang n'était jamais garantie sans vérification. Il avait donc ordonné qu'une analyse soit effectuée.

À la réunion du soir, il avait bien sûr indiqué qu'un endroit de l'entrepôt numéro 3 avait été testé positif au Luminol.

— On n'aura pas les résultats du labo avant deux ou trois jours. Mais ça a aussi réagi sur une pelle trouvée au même endroit. On peut donc raisonnablement penser qu'on a identifié le lieu du crime.

Personne ne l'avait contredit. Même pas Doi, avec qui les relations n'étaient pourtant guère au beau fixe. Kanbara s'était alors adressé à Itsuki.

— Attendons d'abord les résultats formels de l'enquête.

— Entendu. Le groupe sanguin d'Uesawa est A. Si les résultats concordent, je mettrai Nawashiro et les autres sur la liste des personnes recherchées.

— Oui, mais ça mettra deux ou trois jours, avait soupiré le commissaire adjoint.

Il avait ordonné qu'en attendant, l'équipe se préoccupe des échanges de coups de feu du 27 juin et arrête des suspects tant du côté du Kakomura que de l'Odani.

— Le cas d'Uesawa ne relève que du Kakomura, mais la fusillade concerne les deux gangs. L'Odani se perçoit comme une victime, puisque l'un des leurs a été tué, mais il n'en reste pas moins qu'il y a eu un échange de tirs et qu'on ne peut pas laisser passer ça. Il faut aller au fond des choses.

Kanbara avait alors regardé Ôgami avec insistance. Un message facile à déchiffrer : ayant ses entrées au gang Odani, il devrait arriver à élucider ce qui s'était passé et obtenir qu'un coupable se dénonce. L'arrangement souhaité était clair : obtenons d'abord une déposition d'un membre de l'Odani et on identifiera ensuite un suspect au sein du Kakomura.

D'un signe de tête, Ôgami avait indiqué qu'il avait bien compris les instructions.

Kanbara s'était ensuite adressé à Doi.

— On en est où avec l'assassinat de Yanagida ?

La déposition de la mama-san du Riko avait déjà fait remonter deux noms. D'après elle, Sôryô et Kijima du Kakomura avaient proféré des injures, puis cassé des verres et du mobilier. Son témoignage avait été un excellent prétexte pour les arrêter la veille pour racket, entrave au bon fonctionnement d'un commerce et destruction de biens mobiliers.

— Les deux suspects refusent de parler de la mort de Yanagida. On continue de les interroger.

Kanbara avait exigé de Doi qu'il leur mette la pression. Il avait ensuite ordonné aux autres enquêteurs de poursuivre leur recherche pour retrouver Nawashiro et ses complices ainsi que leurs enquêtes de voisinage autour du port de Tajima. Et la réunion avait été levée.

Le lendemain, ils se rendirent au siège de l'Odani. Lorsque Ôgami demanda qu'un des hommes du gang se dénonce pour l'affaire de la fusillade, Ichinose commença à se mordiller les lèvres, et l'accélération du pianotage de ses doigts sur la table basse fut un signal limpide de son mécontentement. Ses deux lieutenants, Bizen et Yajima, silencieux et tendus à ses côtés, étaient au diapason. Le commissaire-adjoint l'avait anticipé, ils se considéraient comme des victimes et jugeaient n'avoir commis aucun crime. Ôgami essaya de convaincre Ichinose. Mais ce dernier fit de la résistance.

Les médias avaient déjà révélé que la fusillade en pleine rue était liée à une rixe entre le Kakomura et l'Odani. Du point de vue d'Ichinose, alors qu'il avait déjà perdu un soldat, il n'était pas admissible de s'en faire prendre un autre. Mais la société civile ne se préoccupait pas de savoir de quel gang venait le mort. La seule chose qui comptait était l'échange de tirs, et on exigeait que ceux qui avaient enfreint la loi en utilisant des armes à feu soient arrêtés au plus vite.

— Je comprends ton point de vue, dit Ôgami. La situation est difficile, mais je ne vois pas comment l'Odani aurait d'autre choix que de l'accepter. Plus tard, en utilisant l'affaire Uesawa, on fera de la purée de pommes de terre du Kakomura. Il nous est impossible de n'arrêter qu'un membre d'un seul côté, les citoyens ne le comprendraient pas. Si personne n'était inquiété au sein de l'Odani, les critiques pleuvraient contre vous.

Il se tut pour sortir une Peace de son paquet et la porter à sa bouche. Hioka, assis à ses côtés, frotta plusieurs fois la molette de son briquet à 100 yens sans parvenir à faire jaillir une flamme. Le commandant le lui arracha des mains et alluma lui-même sa cigarette, puis souffla une grosse bouffée de fumée. Tête basse, le lieutenant rempocha le briquet.

Ôgami scruta le visage d'Ichinose.

— Dans un ou deux jours, on aura la preuve de l'implication des membres du Kakomura dans l'affaire Uesawa. En plus, Sôryô et Kijima, qui ont été arrêtés, finiront par cracher le morceau sur la mort de Yanagida. Surtout avec Doi. Il n'en a pas l'air comme ça, mais il est aussi obstiné qu'une tortue. Si on les nourrit à coups de baffes, ils finiront par parler. C'est juste une question de temps. Si on retrouve le cadavre d'Uesawa et qu'on résout les trois affaires d'un seul coup, échanges de tirs, mort de Yanagida et disparition d'Uesawa, le Kakomura perdra au bas mot dix personnes. (Il se pencha et haussa la voix.) Comme je te l'ai déjà dit, grâce à l'affaire Uesawa, mon intention est d'éliminer les dirigeants du Kakomura les uns après les autres. Et il y a aussi le regard de la société civile. Il faut penser plusieurs coups à l'avance. C'est ça qui fera la différence.

L'atmosphère s'était un peu détendue. Les paroles du commandant avaient-elles trouvé un écho ?

— Moi, je peux me dénoncer, lâcha soudain Bizen.

Ôgami, Ichinose, Yajima et les quatre juniors qui assistaient à la scène un peu à l'écart le regardèrent fixement.

— C'est un problème d'équilibre, continua Bizen. (Et, désignant les jeunes :) Si on envoie deux ou trois soldats, le message ne sera pas assez clair. Donc, si j'y vais seul, ça ira ?

Yajima était manifestement d'un avis différent. Sourcils dressés comme les antennes d'un insecte, il darda son regard sur Bizen.

— Attends, s'il te plaît.

Bien qu'ils soient de même rang, il s'adressait de manière déférente à Bizen ; celui-ci avait trois ans de plus que lui et une plus longue histoire au sein du gang.

— Quoi ? Il y a un problème ? grogna Bizen.

— Oui, et même un gros. Il n'y a pas que toi, Grand frère, qui as une médaille d'or de l'Odani. Moi aussi, j'ai reçu la distinction d'être un *kanbu*[1]. Laisse-moi me dénoncer à ta place.

— C'est moi qui suis à l'origine des problèmes. Donc, c'est moi qui y vais. Ça a du sens.

Leur échange se prolongea. Bizen et Yajima étaient tous deux indispensables à l'organisation ;

1. Les gangs yakuzas sont hiérarchisés. Un *kanbu* est un cadre de l'organisation.

Ichinose ne souhaitait perdre ni l'un ni l'autre. Ne trouvant aucune façon satisfaisante d'intervenir dans la discussion, il se contenta de voir comment elle évoluerait.

Incapable de rester neutre, Ôgami reprit la parole.

— Bizen, tu es le bras droit de Moritaka, la situation n'est pas grave au point que tu sois obligé de t'exposer.

Yajima prit un air victorieux.

— Donc, j'y vais…

Ôgami l'interrompit d'un regard.

— Yajima, tu as mangé du riz puant pendant dix ans, et ça en fait à peine deux que tu es sorti de prison. Tes remises de peine vont sauter. Si tu n'as pas de chance avec le juge, tu t'en reprendras pour dix ans.

Il avait été condamné à douze ans de réclusion pour meurtre. À la suite d'une remise de peine, il était en liberté conditionnelle. S'il était condamné une nouvelle fois, les deux années restantes seraient automatiquement rajoutées.

— Moi, pour l'Odani, je suis prêt à manger du riz puant pendant dix ans, vingt ans même.

— C'est crétin ! s'énerva Ôgami. L'un et l'autre, tout ce que vous savez dire, c'est que vous êtes prêts à vous sacrifier. De votre point de vue, vous l'êtes, mais vous oubliez l'Odani dans tout ça. Au moment décisif où Moritaka peut devenir quelqu'un qui compte, vous pensez que si son bras droit ou son bras gauche se retrouve à l'ombre, l'organisation va réussir à tenir son rang ? Si par malheur quelque chose de grave se produisait, peut-être que le *sacrifié* n'osera plus se montrer au boss Odani.

De concert, Bizen et Yajima baissèrent la tête et arrondirent les épaules.

— Bon, alors, explique. On fait quoi ? réagit Yajima, l'air vexé et tout en le regardant par en dessous.

Ôgami se tourna vers les quatre juniors.

— Le matin de la fusillade, qui était avec Bizen ?

Le plus grand du quatuor s'avança d'un pas.

— Moi.

Il devait avoir le même âge que Hioka, mais son air déterminé suggérait une longue expérience. Il s'appelait Sasamoto, et cela faisait cinq ans qu'il avait été accepté dans le gang.

— Il y avait qui d'autre ? Quand un *kanbu* parle aux ennemis, il n'a pas qu'un seul garde du corps.

Avant que Sasamoto ait pu répondre, Bizen intervint :

— Il y avait aussi le jeune Sekiya. En ce moment, il est en tournée d'inspection du territoire.

— Bon, et qui a tiré ?

Bizen se désigna de l'index.

— Moi et Sasamoto. Sekiya, c'est un poussin à peine sorti de la coquille. Il ne porte pas de flingue.

Ôgami s'adressa à Ichinose.

— Sasamoto et Sekiya se dénoncent.

L'expression de Bizen vira à l'amertume. Il arrivait souvent que des juniors se dénoncent pour protéger un supérieur ; malgré tout et à l'évidence, l'idée ne lui plaisait guère.

Ôgami regarda tour à tour Ichinose, Bizen et Yajima.

— Sasamoto et Sekiya sont encore jeunes. Ils n'ont pas de condamnation antérieure, et le fait que le camp ennemi a tiré le premier sera une circonstance atténuante. Ils devraient s'en sortir avec des peines légères. S'il y a un bon arrangement avant qu'ils ne se dénoncent, ils pourraient même s'en sortir assez bien.

Il observa Sasamoto. La rougeur de son visage trahissait son trouble, mais il ne se déroba pas.

— Numéro deux, je me dénonce. Sekiya aussi sera heureux d'y aller, je pense. Il répète toujours que si c'est pour l'organisation, il est prêt à n'importe quoi.

Ôgami se frappa énergiquement les cuisses des deux mains.

— Bon, c'est décidé. Sasamoto, contacte vite Sekiya et présentez-vous aujourd'hui au commissariat de Kurehara Est avec les armes qui ont été utilisées. Dites bien dans votre déposition que c'est Wayama, le *kanbu* du Kakomura, qui a tiré le premier. Sur la base de votre déposition, je pourrai avoir un mandat d'amener et l'arrêter avec ses acolytes. Avec l'enlèvement d'Uesawa, on a quatre personnes dont Nawashiro. On a déjà arrêté Sôryô et Kijima pour les violences chez Riko. Les coups de feu vont nous permettre de coffrer Wayama et ses gars. Rien qu'avec ça, on en aura déjà arrêté neuf. Si on trouve le corps d'Uesawa, on pourra mettre en garde à vue des *kanbu* pour complicité d'assassinat. Et pourquoi pas, le numéro deux du Kakomura. Même s'ils n'y ont pas participé, on peut se les faire. Les prétextes abondent. Violation de la loi sur les armes à feu, possession de stupéfiants, menaces et violences, on a de quoi les mettre à l'ombre.

Yajima fit les calculs :

— Si leur effectif baisse d'une dizaine de gars, le Kakomura se retrouvera réduit à une trentaine de combattants. Nous, même si on perd Sasamoto et Sekiya, on reste à cinquante.

— On a l'avantage du nombre, admit Bizen.

Tous les regards se tournèrent vers Ichinose. On attendait sa décision. Celui-ci resta un moment les bras croisés, dans une attitude méditative, puis s'adressa au junior.

— Sasamoto ! Sekiya et toi, devenez des hommes en prison, et revenez-nous.

Le jeune homme, empli de fierté, s'inclina profondément.

Ôgami souriait, l'air satisfait, mais Hioka, sentant la honte bouillir au fond de lui, serrait les poings.

Laisser Bizen, l'auteur principal des coups de feu, s'échapper était tout bonnement se faire complice d'un crime. Où donc le commandant pensait-il s'arrêter sur la route de l'illégalité ?

*

Le jour suivant, la situation évolua d'un seul coup.

Le rapport du laboratoire était revenu avec les résultats des prélèvements effectués dans l'entrepôt. Les traces sur le sol et la pelle étaient bien du sang de groupe A comme celui d'Uesawa. Sur le manche de pelle, on avait relevé une empreinte digitale correspondant à celles extraites du casier judiciaire de Nawashiro, et à l'extrémité, on avait prélevé des résidus de tissu humain et des cheveux ayant appartenu à un homme d'âge moyen. La police préfectorale avait rajouté la suspicion de crime de sang à celle d'enlèvement, et lancé un avis de recherche national.

Le même jour, Sôryô, en état d'arrestation pour actes violents et destruction de mobilier chez Riko, avait craqué lors de l'interrogatoire de Doi et admis avoir assassiné Yanagida. Sur ses indications, l'arme avait été retrouvée sur la berge de la rivière, soit à cinq cents mètres du lieu du crime. Et le motif d'incarcération avait évolué en « blessures ayant entraîné la mort ».

Sasamoto et Sekiya s'étaient, comme convenu, présentés au commissariat. Sur la base de leurs déclarations, Wayama, le *kanbu* du Kakomura, et deux complices avaient été arrêtés pour infraction à la législation sur les armes à feu. Ils avaient nié toute implication, mais les faire tomber n'était plus qu'une question de temps. Tout s'était déroulé selon les calculs d'Ôgami.

L'analyse du labo collait avec la possibilité qu'Uesawa soit déjà mort, et Kanbara avait ordonné à Ôgami de se focaliser sur la recherche du cadavre. L'équipe avait donc mis les bouchées doubles dans la collecte d'informations autour de l'entrepôt. On avait commencé à interroger les témoins potentiels liés à l'industrie locale de la pêche ou habitant le secteur pour savoir s'ils avaient vu Uesawa ou Nawashiro. On s'était attendu à réceptionner un grand nombre de témoignages et à trouver le corps rapidement, mais l'enquête s'était révélée bien plus ardue que prévu. Le trafic portuaire concernait les bateaux de pêche côtière mais également de pêche au large. Bien des professionnels du secteur ne passaient qu'épisodiquement par Tajima. Les habitués voyaient donc défiler un nombre incalculable de têtes inconnues, et trouver quelqu'un qui se souvenait de Nawashiro et de ses complices, alors que ceux-ci s'étaient dissimulés dans un hangar, n'était pas une tâche aisée.

Hioka se tourna vers la terre ferme ; une armée de goélands à queue noire picorait le quai avec voracité, à l'affût de petits poissons tombés des filets. L'esprit embrumé par la chaleur, il trébucha. Et releva les yeux sur le dos et la chemise d'Ôgami. Dans sa distraction, il n'avait pas remarqué que son chef venait de s'arrêter. Celui-ci le dévisagea par-dessus son épaule, sourcils froncés.

— Tu m'as l'air bien distrait. Si tu te laisses endormir par la chaleur, c'est que t'es pas qualifié pour être policier. Réveille-toi.

Hioka baissa la tête en signe d'excuse, et la sueur dégoulina de son front vers le quai. Il fit l'effort de se ranimer. Ôgami lui aussi était affecté par la température ; on en avait la preuve par le nombre de cigarettes fumées bien supérieur à la moyenne. Il en tira d'ailleurs une de son paquet.

Le lieutenant brandit son fidèle briquet à 100 yens pour actionner la molette. Sans résultat. Il répéta son geste avec frénésie, mais ne produisit que de maigres étincelles. D'habitude, Ôgami lui laissait le temps ; cette fois, il émit un claquement de langue réprobateur et se saisit du briquet pour allumer lui-même sa cigarette. Mais il n'y arriva pas mieux. Il finit par utiliser la boîte d'allumettes qu'il avait en poche. Et pour faire bonne mesure, il cracha par terre.

Hioka connaissait la source de son irascibilité.

Le manque de temps.

Il y avait eu ce court délai de trois jours pour éviter la guerre entre l'Odani et le Kakomura. Puis ce délai supplémentaire obtenu grâce à la visite d'Odani en prison. Dans l'absolu, ils n'avaient plus qu'à retrouver le cadavre d'Uesawa. Dans la calligraphie qu'Ôgami avait conçue dans sa tête, un seul trait restait à tracer. Mais il lui manquait le pinceau et l'encre nécessaires.

Le temps était devenu un facteur crucial. La situation actuelle lui faisait perdre la face, et son énervement grandissait. C'était visible.

Il s'accordait un gros soupir lorsque son pager se mit à sonner dans sa poche de chemise. Il se renfrogna en consultant l'écran, puis ses traits se détendirent.

— C'est Takii.

Il se précipita vers le téléphone public le plus proche, eut une brève conversation, puis ordonna à son lieutenant de le conduire au siège du gang Takii.

— Mais avant ça… arrête-toi devant un bureau de tabac. N'importe lequel. Ça le fera.

Il devait avoir épuisé ses réserves. Pour un fumeur de son acabit, il était impensable de rouler pendant une heure de Tajima à Hiroshima sans s'en griller une.

— Compris, répliqua Hioka en faisant démarrer la voiture.

Cela faisait dix minutes qu'ils avaient quitté les docks lorsqu'il repéra au loin une enseigne *Cigarettes*. Ôgami l'avait vue lui aussi, il fit signe de s'arrêter.

Le buraliste devait aimer les films occidentaux. Son étroite boutique en bois était décorée de deux affiches, *Les Sept Mercenaires* et *À l'est d'Éden*. Ôgami ne semblait guère intéressé par le cinéma ; il regardait fixement un présentoir en verre qui, du haut en bas, ne contenait que des briquets. Tous des Zippo. Hioka n'y connaissait rien, mais à voir les yeux émerveillés de son chef, il se douta que certains devaient être des pièces rares.

Un homme émergea de l'arrière-boutique. Il avait la moustache aussi blanche que les cheveux et portait une chemise à carreaux au col fermé par une étroite cravate de cow-boy constituée d'un lacet et d'une broche métallique.

— Eh, le vieux, c'est toi le proprio ? T'as une belle collection.

Ne devant guère apprécier de se faire traiter de croulant, l'autre haussa ses épais sourcils.

— Si t'es venu juste pour regarder, n'hésite pas à déguerpir.

Indifférent à la remarque, Ôgami continua de dévorer l'étalage des yeux.

— Celui-là, c'est combien ?

Dans sa ligne de mire se trouvait un Zippo argenté, sur lequel était gravé un loup dressé sur ses pattes et le regard pointé vers la lune.

Après une brève pause, le propriétaire expulsa un soupir et une courte réponse.

— Huit mille yens.

— Waouh ! C'est pas donné, s'exclama Ôgami, franchement surpris.

— C'est une gravure spéciale, faite à la main.

En continuant d'admirer le briquet, le commandant produisit une sorte d'exclamation nasale, puis se tourna vers le propriétaire.

— Je le prends.

Les lèvres du buraliste se tordirent légèrement. Ça lui donna l'expression d'un homme qui avait couvé un trésor jusqu'à ce qu'un autre vienne le découvrir. Avec un regret manifeste, il ouvrit la vitre du présentoir avec sa clef et prit le briquet qu'Ôgami convoitait.

Après avoir payé et reçu une recharge d'essence gratuite, le chef, l'air épanoui, tourna les talons et sortit de la boutique. Tel un enfant qui venait d'acheter un jouet magnifique, il observa son briquet sous tous les angles, ouvrant et fermant le couvercle de nombreuses fois.

Il actionna enfin la molette et la flamme jaillit du premier coup.

Approchant sa nouvelle acquisition de sa bouche, il alluma une Peace d'un air gourmand.

— Ah, les cigarettes qu'on allume avec un briquet qui nous plaît ont vraiment un goût différent.

Revenu à la voiture, il considéra son adjoint avec un léger sourire.

— On a trouvé un bon endroit en s'arrêtant au hasard, hein ?

C'était pourtant lui qui avait acheté ce briquet et Hioka se demanda pourquoi il cherchait à obtenir son approbation. Il s'interrogea aussi sur la bonne réponse à apporter. Et finit par opter pour un vague signe d'acquiescement. Ôgami se mit à fredonner une petite chanson, puis s'enfonça dans son siège.

— Aujourd'hui, c'est un bon jour. Ça le fait bien.

À peine arrivés devant le QG du gang Takii, ils furent accueillis par un junior.

Takii les reçut à son tour avec un large sourire.

— Ah, tu m'as vraiment rendu un service dingue, la dernière fois, ça m'a bien aidé.

D'après son expression réjouie, il était apparent que ses relations avec son épouse s'étaient grandement améliorées. Il les invita à s'asseoir.

— Pardon de t'avoir fait venir de loin, mais c'est pas le genre de truc à lâcher au téléphone.

Ôgami eut un sourire contraint.

— Tu as une tête de diable. C'est quoi, la bonne nouvelle ? (Takii eut un petit rire. Ôgami se pencha vers lui.) Si tu m'as appelé, c'est que tu as du nouveau sur l'affaire qui nous préoccupe.

Hioka se doutait de ce qu'il entendait par là. Takii prit un air triomphant et ordonna à ses juniors de sortir. Lorsqu'ils ne furent plus que trois, il les regarda tour à tour.

— *Shinzen Maru*, finit-il par articuler avec un nouveau petit rire satisfait.

— C'est quoi ça, un nom de bateau ?

Takii confirma que le *Shinzen Maru* était un bateau de pêche. Et ajouta qu'il dépendait de l'entrepôt où Uesawa avait été enfermé.

— Le capitaine s'appelle Zenda. Il a cinquante-cinq balais, et il vit seul depuis qu'il a largué sa meuf. Il fait travailler deux jeunes marins. Son neveu Kimura et un type qui s'appelle Nakai.

— Ce bateau, qu'est-ce qu'il a de spécial ?

Ôgami le pressait, mais Takii s'offrit une pause pour allumer une cigarette.

— Le Zenda, il est comme moi, il aime le cul. C'est pour ça qu'il a viré bobonne. Les filles qui le font saliver, elles sont toutes bien roulées. Ça doit lui coûter chaud. Mes jeunes disent que c'est pas avec la pêche qu'y peut y arriver.

— L'argent dont il a besoin, ça a un rapport avec la disparition d'Uesawa ?

Takii le regarda. Ôgami affichait l'expression de qui connaît la musique.

— Le Kakomura fait son beurre avec la meth. Tu sais où y se fournissent, en gros.

Ôgami cligna des yeux en guise de confirmation.

— Ils importent de la Corée du Nord, en douce, dit-il.

Hioka ne comprenait pas grand-chose à la conversation. Ôgami expliqua :

— La méthamphétamine que revend le Kakomura provient en majorité de la Corée du Nord. La réception de la marchandise a lieu au large de la Mer intérieure. C'est le trafic de ce Zenda pour se faire du fric.

— On raconte que le *Shinzen Maru* sort souvent en mer, même les nuits où les poissons roupillent.

Takii évitait la franche délation, mais ses indications suffisaient pour confirmer que Zenda prenait part au trafic en question.

— Je vois, dit Ôgami en se frottant la joue.

— J'sais pas d'où l'info a filtré, mais dans chaque gang, les gars chargés du boulot craignos, c'est les mêmes. Comme Zenda s'occupe des importations illégales, ça serait pas bizarre qu'on lui ait demandé de s'occuper aussi du cadavre d'Uesawa.

— Voilà un bon morceau d'information pour lequel je te suis fort reconnaissant, dit Ôgami d'un ton très satisfait.

Takii haussa les épaules en prenant un air rigolard.

— Avec toute l'info que tu m'refiles, c'est moi qui suis reconnaissant.

— Pas du tout. Ces derniers temps, je te suis redevable. Tu m'as vraiment aidé.

Et dans un geste inhabituel, Ôgami s'inclina profondément. Takii retroussa ses narines comme s'il reniflait une boule puante.

— Qu'est-ce que tu racontes ! Des formalités entre nous, ça schlingue !

Ôgami s'esclaffa.

— Oui, eh bien, c'est le verbe qui convient. Depuis les temps anciens, on a une relation qui schlingue !

C'était probablement l'évocation de cette bagarre de jeunesse où ils avaient fini dans la bouse de vache. Cette histoire rebondissait entre eux comme une balle de rigolade. Lorsqu'ils eurent fini de plaisanter, le boss yakuza retrouva sa gravité.

— Dis-moi, t'aurais pas un journaliste dans tes… relations ?

Ôgami fronça les sourcils.

— Oui, dans le tas, j'ai des bonnes et des mauvaises relations côté presse. C'est quoi, le souci ? Dis-moi clairement à quoi tu penses.

Takii regarda furtivement Hioka, puis se rapprocha de son ami.

— Il y a quatorze ans, murmura-t-il, l'histoire de Kanemura. On dirait qu'un journaliste a reniflé l'affaire.

Ôgami ouvrit de grands yeux.

— L'affaire Kanemura ?

Hioka avait senti une secousse dans son plexus solaire. Mais il se garda bien de réagir.

La veille, Akiko lui avait parlé de la mort de son mari, Saimoto. Et il s'était souvenu du rapport d'enquête de la police préfectorale à ce sujet. À l'instant, il venait de faire le rapprochement entre ce crime et l'affaire Kanemura, du nom du numéro deux de l'Irako assassiné après la mort de Saimoto, et qui arrivait à prescription. Jamais il n'aurait imaginé que ça resurgirait ici.

Takii acquiesça.

— Une fille qui bosse pour l'Irako a récupéré l'info de la mama-san d'un bar de la rue Nagare. Et un des barmen en a aussi parlé à un d'mes juniors. Un journaliste scotché par une vieille affaire, ça tient pas trop. Mais mon gars a quand même remarqué un truc. Le journaliste, il a répété ton nom.

— Mon nom ?

Les yeux d'Ôgami se rétrécirent.

— Il faudrait faire vraiment gaffe, ajouta Takii.

Qu'entendait-il par là ? Ôgami serait lié à une affaire vieille de quatorze ans ?

Pendant un instant, il sembla réfléchir et resta silencieux, le regard dans le vague. Puis il se leva, attrapa son panama et, sans sembler s'adresser à quelqu'un en particulier, murmura :

— Aujourd'hui, il n'y a pas que des bonnes nouvelles. Ouais, ça le fait pas trop.

*

Ôgami avait pour habitude d'aller boire chez Shino en milieu de semaine. Et ça tombait ce soir-là. Une fois de retour d'Hiroshima, ils laissèrent la voiture au commissariat et le lieutenant accompagna le commandant dans son bar favori.

Akiko leur sourit, comme à son habitude.

Une paire d'employés de bureau passablement éméchés étaient dans la place, mais ils ne s'attardèrent pas. Bientôt, il ne resta qu'Ôgami et Hioka. Les petits plats du menu étaient du sashimi de sardine et des légumes vinaigrés à la mode d'Hiroshima qu'Ôgami considéra avec une mine ravie.

Alors que Hioka s'apprêtait à utiliser ses baguettes, Akiko posa devant lui un bol de riz au poulpe.

— Je pense que ça, c'est mieux pour toi.

Scrutant le contenu du bol, Ôgami fit la moue.

— Ça a l'air bon, mais les petits plats prévus pour glisser avec le saké ne font pas bon ménage avec le riz.

Akiko lui jeta un regard oblique.

— Les jeunes, ça a toujours faim. Souviens-toi quand tu l'étais.

Leurs souvenirs devaient concorder. Ôgami concéda sa défaite, haussa les épaules et porta sa coupe de saké à ses lèvres.

Le lieutenant adressa un remerciement silencieux à la mama-san. Ôgami, même s'il avait faim, pouvait se sustenter avec du saké, mais Hioka qui n'avait rien avalé depuis le curry de midi était désespérément à la recherche de quoi se remplir l'estomac.

Alors qu'il engloutissait son riz imprégné de la saveur du poulpe, il entendit la porte du bar coulisser.

Il jeta un coup d'œil derrière lui et vit un quadragénaire passer la tête entre les pans du *noren* surplombant l'entrée. Sa veste froissée reposait sur ses épaules parce qu'il n'avait pas enfilé les manches, et il ne portait pas de cravate. Il avait dû oublier de se raser depuis au moins deux jours, et ne semblait être ni un yakuza ni un honnête citoyen. En tout cas, Hioka lui trouva l'air louche.

Apercevant Ôgami au comptoir, l'homme eut un sourire malveillant.

— Ah, j'aurais dû m'en douter. Il est là.

Cette voix fit sursauter le commandant. Il reposa la coupe qu'il allait porter à ses lèvres, et se retourna. Son expression indiqua clairement que le visiteur n'était pas le bienvenu. L'homme s'approcha malgré tout, lui administra une tape familière dans le dos et s'assit à ses côtés.

— Tu aimes cet endroit depuis toujours, Ôgami. Un peu comme une femme de grande vertu qui ne sert qu'un seul homme.

Hioka s'aperçut qu'en disant cela, le visiteur léchait du regard Akiko, debout derrière son comptoir.

— Ici, non seulement le saké et la cuisine sont de haut niveau, mais la propriétaire aussi. On peut comprendre que tu sois un client fidèle.

Ôgami garda le regard rivé sur le comptoir et vida sa coupe sans s'énerver.

— C'est sûr que c'est autre chose que de se faire envoyer au fin fond de Shimane, dit-il.

Ayant commandé une bière à Akiko, l'homme eut un sourire d'autodérision.

— Bah, c'étaient seulement trois ans d'exil. Je suis revenu en avril.

Il vida la moitié de son verre d'un coup puis, reprenant son souffle, regarda le lieutenant.

— Ce petit jeune qui a une bonne tête, c'est ton nouvel assistant ?

— Ouais, lâcha Ôgami d'une voix sans chaleur.

Qui était ce type ? Voulant écarter le doute, celui-ci sortit de la poche intérieure de sa veste une carte de visite qu'il tendit à Hioka.

Le Quotidien d'Hiroshima, Takafumi Kousaka, Directeur adjoint de la rédaction.

Hioka s'abstint de lui donner la sienne et se contenta d'un signe de tête. Kousaka lui décocha un sourire servile.

— C'est pas des choses qu'on devrait dire soi-même, mais autrefois on m'appelait Kousaka-le-premier, parce que j'avais l'information avant les autres journaux. Maintenant, on m'appelle plutôt Kousaka-le-loupeur-de-scoop.

Tout en se moquant de lui-même, il observait Ôgami, lequel regardait droit devant lui.

— Au moment où j'enquêtais sur l'argent occulte à la police de la préfecture d'Hiroshima, on m'a muté dans les profondeurs de celle de Shimane. J'étais chef de bureau, mais ce n'était qu'un titre. J'étais la seule personne du bureau. Mais il y avait aussi des mouches et des papillons.

Après cette blague rassie et sans le moindre intérêt, il finit sa bière.

— Si j'avais publié mon reportage sur l'argent sale à la préfecture, la police aurait été traînée dans la boue. Et elle n'aurait plus jamais donné d'infos au *Quotidien d'Hiroshima.* Les huiles du journal m'ont envoyé au loin comme un machin emmerdant et puant. Dans cet endroit, ma seule distraction était l'alcool. Et en trois ans, j'ai pris du bide. (Il frappa énergiquement son ventre proéminent.) Après mon évacuation du paysage, l'affaire en est restée là. Les policiers sont plus importants que les journalistes du *Quotidien*, et surtout… (il tendit le menton vers Ôgami et ajouta :) les gens qui ont des ouvertures avec les yakuzas locaux.

— Eh, le client !

C'était Akiko qui venait de l'interpeller. Elle le dévisageait.

— Dans notre établissement, nous n'apprécions pas les gens qui n'aiment pas l'alcool. Inutile de payer, mais rentrez chez vous maintenant.

Elle voulut le chasser, mais Ôgami l'arrêta d'un geste.

— Si tu as quelque chose à dire, crache-le, Kousaka. Pas besoin de nous baratiner avec des histoires de vieil oiseau qui revient au nid.

Le journaliste commanda du saké froid à Akiko, posa les bras sur le comptoir et se rapprocha d'Ôgami.

— Ceux du Kakomura, ils ont l'air de s'activer. Ils ont reçu des renforts des régions avoisinantes apparemment. Leur QG est plein comme une boîte de sardines.

Sa fierté à propos de sa capacité à récupérer de l'information n'était pas complètement vaine. Hioka savait que le Kakomura, voyant ses effectifs diminuer, avait demandé du renfort auprès des gangs amis. Ces derniers avaient envoyé une dizaine d'hommes qui se trouvaient à présent à Kurehara. Au commissariat, on venait de recevoir l'information. Mais ordre avait été diffusé de ne la laisser filtrer sous aucun prétexte. Que Kousaka ait réussi à l'obtenir prouvait sa capacité à maintenir ses sources.

Bien sûr, Ôgami se garda de réagir et sirota son saké en silence. Akiko posa un flacon et une coupe de façon peu aimable devant Kousaka et, au lieu de le servir comme elle le faisait toujours pour chaque client, le laissa se débrouiller.

— Le Kakomura est dans son tort depuis le début, poursuivit le journaliste. En plus, dans trois mois, le boss de l'Odani sera libéré. À ce moment-là, l'Akashi se retrouvera impliqué. C'est tout de même l'un des plus gros gangs du pays. Derrière le Kakomura, il y a l'Irako. Ceux-ci veulent frapper un grand coup avant la sortie d'Odani. Un raisonnement logique. En ce moment, l'Irako est un peu comme le QG impérial. Sans faire la guerre eux-mêmes, ils envoient le Kakomura combattre l'Odani pour eux. Leur intention est de prendre Kurehara sans se salir les mains.

Hioka avait posé ses paumes sur ses genoux et elles étaient couvertes de sueur. Non seulement Kousaka connaissait par cœur le mode d'organisation des yakuzas d'Hiroshima, mais il était également capable de soutirer des infos confidentielles à la police. Pourquoi venait-il voir Ôgami ? Parce qu'il en savait plus que ce qu'il venait de révéler ?

Le chef devait penser la même chose. C'est sans doute ce qui le décida à poursuivre la conversation.

— Et si c'était le cas, qu'est-ce qu'on y peut ?

— La cible principale, c'est ton petit chéri, Ichinose. Même si l'Odani est constitué de combattants d'élite, quand la tête est coupée, le serpent meurt.

Ôgami lui rit au nez.

— Ichinose n'est pas quelqu'un qu'on peut vaincre facilement. Le Kakomura, ou plutôt l'Irako, leur prochain mouvement sera plutôt dirigé contre l'un des soutiens d'Ichinose. Par exemple…

Kousaka le regarda avec gravité.

— Oui, toi, Ôgami.

Le commandant s'immobilisa, coupe de saké en l'air. Puis il tourna la tête vers son interlocuteur. Kousaka soutint son regard perçant.

— Il y a trois jours, un informateur anonyme nous a proposé une info concernant l'affaire de l'assassinat de Kanemura, qui remonte à quatorze ans.

Akiko, occupée à cuisiner, sursauta. Hioka déglutit. L'information qu'avait mentionnée Takii sur un journaliste et une affaire remontant à cette période semblait concorder. Et le journaliste en question devait être Kousaka.

— Ah, ça sort maintenant, murmura Ôgami sans montrer la moindre inquiétude.

— D'après notre informateur, l'appel téléphonique pour signaler la découverte du corps de Kanemura est arrivé au poste de police d'Ôgi Machi, et non pas au 110. En général, les résidents ignorent le numéro du poste local. Tout le monde compose le numéro national. Même les enfants le connaissent. Donc, la personne qui a appelé avait une raison pour ne pas faire le 110.

Ôgami resservit lui-même le saké.

— Et j'ai un rapport avec cette histoire ?

La question étonna grandement le journaliste.

— Il y a forcément un rapport. Ôgi Machi est le petit poste de police où tu as eu ta première affectation. Les gens qui connaissent le numéro savent également que les communications du 110 sont enregistrées. Celui qui a appelé le poste devait penser que se faire identifier n'était pas une bonne idée. C'est ce que dit notre informateur. Et il a ajouté qu'il se pourrait bien que ce soit un policier.

— Écoute, si t'as un truc à dire, c'est le moment. Enlève la soie que t'as coincée dans tes molaires. Parle clairement.

— La déclaration de ce témoin anonyme contient le nom de l'assassin de Kanemura.

Akiko retint son souffle. Main crispée sur le manche de son couteau, elle s'était figée.

— Ah bon, dit Ôgami avant de s'accorder une gorgée de saké. Ça, c'est intéressant. Et c'est qui au juste ?

Kousaka croisa les jambes sous son tabouret et se pencha vers lui.

— Le nom que cet informateur a écrit, c'est le tien.

On entendit le bruit d'une chute d'objet. Hioka regarda Akiko. Son couteau était tombé sur la planche à découper en bois. Ses deux mains plaquées contre sa bouche, elle était pétrifiée. Quant à lui, il était bouleversé.

Ôgami ne reculait devant rien pour les besoins d'une enquête. Ici même, il avait fendu la joue de Yoshida avec un couteau de cuisine. Faire des entorses à la réglementation policière, enfreindre la loi, aucune méthode ne l'arrêtait. Malgré cela, le lieutenant ne parvenait pas à l'imaginer allant jusqu'à tuer. Il l'observa. Lèvres tordues, montrant les dents, était-il en train de rire ?

Il releva la tête et toisa Kousaka. Son regard était comme éteint.

— Eh, Kousaka, dit-il d'une voix plus éraillée qu'à l'accoutumée, pendant ta petite absence, tes plaisanteries se sont nettement améliorées.

L'autre utilisa son cruchon pour le servir. Son visage était rieur, mais pas ses yeux.

— Si c'est une plaisanterie, ça le fait, reprit Ôgami à la limite du chuchotement et en le regardant fixement. Mais dans le cas contraire…

Akiko avait repris le contrôle d'elle-même.

— C'est l'heure de la fermeture.

Cette voix glaciale, Hioka ne l'avait jamais entendue jusqu'à présent.

8

Journal

11 juillet 1988,

8h00, nous recherchons le cadavre d'Uesawa sur l'île d'Akamatsu, proche de Kurehara.

9h00, découverte d'un corps humain décapité, près d'un pin.

9h30, derrière le pin, découverte de la tête d'Uesawa.

Dans la même heure, arrestation du pêcheur Kimura pour suspicion de complicité de crime.

13h00, au commissariat, création de la commission spéciale d'enquête sur l'assassinat par décapitation de l'employé de Kurehara Finance.

17h00, un mandat national est lancé pour l'arrestation de Nawashiro et de trois autres membres du gang Kakomura pour suspicion d'enlèvement, meurtre, recel et dissimulation de cadavre.

20h00, dîner en l'honneur des services vendus par Ôgami.

[redacted]

Ôgami et son équipe se trouvaient à bord du bateau des garde-côtes à destination de l'île d'Akamatsu. Sur le pont, visage au vent, le commandant conservait un silence obstiné et soucieux. La recherche du cadavre d'Uesawa sur cette île inhabitée venait de commencer et l'enquête arrivait à un point crucial.

Les bateaux de pêche étaient partis en mer tôt le matin, et si le bruit de leurs moteurs s'était tu, on voyait encore les traces de leurs sillages s'étirer au loin.

Cinq jours s'étaient écoulés depuis que Takii avait informé Ôgami. Depuis, une surveillance et une enquête discrète sur l'équipage du *Shinzen Maru* avaient été organisées. On avait découvert qu'un des deux marins, Kaoru Kimura, le neveu du capitaine, avait été à l'école primaire avec Nawashiro.

Tous deux avaient pris un verre ensemble au début du mois de mai. Cette information importante était remontée en interrogeant un dénommé Tsuchida, ex-élève de cette même école. Fils d'un négociant en alcool, il faisait des tournées régulières dans les bars de la ville.

Ôgami avait confié à Hioka une partie des auditions. « Pour t'entraîner, je te laisse ceux qui ne sont pas des yakuzas », lui avait-il dit. C'était donc le lieutenant qui avait interrogé Tsuchida.

— Dans quel bar les avez-vous vus ? lui avait-il demandé en essayant de contenir son excitation.

Tsuchida, au volant d'une camionnette de livraison pleine de caisses de bière, avait fouillé ses souvenirs, les yeux dans le vague.

— Voyons voir… Ah oui, c'était à la Petite Plage.

Il avait précisé que Kimura et Nawashiro étaient attablés au fond de ce bar du port de Tajima.

— J'ai pensé les saluer, mais ils avaient l'air plongés dans une discussion sérieuse et je me suis abstenu, de peur de les déranger.

— Et ça remonte à quand ? avait continué Hioka en prenant ses notes d'une main nerveuse.

— Au début de mai, je pense.

— Vous ne vous en souvenez pas précisément ?

Ôgami, qui jusque-là avait laissé la bride sur le cou à son lieutenant, était alors intervenu.

— Tsuchida, réfléchis un peu.

Le gars avait fait des efforts jusqu'à ce que son visage rayonne du contentement de celui qui a ferré une belle prise.

— C'était le jour de la diffusion de ma série télé favorite avec une actrice que j'aime beaucoup. Je m'étais dépêché de finir mon travail pour rentrer chez moi. Ça, je m'en souviens très bien.

Une fois le jour connu, l'enquête s'était poursuivie par l'audition d'un loueur de bateaux que Kimura avait contacté le lendemain de sa rencontre avec Nawashiro.

— Il m'a pris un bateau de pêche de 21 heures jusqu'au lendemain midi, avait confié le loueur tout en grattant sa barbe de plusieurs jours. Je lui ai demandé s'il comptait pêcher de nuit, il a confirmé en hochant la tête. Mais ça avait tout l'air d'un mensonge.

Hioka avait voulu savoir pourquoi. Le vieux bonhomme l'avait considéré un instant avec ses yeux jaunes de cirrhotique.

— Si c'était pour pêcher, il aurait pu tout simplement emprunter le bateau de son oncle, avait-il répliqué. Et sans payer.

Hioka savait que Kimura était le neveu de Zenda, le capitaine du *Shinzen Maru*.

— Il devait avoir ses raisons pour ne pas

emprunter le bateau de sa famille et vouloir l'un des miens. Mais bon, les affaires c'est les affaires. Tant que je touche le montant de la location, ça me va.

— Ce bateau, on peut le voir ?

— C'est le *Shôshin Maru* qui est amarré juste là.

Le modeste bateau de pêche faisait douze mètres de long, jaugeait quatre tonneaux et pouvait embarquer au mieux une douzaine de personnes. Ôgami et Hioka étaient sortis du bâtiment pour l'observer. Plutôt vétuste, il était abîmé en plusieurs endroits ; les souillures brunes et noires de sa coque pouvaient être du sang de poisson séché ou de la rouille.

— Avec ça, on peut transporter trois ou quatre cadavres sans problème, avait murmuré Ôgami en regardant le bateau bercé par les vagues.

Il avait ensuite demandé au loueur s'il pouvait le lui emprunter quelque temps.

— Si vous pouviez éviter, ça m'arrangerait, avait répliqué le gars avec un sourire contraint. En ce moment, c'est la pleine saison.

Le commandant avait alors fait surgir trois billets de 10 000 yens que l'autre avait saisis sans hésiter. Hioka s'était dit que tout comme ses frais consacrés à ses indicateurs, cette dépense ne pourrait être remboursée par l'administration de la police. Il était évident que son chef utilisait une partie de l'argent qu'il recevait des yakuzas pour ses enquêtes.

— Ça ne devrait pas prendre trop longtemps. Deux ou trois jours au plus, avait-il précisé avec une expression de comploteur et en réajustant son panama.

Que la saison de la pêche batte son plein ne justifiait pas que tous les bateaux soient utilisés en permanence. Dix mille yens de compensation par jour étaient plus que suffisants. Le loueur s'était quant à lui fabriqué la tête de qui fait contre mauvaise fortune bon cœur, mais il devait rire intérieurement.

Après avoir quitté la boutique de location, commandant et lieutenant avaient échangé un sourire.

— Nos techniciens de l'Identité judiciaire vont se mettre au travail, Hioka. S'il s'avère que son bateau a bien transporté un cadavre, il sera immobilisé pour beaucoup plus de trois jours. Finalement, ce vieux n'a pas de chance. Crois-en mon expérience après plus de vingt-deux ans dans la police, aucun doute possible, c'est ce bateau qui a été utilisé.

— Ça veut dire que Zenda n'est pas impliqué dans la dissimulation du cadavre ?

Le chef avait acquiescé en sortant une cigarette de sa poche que Hioka avait allumée immédiatement.

— Si Zenda avait été impliqué, il aurait utilisé son propre bateau. Et même en tenant compte du fait que certains marins n'aiment pas utiliser le leur pour transporter des cadavres parce que ça porte malheur. Je pense que Kimura a parlé à son oncle, mais qu'il a agi seul.

— Ça, c'est aussi une intuition de policier ? avait demandé Hioka d'un air incrédule.

— Toi qui sors de l'université d'Hiroshima, tu n'arrives pas à piger la mécanique de tout ça ? avait répliqué Ôgami, une once de lassitude dans la voix.

Le lieutenant avait baissé la tête pour confirmer son incompréhension.

— Eh bien, pour manœuvrer ce bateau, une seule personne suffit. Ça évite de se retrouver complice de transport de cadavre. La peine maximale, c'est combien au fait ?

— Trois ans de détention.

— La façon dont Uesawa a été tué est abominable. Le tribunal ne va pas y aller mollo, il va distribuer un grand nombre de peines maximales. Bref, c'était un pont dangereux, il valait mieux qu'une seule personne le traverse. De plus, Kimura et Nawashiro ont fait affaire directement. S'il y a eu de l'argent impliqué, ils n'avaient aucune raison de diminuer leur part respective en mettant le capitaine Zenda sur le coup.

— Je vois, avait dit simplement Hioka, confus de ne pas être arrivé à cette déduction.

Ils étaient remontés dans leur voiture banalisée et Ôgami lui avait alors ordonné de prendre la direction du domicile de Kimura. Ils avaient déjà fait un repérage des lieux ; le pêcheur habitait un vieil immeuble étroit de deux étages, proche du port, et comportant huit studios. Pour une famille, ce n'était pas idéal, mais Kimura, encore célibataire à plus de trente ans, s'en contentait visiblement. Ils y étaient arrivés juste après 14 heures, au moment où, déjà de retour de sa pêche matinale, il devait faire la sieste. Ils avaient frappé à la porte, n'avaient obtenu aucune réponse, avaient insisté et perçu un bruit depuis l'intérieur. Ôgami avait tapoté l'épaule de Hioka pour lui signifier de le laisser faire et s'était placé devant lui.

— C'est qui ?

Kimura leur avait ouvert, l'œil ensommeillé, puis les découvrant, avait semblé immédiatement très alerte. Au regard acéré d'Ôgami, il avait compris qu'il faisait face à des policiers.

— Ah, là, je suis un peu occupé.

Même un enfant aurait vu qu'il mentait. Il avait voulu refermer, mais le chef avait déjà son pied dans l'embrasure.

— J'appartiens au commissariat de Kurehara Est, avait-il déclaré en exhibant son badge. Nous aurions quelques questions à vous poser. Auriez-vous l'amabilité de nous accompagner jusqu'au commissariat ?

Stupéfait et incapable de proférer un son, Kimura avait fait une grimace de poisson rouge gobant une mouche.

— T'as été copain d'école avec Nawashiro du gang Kakomura.

Le neveu de Zenda avait avalé sa salive.

— Pourquoi cette question ? avait-il péniblement articulé.

— Le 6 mai au soir, tu étais avec Nawashiro au bar de la Petite Plage. Le lendemain, tu as loué le bateau de pêche *Shôshin Maru*. Ça te parle tout ça ?

Il allait droit au but. Le sang avait déserté le visage bronzé du pêcheur, son regard était devenu fébrile. Le commandant, un léger sourire aux lèvres, avait profité de son avantage.

— Si tu viens tout de suite, on dira que tu nous as accompagnés volontairement. Mais si tu préfères que j'aille chercher un mandat d'amener pour complicité de recel, transport et dissimulation de cadavre, ça le fera aussi.

De l'Ôgami tout craché. Tant que l'on n'avait pas la preuve que le *Shôshin Maru* avait servi au transport du cadavre, il était impossible de demander un mandat d'arrestation. Et en prime, il n'y avait aucune garantie que la recherche d'empreintes serait concluante et fournirait des preuves.

Le chef, toujours souriant, avait poussé la porte pour l'ouvrir en grand, puis s'était écarté pour inviter Kimura à les suivre. Comprenant qu'il n'avait aucune chance de s'échapper, ce dernier était sorti dans le couloir chaussé de ses sandales d'intérieur. Il avait marché comme un somnambule jusqu'à la voiture banalisée. Hioka avait alors pensé qu'ayant d'emblée perdu toute velléité de résistance, il passerait vite aux aveux.

C'était une erreur.

Il en avait pris conscience lorsque l'interrogatoire avait dépassé les deux heures.

Kimura avait admis avoir emprunté le *Shôshin Maru* du 7 au 8 mai, mais juré qu'il ignorait tout d'un transport de cadavre. Il avait argué que Nawashiro était juste un ancien camarade d'école et nié avec force tout lien avec le gang.

Ôgami lui avait balancé des questions en rafales. De quoi avait-il discuté avec Nawashiro ? Dans quel but avait-il emprunté le bateau de pêche ? Y avait-il des gens sur ce bateau ? Si oui, de qui s'agissait-il ? Kimura s'était contenté de répondre qu'il n'en savait rien. Le commandant avait eu beau épuiser toutes ses techniques, le pêcheur était resté sur ses positions.

Le fait qu'il s'agisse d'une comparution volontaire imposait de le laisser repartir. Kimura s'était peut-être rendu compte, au cours de l'interrogatoire, que l'obtention d'un mandat n'était pas chose aisée pour la police. Petit à petit, il avait retrouvé une partie de son sang-froid en même temps que des couleurs et une expression détendue.

L'interrogatoire avait commencé vers 15 heures, ils l'avaient pressuré pendant six longues heures. Après quoi, lui ayant annoncé que son interrogatoire reprendrait le lendemain, ils l'avaient libéré.

La disparition éventuelle de cet homme risquait de sonner le glas de l'enquête sur la disparition d'Uesawa ; afin qu'il ne s'évapore pas dans la nature, on avait mis en place une surveillance rapprochée. Hioka l'avait raccompagné jusqu'à son domicile et s'était assuré que la surveillance était en place avant de repartir.

Lorsqu'il avait ouvert la porte de la Seconde division, le commandant, seul, fumait en se balançant doucement sur sa chaise et les grincements réguliers se répercutaient dans la pièce vide. Le lieutenant lui avait fait un rapport succinct des mesures de surveillance mises en place avec des voitures banalisées.

— Tu as vu les yeux du type ? avait demandé Ôgami sans cesser de fixer le plafond.

Se souvenant du regard terrorisé de Kimura dans son vestibule, le lieutenant avait fit signe que oui.

— Il s'est effrayé tout de suite. Mais ce n'est pas nous qui lui faisions peur.

Si c'était vrai, il n'y avait qu'une seule explication. Et Ôgami avait poursuivi comme Hioka s'y attendait.

— Il était terrorisé par le Kakomura. Tout comme Kubo et Yoshida. Kubo, qu'on avait interpellé pour une histoire de stupéfiants, et Yoshida, qui avait fini par donner les détails de l'enlèvement d'Uesawa, préféraient se taire. D'ailleurs, Kubo est toujours muré dans un silence obstiné.

C'était exact. Ces hommes savaient que parler mettrait leur vie en danger. De la même façon,

Kimura, bien qu'il ait été soumis à un rude interrogatoire, refusait obstinément de reconnaître son implication. Hioka avait alors eu une idée.

— On pourrait persuader Kimura de collaborer en lui offrant une protection rapprochée.

La proposition avait fait ricaner Ôgami.

— C'est un copain d'enfance de Nawashiro, et il est déjà impliqué dans l'importation illégale de méthamphétamine. À ton avis, quelles sont les chances qu'un type comme lui, sur le point d'accéder au statut de yakuza, écoute un tel discours ?

Hioka s'était trouvé ennuyé pour répondre. Par le passé, il y avait eu de nombreux cas où des témoins ou des participants amenés à collaborer avec la police en échange d'un programme de protection avaient fini par être exécutés par les yakuzas.

— Dans ce cas, qu'est-ce qu'on fait ?

Le chef avait écrasé son mégot fumé jusqu'au filtre dans le cendrier.

— On s'occupe de Zenda.

— Zenda ?

Certes, cet homme était à la fois l'oncle de Kimura et son patron, mais Ôgami lui-même pensait qu'il n'avait pas pris part au transport du corps.

— J'ai une idée, avait-il dit avec un petit sourire. Laisse-moi m'occuper de ça.

Aucun doute à avoir. Quand il s'exprimait de la sorte, c'était que son projet était très éloigné des méthodes d'enquête réglementaires. Hioka baissa la tête pour qu'il ne voie pas qu'il se mordillait les lèvres. Le chef s'étira, puis s'extirpa de sa chaise avec énergie. Impossible de savoir s'il avait ou non perçu les interrogations de son lieutenant.

— Demain, vers midi, on ira où crèche Zenda. À cette heure-là, il devrait être rentré de la pêche. Passe me prendre au Cosmos vers 11 h 30.

Pensant qu'il rentrait chez lui, Hioka s'était proposé pour le ramener en voiture, mais il avait décliné d'un geste, indiquant qu'il comptait aller boire, et était sorti du bureau.

Probablement avait-il l'intention d'aller voir une femme.

Le lendemain à 11 h 30, lorsque Hioka était arrivé au Cosmos, Ôgami était occupé à siroter un café. Il avait remis son panama et payé le cafetier comme à son habitude en tickets-repas.

Le domicile de Zenda se trouvait à environ deux kilomètres de celui de Kimura, au nord de la presqu'île. Un immeuble de trois étages dans un lotissement en bord de mer. Ils avaient sonné et une voix avait vite retenti dans l'interphone.

— C'est qui ?

Zenda devait s'attendre à du démarchage à domicile pour la presse quotidienne. Son ton n'avait trahi aucune inquiétude même s'il véhiculait les accents stridents de la mauvaise humeur.

— Nous appartenons au commissariat de Kurehara Est, avait annoncé Ôgami de sa voix la plus feutrée. On nous a signalé un cambriolage dans les environs. Nous faisons des vérifications.

Avec ce mensonge sur les motifs réels de leur visite, le chef s'était d'emblée placé en marge des procédures réglementaires. Après un court instant, la porte s'était ouverte sur un visage soupçonneux. Le capitaine, barbu et buriné, devait avoir une quarantaine d'années mais en faisait cinquante. Une serviette autour du cou, en chemise blanche et sous-vêtements, sans doute venait-il de sortir du bain. La sueur perlait sur son visage.

— Un cambriolage ? Où ça ? avait-il demandé alors qu'ils progressaient dans le couloir.

À l'évidence, il voulait prendre l'avantage. Le commandant avait sorti son badge.

— Zenda, je suis Ôgami de la Seconde division, avait-il dit d'une voix abrupte cette fois. Tu as déjà dû entendre mon nom prononcé par les gars du Kakomura.

Le capitaine avait froncé les sourcils. Le chef s'était glissé en travers de la porte. Ça n'avait pas semblé impressionner le marin outre mesure.

— À la Seconde division, ça s'occupe de cambriolage, maintenant ? avait-il lâché d'un ton méprisant. On dit souvent que le mensonge est le début de la voie qui mène au vol. Voilà que c'est le début de la voie qui mène à la police.

Ça avait fait rire Ôgami.

— Là, je m'avoue perdant.

Zenda avait esquissé un sourire et étudié le visage de son interlocuteur.

— Sous la cale, c'est l'enfer. Quand les marins entendent ça, ils répondent que ce qui compte, c'est si elle tiendra bon ou pas.

Hioka n'avait pu s'empêcher d'admirer le courage du bonhomme.

— Pour parler franc, j'ai des questions à te poser, avait enchaîné Ôgami.

Et il avait décrit, autant qu'il était nécessaire, les circonstances du transport du cadavre d'Uesawa.

— Pour cette raison, j'ai besoin de convaincre ton neveu, avait-il conclu.

Zenda avait écouté en silence. Il s'était ensuite lancé dans une petite gymnastique pour assouplir son cou avant de répondre d'un trait :

— Kaoru m'a dit qu'il ne savait rien. Moi, je crois ce qu'il me raconte. Merci de rentrer chez vous.

Il avait tenté de refermer sa porte. Ôgami l'en avait empêché d'une main.

— Je suis prêt à prendre ça en note. Mais il faut que tu saches que je ne suis pas un garçon de courses. (Il avait lâché un rire cruel.) Tu as peur des représailles du Kakomura, mais sache que le Kakomura c'est fini. La disparition de ce gang est déjà écrite. Je te le dis pour te rassurer au sujet de ton neveu. S'il me crache le morceau, on ne le poursuivra pas. (Il avait pris un ton solennel.) Je me porte garant de l'arrangement.

Zenda l'avait dévisagé un instant.

— Il n'y a pas de raison de croire les propos d'un policier qui a démarré sa visite par un mensonge.

Ôgami, un léger sourire aux lèvres, lui avait alors passé le bras autour du cou, dans une attitude qui aurait pu être bon enfant.

— Zenda, tu sais combien ça coûte ton trafic de méthamphétamine ? avait-il murmuré.

Le capitaine, grimaçant, avait tenté de se dégager. Le commandant avait resserré son étreinte jusqu'à l'immobiliser. Le souffle de Zenda était devenu rauque.

— Tu trempes dans les importations illégales de méthamphétamine nord-coréenne pour le compte du gang Kakomura. Ça vaut la perpétuité. Ça te convient ?

Sa voix s'était mise à trembler parce qu'il mobilisait toute son énergie pour serrer le cou du capitaine. Mais, quel que soit le volume du trafic de méthamphétamine dans lequel Zenda avait trempé, il n'appartenait pas au gang. Et le commandant sortait de la légalité. Incapable de supporter ce spectacle, Hioka avait réagi.

— Ôgami-san, arrêtez s'il vous plaît !

Il avait posé sa main sur son bras. Son chef était-il sorti de sa transe ? En tout cas, il avait lâché prise.

Zenda suffoquait. Pendant un temps, on n'avait plus entendu que leurs trois respirations.

Ôgami, semblant avoir retrouvé son sang-froid, avait repris le premier la parole :

— Bon, Zenda, puisque tu ne veux pas collaborer, je vais prendre les choses en main et m'occuper de cette histoire de trafic de méthamphétamine.

— De toute façon, on ne peut pas te faire confiance.

Ôgami l'avait regardé bien en face.

— Moi, je suis un homme qui tient ses promesses. Mes ennemis, c'est seulement les yakuzas. Si tu convaincs ton neveu de parler, tu t'évites leur vengeance et tu te débarrasses aussi de l'histoire du transport de cadavre. Je peux t'arranger ça.

C'était une entorse manifeste aux règles. Si ça venait à s'apprendre, il n'y aurait aucun moyen d'éviter le licenciement disciplinaire. Sur la base de ce que Hioka savait, et en tenant compte de tout ce qui s'était passé jusqu'ici, le dossier contre Ôgami était déjà solide.

Zenda avait poussé un profond soupir et s'était massé le cou. Les mots lui étaient sortis à regret de la bouche comme l'eau d'une serpillière qu'on tord.

— Bon, j'ai compris. Je vais parler à mon neveu. En échange, il nous faut une protection contre le Kakomura.

Ôgami avait acquiescé d'un hochement de tête.

— Et toi, profite de l'occasion pour abandonner les commerces interdits.

Zenda s'était changé et ils étaient tous trois montés en voiture pour se rendre chez Kimura. En chemin, le commandant avait contacté Shibaura par radio. Le capitaine, chargé de la surveillance du neveu, lui avait confirmé que Kimura n'avait pas quitté son appartement.

Ôgami avait convaincu Zenda de parler à son neveu à travers la porte, afin qu'il ouvrît sans se méfier. En découvrant son oncle flanqué d'Ôgami et de Hioka, Kimura en était resté pétrifié.

— Attendez un peu, j'ai à lui parler en tête à tête, avait dit Zenda.

— Ça me va, ça le fait, avait répliqué Ôgami en le poussant dans le dos avant de refermer derrière lui.

— Vous croyez que ça va aller ? avait demandé Hioka.

— Au point où ça en est, je les vois mal essayer de s'enfuir. Mais pour être sûr, va dire à Shibaura et Seuchi de surveiller la fenêtre.

À son retour, Hioka avait trouvé Ôgami appuyé sur la rampe d'escalier, s'éventant avec son panama. Ce jour-là, la température dépassait les 30 °C ; le lieutenant s'était épongé avec son mouchoir.

Le chef en était à sa troisième cigarette lorsque la porte s'était rouverte. Regardant sa montre, Hioka avait constaté que vingt minutes s'étaient écoulées depuis leur arrivée.

Kimura avait fait sa réapparition, tenu aux épaules par son oncle, yeux rougis et tête basse.

— Tu as pris ta décision ? lui avait demandé Ôgami.

Hochant la tête, cherchant à être rassuré, l'autre s'était mis à parler comme une mitraillette.

— Ça va se finir sans que j'aille en prison, c'est bien ça ? Le Kakomura sera détruit et je n'aurai rien à craindre. Et le trafic de méthamphétamine, on l'oublie. On est bien d'accord ?

— Laisse-moi me charger de ça. Je m'occupe de tout. Je te le promets.

Kimura avait alors levé vers lui un regard humide. Et il avait admis avoir transporté quatre hommes du Kakomura dans un bateau de pêche, le 8 mai au petit matin. Hioka avait sorti son carnet pour prendre des notes.

— Sur le bateau, il n'y avait que les gens du Kakomura ? avait demandé Ôgami.

— Il y avait aussi un grand sac de toile et plusieurs pelles.

— Un grand sac de toile ? (Sa voix s'était faite plus pressante.) Il contenait quoi ?

— Au toucher, c'était un truc dur, comme une sorte de mannequin. Et il y avait un machin rond comme un ballon de football.

— Le bateau est allé où ? avait demandé Ôgami soudain galvanisé.

À l'évidence, le chef avait senti à ce moment précis que l'enquête venait de faire un bond. Une pensée qui n'était pas déraisonnable. Kimura s'était accordé une longue respiration avant de répondre :

— Sur l'île d'Akamatsu.

Hioka s'était interrompu dans sa prise de notes. Akamatsu était une île déserte à une vingtaine de kilomètres au sud-est du port de Tajima dont la circonférence n'excédait pas les cinq cents mètres. À son sommet, un grand pin rouge solitaire[1] lui donnait la silhouette d'un bateau en train de naviguer.

— Une fois arrivés, les gars du Kakomura ont débarqué sur l'île en transportant eux-mêmes le sac de toile et les pelles.

— Tu ne les as pas accompagnés ?

Kimura avait confirmé que non tout en essuyant la sueur de son visage avec un pan de sa chemise de coton.

— Nawashiro m'avait dit de les attendre sur le bateau. Mais j'avais salement peur.

Improbable qu'il n'ait pas compris ce que contenait le sac de toile transporté sur une île déserte par des yakuzas en pleine nuit. Il s'était alors affaissé, mains sur ses genoux. Devenu blême, il avait émis un gargouillis et explosé en pleurs.

Ôgami avait posé sa main sur son épaule tremblante.

— Tu ne savais pas ce qu'il y avait dans le sac, on est clair là-dessus.

Kimura avait relevé la tête, stupéfait.

— Tu ne savais pas ce qu'il y avait dans le sac, avait répété Ôgami plus fort.

Comme propulsé par un ressort, le pêcheur s'était redressé pour agripper la chemise du chef.

— Oui, oui ! Moi, je ne savais absolument pas ce qu'il y avait dans le sac. Rien de rien !

1. Akamatsu signifie le « pin rouge ».

Le commandant avait pris un air guilleret avant de lui tapoter l'épaule.

— Donc il n'y a aucun problème. Pour ta déposition, tu diras exactement la même chose.

De retour au commissariat pour la réunion de l'équipe, Ôgami avait résumé la déposition de Kimura et demandé de pouvoir organiser une perquisition sur l'île d'Akamatsu.

Le commissaire avait contacté sur-le-champ le siège de la police préfectorale et obtenu qu'un bateau soit mis à disposition le lendemain matin, à 8 heures.

Le groupe qui débarquerait sur l'île incluait les six hommes d'Ôgami, huit officiers de la Section territoriale et dix membres de la Première division préfectorale et de l'Identité judiciaire. Soit un total de vingt-quatre personnes. D'après Kimura, Nawashiro et ses complices s'étaient dirigés vers le grand pin. La probabilité était donc grande que le cadavre d'Uesawa ait été enterré à proximité. Son exhumation prendrait du temps et des efforts ; pour aider à la localisation, on avait décidé d'embarquer deux chiens d'intervention et leur dresseur.

L'équipe d'Ôgami, les techniciens de l'IJ et la petite brigade canine avaient donc embarqué sur l'*Honami Tei*, le bateau des garde-côtes, et le reste du groupe sur l'*Hayakiji Kei* appartenant au commissariat. Objectif : l'île d'Akamatsu.

*

Depuis leur départ, Hioka limitait ses propos au strict nécessaire. Ôgami, qui se tenait à la proue du navire, finit par s'en étonner.

— Qu'est-ce qui t'arrive ? Tu manques d'ardeur. T'as le mal de mer ?

— Pas du tout, il n'y a aucun problème, répliqua Hioka.

Il maintenait son regard vers le large. Les deux molosses se trouvaient à l'arrière, couchés aux pieds de leur maître. Hioka n'aimait pas les chiens. Il avait été mordu étant enfant et cette expérience l'avait terrorisé. À l'âge adulte, cette appréhension restait enracinée. Les petits chiens de compagnie étaient supportables, mais ces bergers embarqués avec l'équipe étaient les mêmes que ceux des militaires avant la guerre. Il pensait aux dix points de suture qui avaient été nécessaires pour réparer sa cuisse. S'ils décidaient de l'attaquer, ils feraient encore plus de dégâts.

Interceptant son regard, Ôgami se moqua de lui.

— Quoi ?! T'as peur des chiens ?

Se voyant découvert, le lieutenant se sentit rougir. Sa peur était celle d'un enfant d'école primaire, il en était bien conscient. Il raconta sa mésaventure en quelques mots.

— Depuis ce temps-là, les chiens me mettent mal à l'aise.

Ôgami eut un petit rire et se retourna pour les regarder.

— C'est dommage de ne pas aimer un truc aussi bon.

Et il raconta comment lors des restrictions de l'après-guerre, la viande de chien était particulièrement appréciée.

— Le fait est que c'est dur sous la dent. Mais quand ça aidait nos estomacs assez vides, on appréciait plutôt. On les entraîne depuis un bail, ces deux-là, ils doivent avoir une bonne viande bien ferme. Ça fait longtemps que je ne me suis pas régalé avec une chair rouge de clébard, tiens. Tu devrais en manger, je parie que tu n'as jamais essayé…

Les chiens n'ont pas seulement un bon odorat, ils ont également une excellente ouïe. Avaient-ils perçu le sens de ces paroles ?

Toujours est-il qu'ils montrèrent les crocs en grondant. Instinctivement, Hioka rentra le cou. Ôgami agita la main vers les deux chiens.

— C'est une blague, les gars, juste une blague ! Bon, de toute façon…

Hioka le regarda du coin de l'œil.

Il pensait à leur rencontre avec Kousaka aux Petits Plats de Shino. Le journaliste du *Quotidien d'Hiroshima* avait évoqué un assassinat vieux de quatorze ans, non élucidé et qui impliquait Ôgami. Akiko avait coupé court à la discussion en fermant son restaurant. Entre-temps, le commandant l'avait réinvité chez Shino, mais le sujet n'avait plus été évoqué.

Pourquoi cette affaire refaisait-elle surface ? Qui était la personne prétendant que le commandant était mêlé au crime ? Que comptait faire Kousaka ?

Hioka aurait donné cher pour savoir ce qui s'était réellement passé. Il avait une montagne de questions pour son chef et Akiko, mais face à leur silence obstiné, les poser était inutile. Il les gardait donc pour lui. Aujourd'hui, il se demandait quels pouvaient être les sentiments d'Ôgami alors qu'il se voyait traité de criminel dans une affaire dont le délai de prescription approchait.

Réagissant à son regard, son chef lui sourit.

— Ne t'inquiète pas. Ils sont retenus par un collier. Aucun risque qu'ils attaquent. Au pire, si ça se produisait, tu leur balancerais un chouette coup de pied de karaté dans le bide et ils seraient hors service.

Hioka répondit par un sourire maladroit.

Ils arrivèrent à Akamatsu vingt minutes après leur départ du port de Tajima. L'île n'ayant pas d'embarcadère, il était difficile d'y accoster, aussi utilisa-t-on des canots pneumatiques.

Écartant la végétation avec leurs bâtons de recherche, Hioka et ses collègues entamèrent l'ascension. Ils ne commencèrent la fouille qu'une fois arrivés au grand pin rouge garnissant le sommet. Très vite, l'un des chiens se mit à aboyer. Ayant repéré un emplacement à trois mètres à l'ouest de l'arbre, il commença à creuser frénétiquement la terre. L'équipe scientifique prit le relais avec des pelles et de l'enthousiasme tandis que le chien poussait de petits gémissements aux pieds de son maître en les observant.

Hioka avait remplacé l'un des techniciens au pelletage, et le trou avait atteint les trente centimètres de profondeur, lorsqu'une odeur s'en échappa. Elle était caractéristique de la chair abandonnée plusieurs jours sous un soleil de plomb. Le lieutenant grimaça. Il avait déjà vu des carcasses de lièvres écrasés sur un bord de route qui dégageaient ce même remugle fétide. L'inimitable puanteur de la mort.

Au fur et à mesure que le trou s'approfondissait, elle monta en puissance. Surgies de nulle part, des nuées de mouches dorées virevoltaient. La tension était perceptible, les hommes savaient qu'un spectacle abominable les attendait.

Chacun s'était tu. On n'entendait plus que les cris des goélands à queue noire, la respiration rauque des pelleteurs et le crissement de la terre arrachée à la fosse.

À une cinquantaine de centimètres de profondeur, l'un des hommes s'interrompit. Il avait heurté quelque chose et fit signe à Ôgami. Hioka perçut lui aussi une résistance au bout de sa pelle et s'immobilisa.

Ôgami ordonna de poursuivre. Les hommes échangèrent un regard et reprirent leur travail. Lorsqu'ils dégagèrent la dernière couche de terre, l'odeur monta d'un cran et un grouillement blanchâtre apparut.

Ils s'écartèrent comme un seul homme. Hioka avait lâché sa pelle et s'était laissé choir, bras en arrière. Ôgami s'approcha, et chassant les mouches avec son panama, s'accroupit. Son lieutenant se releva pour se placer derrière lui. Et il vit le cadavre. Les vêtements en lambeaux, il était gonflé de gaz comme un ballon, et des asticots s'échappaient de tous ses orifices. À l'emplacement des pieds, pointaient des os blafards auxquels étaient attachés des morceaux de chair. Il avait dû être enterré pieds nus. Au niveau du cou, la chair était déchirée de manière irrégulière et les larves abondaient.

Luttant contre une violente envie de rendre, Hioka avala sa salive avec difficulté. Des collègues s'étaient écartés et, le dos tourné, vomissaient. Ça n'avait rien d'étonnant, surtout s'il s'agissait de votre premier corps et a fortiori s'il lui manquait la tête. Hioka se souvint que ses supérieurs lui avaient raconté que l'odeur d'un cadavre putréfié ne vous lâchait pas, même si vous laviez vos vêtements plusieurs fois. Face à cette épouvante, il ne put que se ranger à leur avis. Son costume et ses sous-vêtements passeraient à la poubelle.

Juste derrière lui, un autre collègue se mit à vomir. Hioka se sentit gagné par la contagion, puis plaqua son mouchoir sur sa bouche et endura bravement. Ôgami, toujours penché au-dessus de la fosse, esquissa un sourire. Cela devait être l'expression d'un homme en ayant vu d'autres, mais Hioka ne put s'empêcher d'y voir une sorte de gaieté.

— On l'a enfin trouvé. Ça, c'est la prière des morts pour le Kakomura.

Pas plus audible qu'un murmure, sa voix laissait cependant transparaître son exaltation ; en fait, il était joyeux.

Les photographes de l'IJ s'approchèrent avec leurs appareils. Leurs photos seraient consignées dans le rapport d'enquête, il leur fallait prendre de nombreux clichés en variant les angles. Une fois leur travail terminé, la dépouille fut enveloppée dans une large pièce de tissu pour être extraite de la fosse, puis déposée sur une bâche de vinyle maintenue par six personnes. On enleva la pièce de tissu. Les techniciens dégagèrent les restes de terre et les larves au moyen de brosses, puis prirent une nouvelle série de photos. C'est le moment que choisit Ôgami pour allumer les bâtons d'encens qu'il avait apportés pour l'occasion, et tous joignirent leurs mains.

Une fois ce rituel d'accompagnement terminé, il s'adressa au maître-chien.

— Nawashiro transportait aussi un autre sac dont le contenu faisait penser à un ballon de football. Le cadavre ayant été enseveli ici, il y a des chances pour que la tête ne soit pas loin. Vous pouvez chercher une fois de plus autour du pin avec vos chiens ?

L'homme obtempéra. Ses bergers étaient en posture d'attente, il les fit se lever. Cinq minutes plus tard, l'un d'eux se mit à aboyer à cinq mètres au nord du pin. En creusant, l'équipe découvrit une tête humaine à soixante-dix centimètres de profondeur. Les vestiges du visage étaient putréfiés, les os du crâne pointaient sous les mèches de cheveux, une armée de larves dévorait la chair pourrie avec frénésie.

— À présent, je peux moi aussi reposer en paix, murmura Ôgami, sans s'adresser à personne en particulier.

Les techniciens utilisèrent la même méthode que pour le corps. La tête fut réceptionnée au moyen d'un morceau de tissu, déposée sur une surface en vinyle et nettoyée à la brosse.

— Ils ont sectionné la tête pour pouvoir la montrer au boss Kakomura, mais pourquoi ne pas l'avoir enterrée avec le corps ? demanda Hioka. Les mettre dans la même fosse leur aurait pris moins de temps et d'efforts.

Ôgami regardait l'horizon en fumant.

— Ils devaient penser qu'au cas peu probable où le cadavre serait découvert, sans la tête, l'identification serait impossible.

Hioka savait que seul l'examen de la dentition était fiable. Les techniques se basant sur l'analyse ADN conçues en Occident se développaient au

Japon, mais n'en étaient encore qu'au stade préliminaire.

Ôgami rit d'une façon étrange.

— On connaît de nombreux cas où des criminels avaient décapité leur victime pour enterrer séparément la tête du reste. Une fois interrogés, ils ont répondu en tremblant que tête et corps auraient pu se ressouder et revenir à la vie. De façon surprenante, les criminels sont souvent très superstitieux.

Hioka réfléchit. Dans les films d'horreur de série Z qui faisaient l'ordinaire de la consommation des quartiers populaires et des yakuzas, il était bien connu que si l'on enterrait la tête loin du corps celui-ci ne revenait jamais à la vie. Même si le processus de pensée des gens ayant commis un crime était difficile à deviner, on pouvait en effet en conclure que c'était cette croyance qui les avait amenés à ce choix.

Le technicien jusque-là occupé à examiner la cavité buccale de la tête se retourna.

— Chef, j'ai les résultats.

Ôgami écrasa sa cigarette du bout de sa chaussure et s'approcha rapidement.

— Ça raconte quoi ?

— En comparant les relevés dentaires que j'avais obtenus à ce crâne déterré, je suis quasiment certain qu'il s'agit d'Uesawa.

— Bon ! s'exclama Ôgami. (Il s'adressa à l'un des équipiers :) Contacte immédiatement le siège. Annonce qu'on a trouvé la dépouille d'Uesawa.

L'homme dévala la pente à toute allure.

Il revint vite avec des nouvelles. Il avait communiqué l'info par radio. Le directeur de la police préfectorale avait ordonné au commissariat de Kurehara Est de mettre en place, en conjonction avec la Première division, une commission spéciale d'enquête concernant « l'assassinat par décapitation de l'employé de Kurehara Finance ». L'opération démarrerait dès que l'équipe serait de retour.

Ôgami s'adressa alors à la tête avariée.

— Grâce à ta tête, on aura bientôt celle du gang Kakomura. Tu peux entrer au nirvana, Uesawa.

*

Il était 15 heures passées à leur retour au port de Tajima. On leur avait préparé des *bento*[1], mais avec l'odeur pestilentielle de la mort, personne n'en voulut.

Ôgami et son équipe retournèrent au commissariat pour participer à la réunion prévue. En cas d'assassinat, si le suspect était facile à identifier, on ne mettait pas en place de commission spéciale d'enquête. Mais dans le cas présent, il s'agissait d'un crime exceptionnel pour lequel un citoyen ordinaire avait été enlevé, torturé, puis tué par des yakuzas. Le ministre de l'Intérieur et le directeur de la police préfectorale prenaient en compte l'impact potentiel sur la société civile et jugeaient que des mesures particulières étaient nécessaires. Le directeur de la Première division d'enquête de la police préfectorale avait été nommé à la tête de cette commission. D'emblée, à l'avis de recherche national existant pour Nawashiro et ses complices pour suspicion

1. Plateau-repas.

d'enlèvement avec violence, il avait fait rajouter les chefs d'accusation d'assassinat, de recel et d'abandon de cadavre.

— Le premier point est d'arrêter au plus vite les suspects, déclara-t-il. La police préfectorale lance une enquête approfondie sur Takeshi Kakomura, le chef de gang. Le plan est de l'arrêter pour suspicion de complicité d'assassinat et abandon de cadavre.

En prévision d'un événement impromptu, les membres de la Seconde division avaient toujours des vêtements de rechange à disposition dans leur casier personnel, et lorsque la réunion fut terminée, l'équipe alla se laver et se changer dans la salle de douche du commissariat, puis se rendit chez Fumi, l'*izakaya* favorite d'Ôgami.

Ils avaient travaillé durement sous un soleil de plomb, n'étaient pas parvenus malgré un savonnage intensif à se débarrasser de la puanteur de la mort et étaient tous fourbus. Au vu des efforts fournis jusqu'à la découverte du cadavre, le commandant avait décidé de mener la danse et d'organiser un petit événement pour les remercier.

Dans la salle réservée pour le dîner, personne n'avait porté ses baguettes à sa bouche ni touché à la nourriture, mais tous éclusaient leur première bière. L'atmosphère s'anima et on passa au saké. Plusieurs cruchons furent alignés sur les tables.

Shibaura, le visage déjà empourpré par l'alcool, remplit la coupe du chef.

— L'arrestation de Nawashiro et de ses complices permettra de boucler l'affaire. Pour vous, chef, ça vaut bien une citation voire même le Prix du directeur de la police, non ?

Seuchi s'en mêla.

— Oh là ! Qu'est-ce que tu racontes ? Au moins la moitié du travail vient des efforts personnels du chef. Le Prix du directeur de la police n'est pas un rêve.

Ôgami, l'air de bonne humeur, mâchonnait du poulpe séché.

— Cette fois-ci, c'est l'équipe qui s'est distinguée. Si on devait être récompensés, ce serait tous ensemble.

Le nombre de citations et de distinctions avait une influence sur le parcours professionnel de chacun car elles permettaient d'augmenter son salaire. De plus, elles étaient dotées. Une citation rapportait 1 000 yens, un prix 10 000. Lorsqu'il était en poste dans une antenne locale, Hioka avait arrêté un cambrioleur en un temps record ; il avait alors reçu une citation, une attestation écrite et un billet de 1 000 yens.

Le commandant prit une cigarette et craqua une allumette avant même que son lieutenant puisse sortir son briquet. Il aspira une grande bouffée, puis souffla un triomphant nuage violet.

— Ce n'est pas tout. Cette fois, les dépenses d'enquête liées à l'affaire Uesawa deviennent nationales. Ça va redonner de la vitalité à ces jeunes qui font grise mine.

En évoquant les *jeunes* en question, il faisait en fait référence à leur patron, le commissaire Katsuji Môri, fonctionnaire de carrière entré dans la police sur concours et qui n'avait pas quarante ans. Il n'avait aucun rapport avec la famille Môri qui avait dirigé la région d'Akishi, mais comme il portait le même patronyme que ces notables locaux, on l'avait surnommé en douce le « jeune châtelain ». Puis on avait raccourci ça en « le Jeune ». Ces derniers temps, les affaires se succédant dans le secteur couvert par le commissariat de Kurehara Est, les frais d'enquête avaient explosé et ils occasionnaient des maux de tête au jeune commissaire. Ces dépenses étaient normalement financées par les ressources autonomes de la police locale, mais il arrivait que certaines grosses affaires soient couvertes par le budget national. C'était le cas pour ce qui relevait de la famille impériale, du monde politique et des crimes particulièrement atroces. L'affaire Uesawa entrait dans cette dernière catégorie et les coûts seraient en principe pris en charge par l'État. Et les soucis budgétaires de Môri disparaîtraient.

Au départ, une partie des fonds réservés aux enquêtes avait été utilisée de « façon souterraine ». En frais de réception pour des officiels ou en pots de bienvenue lors des mouvements de personnel. Le budget, d'emblée limité, était devenu très serré. Déjà, certains déplacements liés aux enquêtes étaient payés par les enquêteurs avec leur propre argent. En conséquence, Ôgami, qui utilisait le sien pour organiser des festins, était visible comme une montagne au beau milieu d'une plaine. Si ses relations intimes avec les yakuzas venaient à être connues des médias, ce serait comme un largage de bombe sur la police préfectorale.

Il avait été informé par les yakuzas d'un scandale impliquant certains de ses supérieurs hiérarchiques.

Et de fait, quand un ordre ou une restriction ne lui plaisait pas, il avait des arguments à agiter sous le nez de ses chefs. C'était ce qu'Akiko avait raconté à Hioka.

Takatsuka porta sa coupe de saké à sa bouche et s'interrompit.

— J'ai entendu dire qu'un journaliste avait demandé une interview au Jeune à votre sujet, chef.

Le regard d'Ôgami vacilla.

— T'as l'ouïe fine, réagit Seuchi. C'est quel journaliste ?

— Un type du *Quotidien d'Hiroshima* d'après ce que j'ai entendu. À propos des enquêtes qui vous ont valu des citations, chef. Ça semble être un projet d'article très élogieux. J'ai entendu une fille du département des relations publiques en parler et j'ai tendu l'oreille.

Un type du *Quotidien d'Hiroshima.* Autrement dit, Kousaka, le reporter venu chez Shino. Hioka y vit un sombre présage.

— Voilà une bonne nouvelle à célébrer. À la vôtre ! s'écria Seuchi.

Ce fut le moment que choisit Tomotake pour son arrivée. Et comme à son habitude, il était en retard. Lorsqu'il fit coulisser la cloison, tous les visages se tournèrent vers lui et les conversations s'arrêtèrent net. Sourcils froncés, visage grave, bouche tordue, il semblait avoir avalé un kilo de pamplemousses. Ses subordonnés venaient grâce à leur dur travail de résoudre une affaire et célébraient leur réussite ; dans cette atmosphère joyeuse, quelle pouvait être la raison de cette humeur maussade ? Hioka était bien le seul à en avoir une idée.

Tomotake s'avança vivement vers la place d'honneur qu'occupait Ôgami et s'agenouilla pour murmurer à son oreille. Hioka réussit à l'entendre.

— Le Jeune m'a contacté. Il veut que tu sois dans son bureau demain matin à la première heure.

Et, avec la même expression sinistre, il quitta la pièce.

Les hommes, abasourdis, regardèrent fixement la cloison qu'il venait de refermer.

Ils brassaient sans doute les mêmes pensées. Si Tomotake avait été porteur d'une bonne nouvelle, il en aurait fait profiter l'assistance. Ce qu'il avait murmuré au commandant ne pouvait être qu'une information négative pour ce dernier.

Dans la salle, l'atmosphère de liesse était retombée.

Shibaura scruta un instant le visage du chef.

— C'était quoi, ce que le directeur vous a dit ? se hasarda-t-il à demander d'un ton précautionneux.

Ôgami extirpa une cigarette de son paquet, et Hioka se précipita pour l'allumer avant que Shibaura ne prenne l'initiative à sa place.

— Il m'a dit : « Vous avez fait du très bon travail, aujourd'hui », annonça-t-il dans un nuage de fumée.

Personne n'était dupe. Pour des félicitations, nul besoin de baisser la voix.

Les collègues comprirent qu'il s'agissait de quelque chose qu'il ne souhaitait pas dire ou pire, qu'il ne pouvait pas dire. Et ils se remirent à boire en silence.

L'odeur fétide du cadavre d'Uesawa revint aux narines de Hioka. On avait beau laver, laver et encore laver, la puanteur de la mort ne partait pas.

Pour la chasser, il ferma les yeux et vida sa coupe de saké en une seule gorgée.

9

Journal
15 juillet 1988,

2h00, Yoshiwara, un kanbu de l'Irako, se fait tirer dessus rue Akaishi. Les membres de son gang déclarent qu'il a été emmené en ambulance à l'hôpital Kamio. Gravement blessé, il a perdu connaissance.
4h00, le commissariat est informé de la situation.
4h30, Tomotake nous ordonne de nous rendre immédiatement à l'hôpital Kamio.
5h00, collecte d'informations auprès des membres de l'Irako.
8h00, réunion au commissariat .
16h00, le tribunal nous accorde un mandat pour une perquisition au siège de l'Odani. Réunion de préparation des Première et Seconde divisions.
20h00, entretien avec le commandant Ôgami, qui est assigné à résidence.
[redacted]

La nuit ne s'était pas complètement dissipée et Hioka courait sur l'avenue. Le ciel se teintait tout juste de blanc, mais les rues restaient plongées dans l'obscurité. Aucune voiture en vue, les maisons étaient encore endormies.

Ses pieds heurtant le macadam, il se sentait à la limite de ses forces. Ses mollets étaient douloureux, la crampe menaçait. Il suait à grosses gouttes, ses poumons brûlaient, un goût de sang colonisait sa bouche.

Il n'avait plus cavalé ainsi depuis ses jours à l'antenne locale et sa prise en chasse d'un voleur à l'arraché. Et, même à cette occasion, il n'avait sprinté que sur une centaine de mètres. Cette fois, la distance à parcourir était d'un kilomètre. Depuis qu'il était sorti de chez lui, il avait couvert à peine la moitié. Il avait beau être confiant dans ses capacités physiques, avaler les cinq cents derniers mètres à cette cadence serait impossible. Il ralentit un peu et tenta de réguler sa respiration.

Il venait de dépasser le restaurant qui faisait le coin, ne lui restait que la côte, assez raide, à gravir. Son objectif était l'hôpital Kamio.

On distinguait le toit triangulaire et pointu de cet établissement privé, ouvert dans les années 1920. Il était surmonté d'une girouette. Le vent marin faisait osciller sa flèche, laquelle pointait le relief montagneux. Dans la lueur de l'aube, le flanc de la montagne Tômiyô enserrant l'est de Kurehara était couleur de cendre tandis que son sommet prenait une teinte vermillon. Hioka rassembla ce qui lui restait de forces et attaqua la côte. Ses jambes avaient la lourdeur du plomb. Déchirés par le manque d'oxygène, sa poitrine, ses poumons et son cœur protestaient. Il consulta sa montre : 5 heures, l'aube approchait.

Le coup de téléphone était arrivé vers 4 h 30. Il avait extirpé sa main de son futon pour saisir le combiné, et la voix pressante de Tomotake avait résonné dans son oreille.

— Yoshiwara du gang Irako s'est fait tirer dessus.

Hioka avait ouvert les yeux.

Cet homme était l'un des *kanbu* du gang. Selon l'info réceptionnée au commissariat une demi-heure auparavant, il avait été transporté aux urgences par ses acolytes. On n'avait pas les détails, hormis qu'il était gravement blessé et inconscient. Avec la présence des yakuzas, l'atmosphère de l'hôpital était survoltée.

— J'ai déjà prévenu Karatsu et les autres. Vas-y tout de suite.

— Mais…

— Qu'est-ce qu'il y a ? avait demandé Tomotake du ton excédé de qui n'a pas une seconde à perdre.

Hioka avait ravalé sa question.

— Non, rien. J'y vais.

— Dépêche-toi. Le sang est monté à la tête de ces types et on doit empêcher que ça s'aggrave. Ah, il fallait que ça nous tombe dessus maintenant !

Il avait raccroché sur son mécontentement et Hioka n'avait plus entendu que l'habituelle ribambelle de *tut-tut*. Ce « maintenant » de Tomotake pouvait s'interpréter de deux manières. En pleine affaire Uesawa, elle-même liée à la stratégie d'annihilation du Kakomura, ce nouvel événement tombait très mal. Ou le timing était catastrophique… parce que Ôgami était absent.

Le lendemain de la découverte du cadavre et du dîner de célébration, un séisme avait ébranlé la

Seconde division. Le commandant Ôgami avait été assigné à résidence.

Après son entretien avec le commissaire, il avait été pressé de questions par l'équipe, mais n'avait lâché que ces quelques mots : « Confiné à la maison. » Ce qui signifiait qu'il était sommé de rester chez lui et de ne pas paraître en public.

La veille, grâce à sa seule initiative, il avait grandement fait avancer la résolution de l'affaire Uesawa. Infliger une assignation à résidence à quelqu'un qui avait produit d'excellents résultats était absurde.

Ses hommes avaient voulu des détails. Mais il était resté silencieux, se contentant de froncer les sourcils. Les membres de l'équipe s'étaient alors tournés vers Itsuki, qui, en tant que directeur de la Section, devait connaître les raisons de la sanction. Lunettes sur le bout du nez, doctement plongé dans l'édition matinale du journal, il avait fait mine de ne pas remarquer leur trouble.

Karatsu avait posé ses mains bien à plat sur son bureau et s'était penché vers lui.

— Bon, il se passe quoi, au juste ? Il est obligé de rester chez lui. C'est quoi cette façon de traiter notre chef ? On est obligés de l'accepter ?

Seule l'expression d'Itsuki avait indiqué qu'il n'appréciait guère l'attitude agressive de son subordonné. Il s'était tranquillement gratté l'oreille avec le petit doigt.

— Ôgami est trop occupé. Avant qu'il ne s'écroule, la hiérarchie souhaite qu'il prenne un peu de repos.

— Vous croyez qu'on va accepter ces blagues de gamins ? s'était énervé Karatsu, les bras en l'air.

Donnez-nous la vraie raison pour laquelle il est assigné à résidence.

— La ferme ! avait crié Ôgami, au bord de la colère.

Le silence avait colonisé le bureau.

— Ah, bon, Ôgami-san, avait bredouillé un Karatsu si penaud qu'il avait oublié d'abaisser ses poings brandis.

Le chef avait mis son panama en biais sur sa tête.

— Pas la peine de s'énerver comme ça ! En mon absence, Tomotake prend la direction de l'équipe. Obéissez à ses ordres.

Pour enfoncer le clou, il les avait tous successivement fixés du regard avant de quitter la salle en quelques grandes enjambées. Ainsi rabroué, Karatsu s'était rassis en mâchonnant un juron.

Vers 19 heures, Akiko avait téléphoné à la Seconde division. Elle était bien sûr tombée sur le junior de l'équipe. Hioka en personne.

— Je me demandais si tu ne montrerais pas le bout de ton nez ce soir, avait-elle déclaré d'un ton joyeux. Ôgami m'a dit qu'il passerait après le travail. Et qu'il serait seul.

Seul, autrement dit sans que personne ne soit au courant. Hioka avait répondu qu'il avait compris le message, puis raccroché.

Doi, imaginant une conversation privée, avait levé le petit doigt[1] d'un air interrogatif.

Hioka avait répondu de façon évasive et s'était replongé dans le classement des documents relatifs à la déposition du loueur de bateaux.

1. L'auriculaire tendu est un signe universel en Asie pour évoquer une petite amie.

Il était 20 heures lorsqu'il avait quitté le commissariat, et 20 h 30 à son arrivée chez Shino.

En écartant les panneaux du *noren* masquant la porte, il avait été accueilli comme d'habitude par les paroles de bienvenue d'Akiko. Ôgami était juché sur son tabouret favori. Apercevant son lieutenant, il lui avait fait signe de s'approcher.

— Excuse-moi de t'avoir demandé de venir.

Les paroles étaient polies, mais son expression ne donnait aucunement l'impression qu'il était en train de s'excuser, et il ne semblait pas le moins du monde affecté par la sanction d'assignation à domicile qu'il s'était mangée. Son visage était celui d'un gamin chef de bande prêt à faire une farce.

— Désolé d'être en retard, avait répondu Hioka en s'asseyant à ses côtés.

Le commandant avait demandé à la mama-san de servir du saké à son lieutenant. Pas de démarrage à la bière, on attaquait avec les boissons sérieuses. C'était aussi sa façon de dire qu'on évitait les préambules pour plonger dans le vif du sujet. Akiko s'était penchée au-dessus de son comptoir pour poser une coupe devant Hioka. Ôgami avait saisi le cruchon et fait le service.

— Tu penses quoi de la procédure à mon encontre ?

Clairement, le chef avait décidé de saborder les préliminaires. Hioka était resté silencieux. Tant qu'il ignorait les raisons derrière cette sanction, il ne pouvait rien en penser.

— C'est lié au problème des cinq millions de yens, avait lâché Ôgami dans un gros nuage de fumée.

Hioka l'avait regardé avec inquiétude. Les cinq millions de yens récupérés auprès du yakuza retraité qui voulait en faire cadeau à Ichinose. Cette même somme qui avait permis de convaincre Yoshida du Kakomura de leur livrer des informations essentielles au sujet de la mort d'Uesawa. Cette manigance était arrivée aux oreilles des supérieurs.

— Quelqu'un a parlé à Kousaka.

D'après Ôgami, c'était le journaliste du *Quotidien d'Hiroshima* qui avait renseigné le commissaire Môri. Son but était de jeter la suspicion sur lui. Ça avait fonctionné puisque le Jeune l'avait convoqué.

Hioka revoyait encore Tomotake murmurer à l'oreille du commandant lors du dîner.

— Qui chatouille le cul de Kousaka avec des infos ? avait repris Ôgami. Il y a l'histoire des cinq millions de yens, mais aussi celle des profits de Takii sur le jeu et plein d'autres. Bon, Môri est au courant maintenant, d'accord, mais il n'a pas de preuves. Donc, il m'a d'abord donné l'ordre de rester confiné à la maison. Et si ça continue comme ça, je serai pris en filature.

— Une surveillance ?

Le lieutenant, le souffle coupé, avait englouti d'un trait son saké. Et dans sa précipitation, il avait avalé de travers. Akiko était arrivée à la rescousse avec une petite serviette chaude.

Si l'on faisait le décompte de ceux qui connaissaient l'histoire des cinq millions de yens, à part les trois personnes ici présentes, il ne restait que Yoshida, qui avait reçu l'argent, et les membres de l'Odani réunis lorsque le vieux Nozu faisait son offrande à Ichinose. Ôgami ne s'était pas confié au journaliste Kousaka ; on voyait mal Yoshida dévoiler ce secret ; quant à Akiko, elle était trop proche d'Ôgami pour le trahir. Il n'y avait plus guère que les membres de l'Odani, mais comment les imaginer renseignant un journaliste à propos d'un policier qui faisait pratiquement partie de la famille ?

Qui restait-il alors ?

— Hioka…

Entendant son nom, le lieutenant avait été rappelé à la réalité.

— Je suis coincé, je ne peux plus bouger. C'est toi qui vas chercher un peu.

Par où commencer ? Hioka n'en avait pas la moindre idée. Tout en le regardant déglutir, le commandant avait dressé un doigt belliqueux.

— Qui a craché le morceau ? Celui qui le sait, c'est Kousaka. Le bon moyen, c'est de mettre la pression sur ce mec.

À peine une semaine auparavant, le journaliste était assis à ce même comptoir à côté d'Ôgami. C'était le genre d'homme capable de tenir tête au commandant. Si on lui demandait quelles étaient ses sources, les chances étaient maigres qu'il réponde docilement. Mais à défaut d'une meilleure idée, il ne restait qu'à suivre les indications du chef.

Hioka avait répondu qu'il avait compris ce qu'il lui restait à faire et descendu la nouvelle coupe de saké servie par Ôgami. Mais il ne s'était pas senti plus avancé. C'était une chose de répondre par l'affirmative, c'en était une autre que d'obtenir du résultat. Joindre Kousaka, secouer des secrets enfouis, tout ça ne pourrait se faire qu'en dehors des heures de service.

Il avait donc tenté de mettre la main sur le journaliste à son domicile d'Hiroshima. Sans succès. Il s'était ensuite rendu au dortoir de Kurehara mis à la disposition des employés du *Quotidien* et n'avait pas eu plus de chance.

Trois jours s'étaient écoulés sans qu'il ait pu recueillir la moindre bribe d'information utile à Ôgami. Jusqu'au moment où Tomotake avait téléphoné au sujet de l'agression armée contre Yoshiwara. Hioka avait alors immédiatement pensé qu'Ôgami devait déjà être au courant grâce à Ichinose ou à un autre membre de l'Odani. Si tel était le cas, il devait bouillir d'impatience.

Il fallait vite savoir comment il percevait cette agression contre le *kanbu* de l'Irako. La mort de sa femme et de son fils n'était pas étrangère à ce gang. C'était du moins ce qu'Akiko affirmait. Le commandant se réjouissait-il de cette attaque contre un ennemi mortel ? Ou bien faisait-il abstraction de ses sentiments personnels et cherchait-il une solution pour étouffer dans l'œuf le conflit entre les gangs ?

Le contacter serait une bonne idée. Mais pour le moment il fallait filer à l'hôpital Kamio.

L'immeuble de Hioka se trouvait entre le commissariat et l'hôpital. Plutôt que de retourner au commissariat prendre une voiture de fonction, il était plus rapide d'aller à pied à l'hôpital.

Après être sorti comme une flèche de chez lui, le lieutenant s'était mis à courir.

*

Une fois en haut de la côte, il faillit s'écrouler. À bout de souffle, il observa le bâtiment de cinq étages à l'architecture de style occidental. Les vitraux des fenêtres du hall d'accueil et de la cage d'escalier donnaient à l'ensemble un air de couvent. Plusieurs véhicules de police étaient garés devant l'entrée principale ainsi qu'une grosse berline noire de marque étrangère. C'était le type de voiture utilisée par les boss yakuzas ou leurs *kanbu*. Sur le bord de l'allée, il y avait cinq voitures ordinaires autour desquelles gravitait une dizaine de personnes. Des membres de l'Irako.

Deux policiers en uniforme de l'antenne locale s'étaient postés sur la voie d'accès des voitures. Hioka leur montra son badge. Ils le saluèrent et lui indiquèrent l'entrée arrière utilisée pour les urgences de nuit. Il fit le tour du bâtiment au pas de course jusqu'à un porche vétuste, gardé par un autre planton. Il ressortit son badge en haletant.

— Bon… jour. Le patient… est à quel étage ?

— Dans le bloc opératoire du cinquième.

Il pénétra dans le bâtiment, trouva rapidement l'ascenseur et monta au cinquième étage. Le bloc opératoire se trouvait au bout d'un couloir à peine éclairé. Le spot lumineux en haut de la porte n'était pas allumé. Ce qui pouvait signifier que l'opération était terminée. Yoshiwara s'en était-il sorti vivant, ou bien… ?

Le bureau des infirmières précédait le bloc. Les hommes de Doi, déjà sur place, y écoutaient les explications du personnel. Le lieutenant reconnut la silhouette de Tomotake. L'air soucieux, bras croisés, il était appuyé contre le mur. Apercevant Hioka, il décroisa les bras et s'approcha à grands pas.

— Tu as fait vite. Tu es le premier arrivé de l'équipe d'Ôgami.

— Où en est Yoshiwara ? demanda Hioka toujours essoufflé.

Tomotake jeta un coup d'œil en direction du bloc et poussa un profond soupir.

— L'opération vient de se terminer. La balle a traversé le poumon et est ressortie par le dos. La blessure n'est pas mortelle en soi, mais l'hémorragie a été telle que le médecin réserve son pronostic.

— On sait qui a fait le coup ?

Tomotake désigna une pièce proche du bloc opératoire. Un panneau indiquait : « Salle d'attente des accompagnateurs ». Il expliqua que Doi et Kurita recueillaient les dépositions des membres de l'Irako présents au moment des faits. Dans l'équipe de Doi, Kurita était le vétéran.

— On ne sait pas exactement, continua Tomotake, l'air de couver sa colère. Ça semble être un membre de l'Odani. Une dispute en pleine rue qui a dégénéré.

Hioka sentit son dos se couvrir d'une sueur froide qui n'avait rien à voir avec l'exercice physique. Si le tireur appartenait au gang Odani, empêcher la guerre avec le Kakomura deviendrait difficile. L'implication totale de l'Irako était à craindre. Et dans ce cas, les assassinats se poursuivraient pour laver le sang avec le sang.

Il fallait contacter Ôgami.

Alors qu'il partait à la recherche d'un téléphone public, la porte de la salle d'attente s'ouvrit sur Kurita. Le lieutenant courut vers lui. Tomotake s'interposa.

— C'était comment ? demanda-t-il avec fébrilité. On sait qui est l'agresseur ?

— Les yakuzas des temps anciens ne donnaient pas le nom de ceux avec qui ils étaient en froid, même en cas de mort d'homme, répondit Kurita. Les yakuzas d'aujourd'hui, ils déblatèrent à tout-va.

Ignorant Tomotake, Hioka s'impatienta.

— C'est qui ?

Kurita se tourna vers lui.

— Celui qui a fait le coup, c'est Nagakawa du gang Odani.

Hioka l'avait rencontré plusieurs fois au QG du gang. C'était un jeune au visage poupin. Kurita expliqua que la rixe avait démarré de façon triviale par « deux épaules qui se touchent ou ne se touchent pas ». Vers 2 heures du matin, Yoshiwara et son lieutenant Nakase avaient croisé Tachiiri, *kanbu* de l'Odani, qui était accompagné de Nagakawa. Ils étaient éméchés et une querelle avait éclaté. Et ça avait dégénéré.

— Et maintenant, où sont Tachiiri et Nagakawa ?

D'un air navré, Kurita hocha sa tête aux cheveux ras.

— Ils se sont enfuis après avoir vu Yoshiwara s'écrouler.

Tomotake émit un claquement de langue énervé.

— Ça fait déjà trois heures et demie, c'est trop tard pour lancer un déploiement d'urgence. Mais tapons d'abord à leur domicile.

Kurita désigna la salle d'attente du pouce.

— Je vais d'abord rentrer au commissariat avec Nakase qui est encore là-dedans. Je consignerai les détails dans le journal d'enquête et vous ferai un rapport ensuite.

— Oui, faites ce que vous avez à faire, répliqua Tomotake.

Karatsu et Seuchi déboulèrent juste au moment où Kurita sortait de la salle d'attente avec Nakase.

— Vous tombez à pic, leur dit Tomotake. Celui qui a tiré, c'est Nagakawa de l'Odani. Le *kanbu* Tachiiri y est aussi mêlé. Filez à leurs domiciles. Contactez les brigades d'intervention de la préfecture pour avoir du renfort.

— L'Odani est donc impliqué, dit Karatsu, très surpris.

— Apparemment une dispute sans importance qui a dégénéré, répliqua Tomotake.

— Bien compris ! rugit Seuchi.

Nakase, Kurita, Karatsu et lui furent avalés par l'ascenseur. Et Doi jaillit de la salle d'attente.

— Chef, Irako veut vous parler !

Tomotake prit un air suspicieux.

— Shôhei Irako ?

Son expression vira comme s'il était bouleversé par une pensée subite. Ayant pris sa décision, il fit face à Hioka.

— Toi, tu viens aussi.

Ça déstabilisa le lieutenant. D'ordinaire, lorsque les chefs s'entretenaient avec des dirigeants yakuzas, ils n'invitaient pas des bleus comme lui à se joindre à la discussion. De plus, Doi était présent. Il n'y avait donc aucune bonne raison pour que Hioka accompagnât Tomotake. D'ailleurs Doi semblait perplexe.

Sans attendre, Tomotake pénétra dans la salle ; ne comprenant toujours pas ses intentions, le lieutenant suivit. Elle avait la taille de deux chambres réunies. Des sièges transformables en lit et à dossiers escamotables encadraient une table. Deux hommes y étaient assis. Le premier avait un ventre proéminent accentué par sa posture ; il se tenait affalé, jambes tendues, et caressait sa moustache d'une main. Hioka reconnut Shôhei Irako. La noirceur de sa chevelure indiquait qu'il s'était teint ou portait une perruque, mais son visage taché et ridé révélait qu'il avait dépassé la soixantaine.

Dans la période troublée de l'après-guerre, il avait été accepté comme yakuza par l'intermédiaire d'un important tenancier de tripots clandestins. Grâce à son habileté manœuvrière, son ascension avait été rapide et il avait fondé sa propre organisation. Célèbre pour son goût pour la conquête armée du territoire des autres, Irako avait par deux fois bataillé avec le gang Odani à l'époque où Kenji Odani n'était pas sous les verrous. Il était connu pour sa fortune colossale, avait été nommé vice-président de la fédération Jinsei d'Hiroshima, et régnait en maître sur le plus grand gang de Kurehara.

Son numéro deux, Asanuma, était à ses côtés. Un quinquagénaire au crâne rasé, affublé de rides verticales qui striaient son visage comme des cicatrices. Ses sourcils aussi étaient rasés, ce qui renforçait son air mauvais. C'était avec lui que Kakomura avait partagé la coupe de saké qui symbolisait une relation de sujétion dans le monde yakuza. Derrière eux, se tenaient deux jeunes gardes du corps. Ils dévisagèrent Tomotake et Hioka d'un air menaçant. Tomotake s'assit face aux deux chefs yakuzas.

— Voilà une affaire regrettable, dit-il d'un ton sec.

En réaction à ces propos convenus et insincères, Irako se mit à ricaner.

— Directeur Tomotake, ce n'est pas regrettable, c'est insupportable. Les calamités vont continuer. La question est de savoir si Yoshiwara va traverser ou non la rivière sans retour. Le criminel n'a pas encore été arrêté. Tout va se passer à partir de maintenant.

Jugeant sans doute que le laïus d'Irako dépassait les bornes, Tomotake toussota d'un air gêné.

— Un de nos jeunes s'est fait descendre, gronda Asanuma, et la police prend les choses à la légère !

Pour tenter de rivaliser, Tomotake haussa le ton.

— Inutile de vous plaindre. Nous arrêterons vraiment le coupable. En attendant, retenez vos jeunes impatients.

— Vous l'arrêterez vraiment ? articula Irako comme s'il voulait se pénétrer des mots de Tomotake.

Abandonnant sa posture négligée, il se redressa et décocha un regard en biais au directeur.

— On ne peut pas vous faire confiance.

— Qu'est-ce que tu dis ?!

En une seconde, l'atmosphère était devenue électrique.

— Le commissariat de Kurehara Est soutient l'Odani, lâcha Irako avec mépris. C'est la rumeur, je ne sais pas si elle est vraie.

— Ne dis pas d'absurdités, ça n'a aucun fondement, cette histoire.

— Le commissariat est câlin avec l'Odani, renchérit Asanuma. Si vous faites les yeux doux à un yakuza comme Ichinose, vous risquez de le voir pleurer.

Doi, qui jusque-là n'avait pas bronché, intervint.

— Asanuma, t'as une grande gueule.

Du temps où il était en fonction à la police préfectorale, il était en charge des affaires liées à la Jinsei. Il n'ignorait rien de l'Irako et connaissait Asanuma depuis longtemps. Celui-ci ravala sa fureur. Hioka, qui écoutait en silence, se mordillait les lèvres. Les événements ne se limitaient pas à un choc entre l'Irako et l'Odani. Ils pouvaient aussi avoir un impact sur les relations entre Ichinose et Ôgami, et ça, ce n'était pas prévu. Même si le coupable était arrêté, l'Irako continuerait à arguer de la relation entre Ichinose et le commandant pour accuser la police d'accointances avec certains gangs. L'intégrité de l'institution serait remise en cause.

Pendant un moment, personne ne parla. Puis Irako rompit le silence d'une façon quelque peu théâtrale.

— Au fait, je ne vois pas le commandant Ôgami. Lui qui est toujours le premier à arriver, pourquoi n'est-il pas là ?

Tomotake préféra ravaler sa réponse.

— Ah oui, c'est vrai ça, lâcha Asanuma d'un ton narquois. Un policier qui ne meurt pas, même si on lui tire dessus ! Il a la diarrhée ou quoi ?

Il était évident que les deux yakuzas étaient au courant de sa mise à l'écart. Et il était aussi fort possible que ce soit l'Irako qui ait balancé au journaliste Kousaka l'info sur les cinq millions de yens. Où l'avaient-ils pêchée ? Et l'avaient-ils utilisée pour faire tomber le commandant parce qu'il était un bouclier pour l'Odani ?

Tomotake, mal à l'aise, serrait les lèvres. Il se leva.

— Je vous le répète, dit-il enfin, ne commettez

pas l'idiotie de faire vengeance vous-même. Laissez la police travailler.

Sans attendre la réponse d'Irako, il fila vers la sortie. Doi puis Hioka lui emboîtèrent le pas. Ce dernier ne pensait qu'à une chose : trouver une cabine téléphonique en quittant l'hôpital et appeler Ôgami. Il fallait lui apprendre les derniers développements et lui demander quelle était la bonne façon d'agir.

Mais le lieutenant ne put parvenir à ses fins.

Il dut accompagner Tomotake jusqu'au commissariat dans une voiture de patrouille de l'antenne de police locale. À leur arrivée, la réunion de la commission d'enquête démarra immédiatement.

Itsuki déclara d'emblée que pour éviter une nouvelle guerre des gangs, il fallait mettre la main au plus vite sur Nagakawa et Tachiiri, les deux membres de l'Odani impliqués dans l'agression contre le junior de l'Irako.

— Il est impératif de les arrêter avant que l'Irako ne se venge. S'ils étaient tués, la réputation de la police serait détruite. Vous n'avez même plus le temps d'aller pisser ! Ramenez-les-moi vite fait !

On apprit vite que ni Tachiiri ni Nagakawa n'étaient revenus à leurs domiciles respectifs. De même, tous les *kanbu* de l'Odani étaient introuvables.

Tomotake ordonna à Hioka de faire équipe avec Seuchi pour enquêter dans le secteur de la rue Akaishi où avait eu lieu l'agression. Hioka profita de deux occasions, son passage aux toilettes puis celui de Seuchi, pour tenter discrètement de joindre Ôgami. Dans les deux cas, le téléphone sonna dans le vide. L'agression s'était déroulée en pleine nuit et dans une ruelle peu fréquentée. Leur enquête ne déboucha sur rien.

Vers 16 heures, ils décidèrent de contacter Tomotake pour l'en informer. De retour à la voiture banalisée, ils s'apprêtaient à utiliser leur radio lorsqu'un message arriva du commissariat. C'était justement Tomotake. Il leur annonça la réception du mandat permettant de perquisitionner le siège de l'Odani. L'enquête avait pris un tournant, il leur fallait revenir au commissariat.

— Rentrons, ordonna Seuchi à Hioka depuis le siège passager.

Le lieutenant était rongé par le doute. Difficile de croire qu'une enquête, même de grande envergure, permettrait d'intercepter rapidement l'auteur des coups de feu, Nagakawa, ou son acolyte, Tachiiri. Ichinose et ses *kanbu* avaient déjà dû effacer leurs traces. Et au siège de l'Odani, on ne trouverait sans doute que des juniors. À coup sûr, ce menu fretin ignorait où se trouvaient les chefs. Il était manifeste qu'aucune information ne ferait surface avant longtemps.

La mèche était allumée. Plus le temps passait, plus elle raccourcissait. L'explosion n'était plus qu'une question de temps. Si quelqu'un déclenchait les hostilités, le nombre de morts serait important. Pour l'Irako, qui avait une victime, ça allait de soi, et on venait de constater que le sang était déjà monté à la tête de ses deux dirigeants.

Réprimant son envie de faire un détour par le domicile du commandant, Hioka roula à toute allure jusqu'au commissariat. Une fois sur place, l'équipe étant réunie, la réunion put commencer ; il s'agissait de se répartir les rôles dans l'enquête de fond qui suivrait. Tous ceux partis à la recherche d'infos sur les planques éventuelles de Tachiiri, Nagakawa ou des *kanbu* de l'Odani étaient revenus bredouilles. Itsuki, n'ayant pas la moindre parcelle d'information à se mettre sous la dent, piqua une colère et ordonna qu'on s'activât et passât « la ville au peigne fin de fond en comble en interrogeant même les chiens et chats errants si nécessaire ». L'enquête démarrerait le lendemain à 8 heures.

Hioka quittait la salle de réunion, lorsqu'il fut interpellé par Tomotake qui lui murmura de le rejoindre à l'extrémité du couloir. À cet endroit précis, un empilage de cartons formait un angle mort. Tomotake s'y adossa, bras croisés.

Le lieutenant s'assura que les alentours étaient déserts.

— Il faut que je te dise un truc personnel, commença Tomotake. Ce n'est pas le directeur de la Section qui te parle là, tu comprends ?

Hioka se rapprocha et tendit l'oreille.

— Il est important pour Kurehara que les choses restent en l'état. On avait ce plan qui consistait à détruire le Kakomura en utilisant l'affaire Uesawa. Mais derrière le Kakomura, il y a l'Irako. Et ça me fait grincer les dents d'angoisse. C'est justement au moment précis où on pense détruire le Kakomura que ce type se fait descendre. Les gars de l'Irako font semblant de s'inquiéter pour la sécurité de leurs membres, mais la réalité c'est qu'ils ont trouvé un prétexte pour entamer les hostilités avec l'Odani. Ils doivent probablement se réjouir.

Il fallait admettre que l'expression d'Irako dans

la salle d'attente de l'hôpital n'était pas celle d'un chef réellement inquiet pour la vie d'un subalterne. Tomotake se mit à murmurer comme s'il se racontait une histoire.

— Si l'Irako entre dans la guerre entre l'Odani et le Kakomura, il est peu probable que l'Akashi dont l'Odani est très proche reste à l'écart. Du coup, la Jinsei d'Hiroshima se mettra également en branle. Le chef de l'Irako est son vice-président. Si cette puissante fédération s'en mêle, son alliée du Kansai, l'association de gangs Jûninichi, entrera dans la danse. Et ce sera le retour de la guerre des gangs…

Hioka imagina le bruit des détonations se réverbérant dans les rues de Kurehara. Les sièges des différents gangs seraient criblés de balles, ensuite ce serait au tour des bars et des commerces qu'ils contrôlaient. Le sang des yakuzas ne serait peut-être pas le seul à couler. Il pourrait y avoir des victimes collatérales. Les citoyens ordinaires se retrouveraient en danger.

Tomotake gardait jusque-là son regard rivé sur ses chaussures. Il releva la tête et haussa la voix.

— C'est ça qu'il faut à tout prix éviter. L'affaire doit être évoquée devant Kenji Odani et les dirigeants de la Jinsei d'Hiroshima pour qu'un accord de paix soit trouvé. Qui peut prendre ça en charge ? À l'intérieur des gangs, difficile de trouver la bonne personne, et en plus, il y a urgence.

Il se tut un instant et fixa Hioka d'un regard perçant.

— Il n'y a qu'Ôgami, ajouta-t-il.

Le lieutenant poussa un grand soupir de soulagement.

Parler à cœur ouvert avec Kenji Odani, le commandant en était capable. Parler à la Jinsei, c'était également possible par l'intermédiaire de Takii qui y tenait un rôle. Oui, Ôgami pouvait y arriver.

Tomotake resta un moment à le fixer en ayant l'air de l'implorer. Puis il se replongea dans la contemplation de ses chaussures.

— Du temps, on n'en a pas. Si seulement on pouvait avoir l'assistance d'Ôgami. Maintenant.

Hioka comprit où il voulait en venir et abonda dans son sens en hochant la tête.

— Ce qu'Irako a dit à l'hôpital, reprit Tomotake, ça aussi c'est de l'information.

C'était donc pour cette raison qu'il l'avait associé à l'entretien avec le boss yakuza. En fait, Tomotake voulait qu'Ôgami disposât de toute l'information. Dès le départ, il avait pris la décision d'utiliser le commandant.

Hioka salua et tourna les talons. Quittant le commissariat, il monta à bord de la voiture banalisée et prit la direction du domicile de son chef.

« Je te demande d'aller le voir. »

C'étaient les derniers mots de Tomotake. Le lieutenant avait l'impression qu'ils vibraient dans son crâne.

*

Il se gara, descendit de voiture et observa le bâtiment. Ôgami habitait un vieil immeuble de deux étages, son appartement était au second. Il gravit quatre à quatre l'escalier piqueté de rouille, fonça vers le fond du couloir et attendit que sa respiration revienne à la normale avant de frapper à la porte métallique à la peinture écaillée.

— Ôgami-san !

Après un moment, la voix du commandant lui parvint.

— C'est pas fermé à clef. Entre.

Venait-il de se lever ? Son ton était groggy. Le lieutenant ouvrit la porte tout en s'excusant. En entrant, il fut pris à la gorge par une odeur d'alcool si puissante qu'elle le fit grimacer. La petite entrée donnait sur une kitchenette et un espace d'environ quinze mètres carrés. À genoux sur les tatamis, dos appuyé au mur, Ôgami regardait le soleil couchant à travers la fenêtre. Il tenait un verre empli d'un liquide marron qui ressemblait furieusement à du whisky. Hioka enleva ses chaussures et pénétra dans la pièce. Le sol de la cuisine et les tatamis de la pièce à vivre étaient jonchés de bouteilles d'alcool vides, de sachets de snacks apéritifs et de vêtements sales. Évitant de les piétiner, il s'agenouilla face à son chef.

Non loin du lit, il y avait une petite table pliable. Ôgami saisit la bouteille de whisky carrée posée dessus et l'agita vers Hioka.

— Trois coups pour les retardataires, c'est la coutume. Il y a des verres par là.

Le lieutenant refusa l'offre avec une infinie précaution, arguant que c'étaient encore les heures de service et qu'il était venu en voiture. Ôgami se contenta de lui offrir des snacks au poulpe séché tout en se resservant. Il avala l'alcool d'un trait sans même essayer d'en apprécier le goût.

Hioka se rapprocha.

— Ôgami-san, vous savez que Yoshiwara de l'Irako s'est fait tirer dessus ?

Il ne répondit pas, mais ne montra aucune surprise, preuve qu'il était déjà au courant. Hioka lui détailla les faits.

— Kurehara est dans une situation explosive, conclut-il. Une conciliation est peut-être possible. Mais il n'y a que vous qui puissiez y arriver. (Il se rapprocha encore.) Ôgami-san, faites quelque chose.

Les rayons obliques du couchant se reflétaient dans son whisky. Silence.

— J'ai eu un coup de fil d'Ichinose, finit-il par dire. Les choses ne peuvent plus être arrêtées maintenant.

Hioka déglutit.

— Ça veut dire qu'il va y avoir une guerre ouverte ?

— Si tu veux le dire comme ça, oui, c'est ce qui va se passer.

Le lieutenant se sentit gagné par la peur. Le commandant avait abandonné l'espoir d'arrêter ce conflit. Il considérait que l'arrêter n'était plus en son pouvoir.

Le verre qu'il avait en main tremblait légèrement.

— Ils parlent de bousculade, mais en réalité, le fait que Yoshiwara se soit fait descendre est un prétexte. Lorsqu'ils se sont croisés dans cette ruelle, Yoshiwara a provoqué Tachiiri, qui était un peu saoul, en lui disant que pendant que le boss Odani « mangeait du riz puant à la prison de Tottori, son *kanbu* se la coulait douce et faisait bombance ». Et ça a dégénéré en bagarre. Nakase a arraché l'insigne de son gang à Nagakawa et l'a jeté à terre en lui disant : « Qu'est-ce que c'est que cet insigne de merde ?! » Et là, Nagakawa s'est énervé et ça a mal fini.

Voilà donc comme les choses s'étaient déroulées.

Hioka se souvint qu'Ôgami lui avait dit que l'Odani était constitué de combattants d'élite et que ceux-ci plaçaient le prestige de leur gang avant tout. Une fois le symbole de l'Odani insulté, la rage de Nagakawa n'était pas difficile à imaginer.

— Il y a des raisons objectives à cet affrontement. La colère de l'Irako, dont l'un des membres s'est fait tirer dessus, ne va pas s'évaporer comme ça. Et quant aux gens de l'Odani, ils ont eu leur nom traîné dans la boue. Moralité, ça promet une guerre de première classe.

Hioka empoigna ses rotules.

— Il n'y a vraiment rien à faire ?

Ôgami fixait un point invisible, il resta silencieux à bercer son whisky. On ne pouvait plus éteindre l'incendie. C'était apparemment ce que pensait Ichinose. Ôgami était du même avis. Même si Hioka continuait à le supplier, il n'en résulterait que de la gêne car ça forcerait le commandant à admettre son impuissance.

Le lieutenant avait parfaitement compris la situation, mais il ne renonça pas pour autant. Seul Ôgami pouvait éviter ce drame et il fallait s'agripper à cette possibilité.

— L'Irako connaît votre situation actuelle. Et il est possible qu'ils soient les informateurs du journaliste Kousaka à votre sujet.

Une lueur de surprise s'alluma dans l'œil du commandant, mais il garda le silence. Ils restèrent face à face un bon moment. Le soleil déclinait à l'ouest et leurs ombres s'allongèrent sur les tatamis. Ôgami finit par reposer son verre sur la table.

— Je vais passer à l'Irako.

Hioka eut du mal à en croire ses oreilles. Avait-il bien entendu « passer à l'Irako » ? Est-ce que « passer voir Ichinose » n'aurait-pas été plus logique ?

— L'Irako ? répéta-t-il, abasourdi.

Sans que son visage exprimât la moindre émotion, Ôgami confirma. Hioka envisagea le pire.

Ôgami et le boss Irako étaient des ennemis farouches. Le chauffard qui avait pris la vie de la femme du commandant était probablement un membre du gang Irako. Si les deux hommes se rencontraient, ça ne se terminerait pas simplement.

Pressentant son anxiété, Ôgami esquissa un sourire.

— Rassure-toi. Tu as juste à me conduire au siège de l'Irako. Ensuite, j'entrerai seul.

Son air intrépide lui était revenu. Hioka secoua frénétiquement la tête.

— Hors de question. Je vous suivrai partout. Jusqu'au bout. C'est mon rôle.

En entendant le mot « rôle », Ôgami sembla se souvenir d'un détail oublié. Il fouilla la poche de son pantalon et en extirpa le Zippo au loup gravé. Celui qu'il avait acheté en chemin dans ce petit bureau de tabac. Quand ils avaient quitté Kurehara pour se rendre à Hiroshima, chez Takii. Il le tendit au lieutenant. En le recevant, celui-ci sentit un tremblement dans sa moelle épinière.

— Non, gardez-le.

Ôgami refusa de le reprendre.

— Utilise-le, c'est ton rôle. Allez, garde-le.

Il se leva d'un bond, fut rapidement dans le couloir. Il attrapa son panama qu'il planta à l'arrière de son crâne comme l'auréole de Bouddha. Il enfila ses chaussures, fourra ses mains dans les poches de son pantalon et fit un signe de tête à son lieutenant resté assis sur le tatami.

— Qu'est-ce que tu fous ? Grouille-toi un peu.

Hioka ne discernait pas ses traits. Seule la couleur claire du panama ressortait avec force.

Sans qu'il en saisisse bien la raison, son plexus solaire se mit à chauffer.

Il serra les dents et se releva. Dans sa poche, le briquet Zippo qu'il agrippait était couvert de sueur.

10

Journal

18 juillet 1988

11h00, Nawashiro, membre du Kakomura et suspect dans l'assassinat d'Uesawa, est arrêté à Takamatsu. Pour assurer son transport, le capitaine Karatsu et une équipe du commissariat se rendent sur place.

16h00, Nagakawa, membre de l' Odani et suspect dans l'affaire des tirs sur Yoshiwara, se présente au commissariat.

16h20, Kurita et moi recevons la déposition de Nagakawa. L'interrogatoire se termine à 19h00.

19h30, au Petits Plats de Shino.

[redacted]

Le lieutenant scrutait les allées et venues devant le commissariat. Un taxi franchit lentement le portail de la cour.

Fausse alerte.

Il consulta une nouvelle fois sa montre collante de sueur. 15 h 55.

Seuls ses yeux étaient mobiles dans sa silhouette

figée ; à ses côtés, le capitaine Kurita, silencieux, assis sur une marche du perron, regardait droit devant lui. Difficile de savoir s'il surveillait le trafic lui aussi. Il n'essuyait pas la sueur dégoulinant de ses cheveux gris et semblait absorbé par ses pensées.

Les ombres commençaient à s'allonger pourtant, sous l'auvent du porche, la température se maintenait au-dessus des 30 °C. Les vifs rayons du soleil étaient réverbérés par le bitume d'où montaient des tourbillons d'air chaud déformant les voitures filant dans la rue.

Hioka et Kurita attendaient l'arrivée d'un taxi depuis une bonne demi-heure. À son bord devait se trouver Kyôji Nagakawa de l'Odani, qui avait tiré sur Yoshiwara de l'Irako. Le lieutenant regarda de nouveau sa montre. 15 h 57. N'y tenant plus, il s'adressa au capitaine.

— C'est vraiment vrai que Nagakawa va se rendre aujourd'hui ?

Un gros camion passa, chargé de pierres concassées en provenance de la montagne, et le vacarme fut tel qu'il résonna dans les estomacs. Kurita n'avait-il pas entendu la question ou faisait-il semblant ? Mutique, immobile comme une statue, il continuait de fixer la rue.

L'aiguille de la montre découpait le temps en tranches minuscules.

15 h 58.

Nagakawa viendrait-il vraiment ? Ou bien un événement de dernière minute saboterait-il sa reddition ? À part attendre, il n'y avait pas grand-chose à faire. Mâchoires crispées, Hioka regardait les nuages sans les voir lorsqu'un taxi pénétra lentement dans la cour. Il dévala les marches, suivi par Kurita. Le taxi s'arrêta devant l'entrée, la portière arrière s'ouvrit.

Un jeune homme au crâne rasé comme celui d'un moine en descendit. Malgré la chaleur, il portait une chemise à manches longues, elle cachait probablement un tatouage. Il regarda tour à tour les deux policiers d'un air désorienté. C'était bien lui que Hioka avait rencontré maintes fois au siège de l'Odani. Le taxi s'en alla.

— Vous êtes Kyôji Nagakawa ? demanda Kurita.

— Oui, enchanté de faire votre connaissance.

Prenant une profonde inspiration, il plaqua ses mains sur les genoux et s'inclina profondément.

C'étaient deux coups de fil qui avaient changé la donne. Quelques heures auparavant.

Ce matin, lorsque Hioka était arrivé au bureau, Tomotake, l'air mécontent, était déjà dans la place. Histoire de détendre l'atmosphère, le lieutenant l'avait salué d'un air enjoué. Malheureusement, son initiative avait eu l'effet inverse.

— C'est bien d'être content, lui avait lancé le directeur avec un regard mauvais. Il s'est passé quelque chose de bien pour toi ? Je suis jaloux, les jeunes n'ont que du bon temps.

Bien que blessé par ces paroles désagréables, Hioka s'était fendu d'un léger sourire avant de rejoindre sa place sans un mot.

Trois jours s'étaient écoulés depuis l'agression de Yoshiwara, et l'humeur de Tomotake n'avait fait que s'aggraver. Deux jours auparavant, de façon prévisible, la perquisition au siège de l'Odani avait été un fiasco. Seule la piétaille était présente, il n'y avait rien eu à confisquer et les confrères étaient repartis les mains vides. La planque de Nagakawa, l'auteur des coups de feu, restait inconnue ; c'était le même scénario concernant son compagnon Tachiiri, témoin des faits.

Yoshiwara avait été touché de deux balles dont l'une était toujours dans son abdomen. Le médecin jugeait qu'elle risquait à tout moment de perforer l'aorte. Sa vie n'était pas en danger pour le moment, mais jusqu'à une nouvelle opération, un repos absolu était nécessaire. Le fait que le coupable soit connu de tous sans qu'on puisse l'arrêter était vécu comme une humiliation par Tomotake. Son humeur déteignait sur ses subordonnés. Ceux qui étaient arrivés après Hioka avaient essayé d'éviter son regard en regagnant leurs places respectives, et depuis la réunion quotidienne du matin et les dernières consignes, plus personne n'avait ouvert la bouche. Shibaura, Seuchi et la moitié des hommes de Doi continuaient de fouiller la ville à l'affût de témoins. Il n'y avait plus que treize officiers dans les bureaux de la Seconde division.

L'appel était arrivé peu avant midi alors que Hioka finissait de classer les documents concernant le transport du cadavre d'Uesawa ; comme l'avait anticipé Ôgami, on avait retrouvé les empreintes de Nawashiro sur le *Shôshin Maru* et il y avait eu une faible réaction au Luminol.

Répondre au téléphone incombait au moins gradé, et donc au lieutenant, mais Takatsuka qui se trouvait à proximité avait décroché à sa place. Il l'avait fait d'une manière décontractée ; les banales demandes d'information en provenance d'autres commissariats de la région ou d'antennes locales étaient légion. Mais le capitaine avait vite écarquillé les yeux et fait un bond.

— Vraiment ?!

Tous les regards avaient convergé vers son visage troublé. Takatsuka avait remercié son correspondant, s'était incliné brièvement devant le téléphone avant de raccrocher.

— C'était la Quatrième division de la police préfectorale d'Hiroshima. Le commissariat de Takamatsu dans l'île de Shikoku a arrêté Nawashiro.

— Sans blague ! s'était exclamé un Itsuki médusé.

Tomotake lui aussi semblait avoir encaissé une décharge électrique. Takatsuka leur avait détaillé la situation. Ce même jour, vers 10 heures, un agent de police faisant sa ronde dans un salon de pachinko du centre de Takamatsu avait remarqué un individu ressemblant à la photo de l'avis de recherche. Il avait contacté son commissariat par radio, l'antigang était arrivé et le suspect avait tenté de fuir. Il avait été vite rattrapé et inculpé de flagrant délit d'obstruction à des agents de la force publique. Dans la voiture de patrouille, il s'était débattu violemment ; en salle d'interrogatoire, il avait refusé de répondre à la moindre question. Ses empreintes avaient révélé qu'il s'agissait bien de Nawashiro.

— On nous demande de dépêcher au plus vite une équipe à Takamatsu.

— J'y vais, s'était exclamé Karatsu, les yeux brillants. Takatsuka, tu viens avec moi.

Sans attendre, les deux hommes avaient pris leurs vestes et filé vers la sortie.

— Oui, je vous le demande, avait ordonné Tomotake à leurs dos.

De façon implicite, il avait été convenu de ne pas parler d'Ôgami, et Karatsu s'était adressé à voix basse à Hioka.

— Dommage, si Ôgami avait été là, on aurait eu droit à un repas de fête.

Après le départ de Karatsu et de Takatsuka, des exclamations joyeuses avaient fusé dans la Seconde division. L'allégresse avait gagné l'équipe du crime en col blanc, et même Tomotake avait retrouvé le sourire.

Ne restait donc à régler que l'agression de Yoshiwara. À ce sujet, la hiérarchie du commissariat avait souhaité entendre Ichinose et lancé un avis de recherche. Mais le numéro deux de l'Odani restait insaisissable. Tout comme ses *kanbu*, Bizen et Yajima.

L'enquête avait révélé qu'après l'attaque, Ichinose s'était précipité à Tottori pour y rencontrer Kenji Odani. Leur entretien avait duré une trentaine de minutes. Ichinose avait ensuite quitté la prison dans une voiture conduite par l'un de ses juniors. Selon le gardien ayant assisté à l'entretien, celui-ci n'avait porté que sur les détails du quotidien, la santé du boss yakuza et sa prochaine sortie. Il n'était pas impossible cependant que cet homme se soit éloigné un moment pour les laisser parler tranquillement ; de tels arrangements étaient monnaie courante dans le cas d'importants prisonniers yakuzas.

Même en sachant cela, on n'avait pas pu retracer les mouvements ultérieurs d'Ichinose. En rentrant à Kurehara, où était-il allé ? Était-il même revenu en ville ? Contactée, la Quatrième division d'enquête de la police préfectorale n'avait rien eu à signaler.

Résoudre l'affaire Yoshiwara n'était qu'une question de temps et la probable résolution de l'affaire Uesawa ouvrait la voie à la destruction du Kakomura. Pour autant, cela ne signifiait pas que toute source de conflit entre les gangs était étouffée dans le périmètre de Kurehara. Les membres de la Seconde division étaient bien conscients de la dangerosité de l'affaire Yoshiwara, cependant, grâce à l'arrestation de Nawashiro, l'extinction de l'incendie était en vue. Le Kakomura avait commencé par engager des mercenaires en renfort, puis on avait appris que ces « soldats d'emprunt » étaient libérés peu à peu. Ils coûtaient cher et n'étaient pas directement utiles faute de bataille rangée.

Au commissariat, l'humeur était au soulagement. Lorsque le téléphone d'Ôgami avait sonné, la salle bruissait encore de l'effet de l'arrestation de Nawashiro. C'était dans ce moment d'euphorie qu'était arrivé le deuxième appel téléphonique. Et cette fois, c'était Hioka qui avait décroché.

— Allô, ici la Seconde division du commissariat de Kurehara ! avait-il bramé, histoire de couvrir le bruit des conversations.

— Pourrais-je parler à Hioka-san ?

La voix, jeune et féminine, était mal assurée. Il avait confirmé qu'il était la bonne personne et entendu un soupir de soulagement.

— Je passe le téléphone à quelqu'un…

Qui ça ? Un instant, le visage d'Ôgami lui était venu à l'esprit. Il avait serré le combiné.

— Allô, Hioka ? C'est moi.

Ichinose. Cette voix caractéristique. De baryton ayant trop fumé. Après Nawashiro, il était celui que ses confrères rêvaient d'arrêter. Et le voilà qui appelait de sa propre initiative. Le lieutenant avait senti la panique le gagner.

— Hioka, je veux vous proposer un compromis.

— Un instant !

Il avait scruté les alentours. Il était le seul de l'équipe Ôgami, les autres étaient encore sous l'effet enivrant de l'arrestation de Nawashiro, personne n'avait remarqué qu'il était au téléphone. Il avait alors tourné le dos à ses collègues, couvert sa bouche d'une main et repris sa conversation à voix basse.

— Où êtes-vous ? Toute la police vous recherche.

— Vous m'excuserez de ne pas dévoiler mon adresse. En ce moment, il n'y a pas de raison que je sorte de l'ombre.

On percevait le son d'un téléviseur en arrière-fond. Était-il au domicile d'une de ses maîtresses ou dans une chambre d'hôtel ? Non, la police avait tout quadrillé ; même accompagné d'une femme, c'était trop risqué pour lui de s'aventurer dans un hôtel, une auberge ou un meublé. Ichinose était chez la jeune fille qui avait initié la conversation téléphonique.

Hioka avait tenté de savoir pourquoi il ne souhaitait pas apparaître.

— Vous êtes obligé d'éviter l'autre côté ?

Par là, il voulait parler de l'Irako, et n'avait pas prononcé de nom pour ne pas attirer l'attention de ses collègues. Ichinose n'était pas seulement recherché par la police, mais aussi par l'Irako dont l'un des membres s'était fait tirer dessus. Il avait eu un rire bref comme en réaction à une bonne plaisanterie.

Et dans ce rire, Hioka n'avait pas perçu une once de peur.

— Chez les yakuzas, les disputes font partie du métier. On ne se cache pas des gens de l'autre côté. La police, c'est une autre affaire. Ôgami-san est un homme à part. Mais comme c'est son boss qui prend maintenant les décisions, ça change tout. Si je me rends à la convocation de la police, je ne suis pas près d'être relâché.

Il s'était tu un instant, puis avait soupiré avant de reprendre d'une voix tendue.

— En ce moment, je ne peux pas tenter ce genre de pari. Jusqu'à ce que ce remue-ménage se tasse, je ne réapparaîtrai pas dans le monde des vivants.

Un junior de l'Odani, Yanagida, s'était fait assassiner. Le *kanbu* Bizen s'était fait voler une fille travaillant dans l'un de ses clubs et son domicile avait essuyé des tirs de balle. Le *kanbu* de l'Irako, Yoshiwara, s'était pris deux balles. Fondamentalement, toutes ces affaires avaient été fomentées par le Kakomura, derrière lequel se trouvait l'Irako. En l'absence du boss Odani, si Ichinose, second en commande, se faisait arrêter, cela revenait à laisser libre cours à la volonté du Kakomura et de l'Irako. D'autant qu'il ne restait qu'un peu plus de deux mois avant la libération d'Odani. Ichinose se devait de se protéger lui-même pour protéger son gang.

Hioka comprenait son point de vue et ses sentiments, mais, en tant que policier, il ne pouvait pas laisser fuir un homme recherché. Il avait alors décidé de lui donner une information susceptible de le convaincre de répondre à la convocation.

— Nawashiro a été arrêté.

Silence. N'entendant plus que la respiration d'Ichinose, il avait expliqué brièvement les conditions de l'arrestation.

— En ce moment, une équipe se rend à Takamatsu. Une fois Nawashiro sous les verrous, les gens du Kakomura vont se faire arrêter comme on écrase une patate douce. Les mercenaires leur coûtent trop cher et ils les renvoient au fur et à mesure. Comme Ôgami-san l'avait indiqué, on va vers une dissolution du Kakomura.

Il avait agrippé nerveusement le combiné. Ichinose était resté silencieux encore un moment.

— Même si le Kakomura disparaît, il reste l'Irako, avait-il fini par déclarer.

Hioka n'avait pas oublié sa rencontre à l'hôpital avec le boss Irako, affalé sur sa chaise. Oui, c'était un adversaire redoutable. Un coriace qui s'était distingué depuis la période trouble de l'après-guerre. Un homme célèbre pour sa cupidité, son appétit pour le statut social et son habileté machiavélique.

— Bon, revenons au compromis pour lequel je vous appelle, avait repris Ichinose d'un ton posé. Nagakawa va se rendre. Hioka, pourriez-vous l'accueillir à l'entrée du commissariat ?

Un instant, le lieutenant avait pensé avoir mal entendu. Une reddition de Nagakawa ? L'homme qui avait tiré sur Yoshiwara, la personne la plus recherchée par la Seconde division. L'arrêter était encore plus urgent que d'interroger Ichinose. Dans l'échange de coups de feu, l'Irako avait sa part de responsabilité. Pour les gens ordinaires, l'insigne d'un gang ne représentait rien, mais pour les yakuzas, c'était tout différent. Il montrait les armoiries du gang et agissait comme un talisman lorsque son propriétaire mettait sa vie en jeu. Il n'était pas exagéré de dire que cet insigne était leur vie même. Cette vie, le subordonné de Yoshiwara, Nakase, l'avait arrachée, couverte d'injures et jetée à terre. Une offense difficilement pardonnable pour Nagakawa. D'autre part, au moment d'un conflit entre gangs, se séparer ne serait-ce que d'un seul soldat était dangereux. Une reddition n'avait guère de sens selon la logique de la société yakuza. Alors pourquoi l'exiger de Nagakawa ?

— C'est l'ordre du boss, avait expliqué Ichinose.

Il avait ajouté qu'il avait rencontré Kenji Odani en prison pour lui expliquer la situation et que celui-ci lui avait donné ses instructions.

— Quelles que soient les circonstances, celui qui a tiré vient de chez nous. C'est un fait. Pour nous, il y a une façon d'apporter une conclusion à une affaire. C'est celle-là. Et c'est ce que notre chef souhaite. Être yakuza, ça ne se résume pas à se donner un air cool, ça implique surtout de suivre des règles. Il est très pointilleux sur la différence entre le monde des honnêtes gens et le nôtre.

Hioka avait eu du mal à contenir son excitation.

— Bien compris. Nagakawa arrivera à quelle heure ?

Ichinose avait répondu qu'il serait là à 16 heures et viendrait en taxi.

— Merci de bien vouloir vous en occuper, Hioka.

— Oui, comptez sur moi.

Et Ichinose avait raccroché. Itsuki était en réunion, sa chaise était vide, Hioka s'était alors dirigé vers le bureau de Tomotake.

— Chef, Ichinose vient juste d'appeler.

— Hein, quoi ? (D'abord interrogatif, son ton était devenu agressif.) Qu'est-ce que tu racontes ?

— Apparemment, Nagakawa va se rendre.

Tomotake avait pris l'expression d'un homme venant de se faire mordre par un renard.

— Hein ?

— Oui, il prendra un taxi et sera ici à 16 heures.

Hioka avait alors détaillé sa conversation téléphonique.

— Il n'y a pas d'erreur ? avait demandé Tomotake d'une voix métallique.

— Aucune. C'était bien lui. Et d'après son ton, je ne pense pas qu'il bluffait. De plus, il a pris l'initiative. Pourquoi mentir dans ce cas ?

Tomotake était devenu écarlate.

— Et Ichinose, il est où ?!

— Ça, il n'a pas voulu me le dire. Je crois qu'il n'a pas l'intention de répondre à notre convocation.

Les lèvres du directeur s'étaient tordues sur un « Je vois » crispé. Petit temps d'arrêt, et il était parvenu à se détendre un peu.

— Eh, vous tous ! avait-il lancé à la cantonade. Nagakawa va se rendre. Ichinose vient d'appeler.

Un bref instant, la pièce avait été plongée dans le silence. Puis des cris de joie avaient retenti. C'était la seconde bonne nouvelle de la journée. Tomotake avait retrouvé sa contenance.

— Il faut prévenir Itsuki. (Il s'était tourné vers les hommes de Doi.) Kurita ! Avec Hioka, tu vas accueillir Nagakawa. Vous enregistrerez sa déposition.

Le gang Odani était du ressort d'Ôgami mais, à

cet instant précis, il ne restait de son équipe que Hioka, les autres étant en mission à l'extérieur. Tomotake avait dû penser que l'interrogatoire d'un criminel dans le cadre d'une possible guerre des gangs généralisée ne pouvait être confié au seul lieutenant, encore bien trop jeune pour une telle responsabilité. Le capitaine Kurita avait vingt ans d'expérience dans la Seconde division. Il interagissait depuis longtemps avec les yakuzas, et vu le nombre de ceux qu'il avait fait tomber, ses performances n'enviaient en rien celles d'Ôgami. Il avait caressé un court instant sa chevelure rase avant de faire un petit signe de tête pour confirmer qu'il avait compris ce qu'on attendait de lui.

*

Nagakawa fut conduit directement en salle d'interrogatoire par Kurita. Ce n'était probablement pas sa première visite. La fenêtre était obstruée par une grille ; il n'y avait que deux bureaux et des chaises métalliques. En pénétrant dans ce décor déprimant, il ne manifesta pas la moindre émotion.

— Bien, commençons.

Ayant fait asseoir le yakuza côté fenêtre, Kurita s'installa face à lui. La chaise destinée au policier disposait d'un dossier, pas celle du suspect. Hioka s'assit dos à la porte et sortit son carnet de notes.

Kurita interrogea Nagakawa brièvement sur son identité, puis passa aux détails de l'affaire.

Le yakuza raconta toute l'histoire jusqu'aux coups de feu contre Yoshiwara comme s'il lisait un livre de classe. En gros, elle était identique aux déclarations d'Ôgami. Lorsqu'il arriva au moment où Yoshiwara, blessé, s'écroulait, Kurita l'interrompit pour s'assurer de son mobile.

— C'est parce que l'insigne de votre gang avait été arraché et jeté à terre que vous vous êtes mis en colère ? C'est bien ça ?

— C'est bien ça, confirma Nagakawa en le regardant dans les yeux.

Le capitaine sembla réfléchir un instant, puis hocha la tête. Hioka savait qu'il avait reçu la déposition du membre de l'Irako qui accompagnait Yoshiwara lors de l'agression. Peut-être se demandait-il quelle version des faits était la plus probable ? Il regarda sa montre en douce. Bientôt 17 h 30.

Lorsqu'on interrogeait un suspect et que celui-ci refusait de parler ou de reconnaître les faits, on n'imprimait pas de déposition puisque l'intéressé refuserait de la signer. Mais dans le cas de quelqu'un comme Nagakawa, qui se constituait prisonnier et témoignait, on pouvait expédier sa déposition. Ce qui permettrait de régler encore une affaire supplémentaire.

Alors que Hioka soupirait de soulagement, Kurita, d'une voix souple qu'il ne lui connaissait pas, reprit :

— Au fait…

Même Nagakawa dut se rendre compte du changement de ton, il regarda le capitaine d'un œil surpris.

— Toi, tu es originaire de Kurehara…

Son adresse et son enregistrement à la mairie de son lieu de résidence avaient été confirmés avant la prise de déposition proprement dite. Pourquoi s'intéresser à un détail déjà vérifié ? Nagakawa devait penser la même chose.

— Oui, mais…, répondit-il d'un ton hésitant.

Kurita décolla son dos du dossier de sa chaise et s'accouda au bureau.

— Ta mère, que fait-elle ?

Face à cette question inattendue, le visage de Nagakawa changea de couleur. L'étonnement et la confusion s'y mêlaient. Sa mère n'avait aucun rapport avec ce qui s'était passé.

— Elle travaille en usine. Je ne me souviens plus du nom. Une vieille fabrique de vêtements proche de la rivière Sakame.

Il ne comprenait pas ce que cherchait Kurita, mais devait se sentir obligé de répondre à toutes ses questions. Il se fatigua pour retrouver le nom de cette usine.

— Nakaura.

Kurita se frappa les genoux des deux mains.

— Ouais, c'est bien ça. L'usine de vêtements Nakaura. Ta mère y travaille toujours ?

Nagakawa hocha la tête. Le capitaine se frotta le menton comme si une pensée le démangeait.

— T'as vingt-huit ans, ta mère doit en avoir plus de cinquante. À force de travail, elle a forcément le corps cassé par-ci par-là.

Hioka avait lu que les parents de Nagakawa avaient divorcé lorsqu'il avait deux ans. Sa mère ne s'était pas remariée et l'avait élevé seule. Depuis que l'on parlait d'elle, Nagakawa était devenu moins loquace. Tout yakuza qu'il était, le sujet était sensible. À présent, il avait le visage baissé et une expression soumise.

— Tu vois, Nagakawa, tu ne le sais pas encore

mais les parents, c'est assez idiot, lui dit Kurita d'un ton aimable. Qu'ils soient intelligents ou un peu lents, pour eux, leur enfant est mignon. Quoi qu'il fasse. En ce moment, ta mère est inquiète pour toi. Aujourd'hui, c'est toi qui as appuyé sur la détente. Mais vu la vie des yakuzas, elle se demande quand ce sera ton tour de te faire tirer dessus. C'est une inquiétude qui peut vous coincer le riz dans la gorge, ça. Chaque nuit, elle doit faire des cauchemars à propos de son crétin de fils.

Parmi les jeunes gens, rares étaient ceux capables de ressentir ce que c'était que d'être parent. Pour ça, la plupart devaient attendre de le devenir ou d'être en âge de l'être. Mais Nagakawa était différent. À cause de sa triste histoire personnelle, ses yeux s'humectaient. Il devait enfin se rendre compte qu'il causait du souci à sa mère.

— Si elle apprend ce qui s'est passé, elle va se mettre à pleurer, sans aucun doute.

Le capitaine s'était confectionné un air chagrin face à un Nagakawa abattu, aux épaules baissées et légèrement tremblantes. Il prit une voix à chanter des berceuses.

— Tu penses que ta maman, c'est important ?

Nagakawa fit signe que oui.

— Tu crois que ta maman pense que toute cette affaire est une mauvaise chose ?

Nagakawa acquiesça une nouvelle fois.

— Tu veux t'excuser auprès de ta maman ?

Nagakawa, épaules effondrées, hocha la tête plusieurs fois.

— Ah, dans ce cas… (de souple, la voix de Kurita devint menaçante), dis-nous toute la vérité !

Estomaqué, le yakuza releva la tête. Son expression révélait qu'il ne saisissait pas ce qu'on attendait de lui. Et du point de vue de Hioka, le jeune homme ne disait pas autre chose que la vérité.

Le capitaine frappa du poing sur le bureau. Il semblait furax.

— En vérité, Ichinose t'a donné l'ordre. Il t'a dit de tirer sur un type du gang Irako. N'importe lequel !

Stupéfait, bouche ouverte, le jeune nia énergiquement en secouant la tête.

— Ou alors, c'est Tachiiri. Vous étiez ensemble et il t'a ordonné de tirer.

— C'est tout le contraire, le Grand frère a essayé de me retenir ! Mais je n'ai pas de patience. J'étais hors de moi-même quand j'ai tiré. C'était comme dans un rêve. Il n'y a rien d'autre. C'est la vérité !

Fut-il convaincu par l'air désespéré de Nagakawa ? En tout cas, Kurita se calma.

— Tu étais avec Tachiiri quand vous avez pris la fuite. Il est où ?

Nagakawa baissa la tête.

— Je n'en sais rien. Il m'a dit de ne pas le contacter avant que ça se soit tassé. Et il est parti de son côté.

— Le pistolet, tu l'as trouvé où ?

Cette fois, la peur avait déserté le visage de Nagakawa. S'y lisait la détermination de celui qui s'est préparé.

— Je ne m'en souviens pas.

— Tu as oublié où tu as trouvé le pistolet avec lequel tu as tiré ! Comme c'est bizarre.

Nagakawa répéta qu'il ne s'en souvenait plus.

Le capitaine reprit un ton sec.

— Tu l'as reçu d'Ichinose. Qui t'a dit de t'en servir pour tirer sur un membre de l'Irako. Hein, c'est comme ça que tu l'as obtenu ?

La première fois, le coup de la voix menaçante avait fonctionné. La seconde, Nagakawa resta stoïque.

— Ce n'est pas le cas. Je ne me souviens pas de qui je l'ai reçu.

Kurita ne lâcha pas le morceau.

— Tu penses vraiment que le procureur va avaler ça ?

— C'est la vérité. Je ne m'en souviens pas et je ne peux pas parler de ce dont je ne me souviens pas. Je ne mens pas, moi.

Il avait un air de défi. Le capitaine se tut. Le silence les engloba.

Kurita riva son regard sur Nagakawa, puis reprit une expression neutre.

— Pas de problème. Dis-le au procureur.

Il se tourna vers Hioka et lui ordonna de préparer la déposition. Une fois rédigée et signée par empreinte digitale par Nagakawa, elle serait adressée au cabinet du procureur.

Quelques minutes plus tard, Nagakawa, entravé par une corde passée autour de sa taille, fut emmené en cellule.

Lorsqu'ils quittèrent la salle d'interrogatoire, il était 19 heures. Suite aux questions pressantes de Kurita, la déposition avait pris beaucoup plus de temps que prévu. Le lieutenant admettait que connaître la provenance de l'arme était important, mais le coupable était un yakuza. Il n'y avait aucune chance qu'il fasse quoi que ce soit susceptible de nuire à son gang. Qu'il ait ou non reçu l'ordre d'Ichinose de tuer un membre de l'Irako, il ne l'avouerait jamais. Mais Hioka ne pensait pas qu'il avait menti. L'affaire pouvait se résumer, comme il le déclarait dans sa déposition, à des coups de feu tirés sur impulsion. Kurita n'ignorait pas quel genre d'homme était Ichinose. Pourquoi donc mettre une telle pression sur Nagakawa ?

Percevant ces doutes, le capitaine se tourna vers lui avec un sourire ironique.

— L'Odani, ils entraînent bien leurs troupes. Ils leur rentrent dans le crâne qu'il ne faut pas créer d'ennuis au gang. Et face au procureur, les yakuzas font sans se gêner dans l'approche « Je ne sais rien, je ne suis pas au courant ».

Hioka le regarda d'un air étonné. Ses menaces à l'égard de Nagakawa, était-ce une sorte de représentation théâtrale pour vérifier s'il saurait résister aux questions du procureur ?

Mains enfoncées dans les poches, le capitaine marchait en regardant au loin.

— Les enquêteurs de la Seconde division ne se bornent pas à prendre des dépositions volontaires, reprit-il. On ne sait jamais quand un yakuza va faire volte-face. De nos jours, ces types manquent de détermination. Certains changent leurs déclarations lorsqu'ils sont soumis à l'enquête colérique du procureur. Mon travail est de m'assurer que ça ne se produira pas[1].

1. Une fois les preuves accumulées, le dossier est transmis à un procureur qui procède à un contre-interrogatoire sévère du

Hioka pensa soudain à Ôgami. S'il avait mené l'interrogatoire, sans doute aurait-il eu la même approche.

Fouillant sa poche, il en fit émerger ce Zippo gravé d'un loup que lui avait confié le commandant.

Il serra les dents. Aussi fort que ses phalanges sur le briquet.

*

Après l'interrogatoire, Hioka avait terminé son service. Veste sur l'épaule, il quitta le commissariat et se dirigea vers le centre-ville.

Évitant l'avenue, il emprunta les ruelles pour se rendre chez Shino. La porte coulissa sur le visage souriant d'Akiko. Elle semblait très heureuse de le voir.

— Bienvenue !

Il referma derrière lui.

Ôgami occupait un coin du comptoir. Il fit signe à Hioka en agitant sa coupe de saké. Le lieutenant s'assit à ses côtés. Akiko quitta son poste pour enlever le *noren* et signifier ainsi la fermeture du restaurant.

Ôgami avait appelé la veille au soir pour l'inviter à le rejoindre. « J'arriverai aussi tôt que possible », lui avait dit Hioka. Ôgami avait rétorqué en riant que n'importe quelle heure ferait l'affaire.

Akiko servit du saké au lieutenant.

— C'était comment aujourd'hui ? demanda Ôgami. Tu étais très occupé ?

---

suspect. Si ce dernier cède sous cette pression et signe une déposition différente de celle signée au commissariat, cela constitue une faute professionnelle pour les policiers.

— Pas si occupé que ça, soupira Hioka, mais la Seconde division a été animée. Des moments joyeux, des moments surprenants, et tout ça dans une certaine confusion.

— En gros, il s'est passé quoi ?

Il se donnait l'air surpris, mais sur son visage on pouvait lire un certain amusement. Il jouait la comédie.

— Ne faites pas semblant, dit Hioka d'un ton sec. Nawashiro s'est fait arrêter à Takamatsu, Nagakawa s'est rendu. Le réseau d'information des yakuzas n'a rien à envier à celui de la police. La nouvelle de l'arrestation de Nawashiro doit être connue, non seulement à Kurehara mais également de tous les gangs d'Hiroshima. Takii était forcément au courant. Et il y a peu de chance qu'il ne vous ait pas prévenu alors que vous êtes les meilleurs amis du monde.

Ôgami écoutait tranquillement la tirade d'un air intéressé.

— Et vous deviez savoir que Nagakawa se rendrait aujourd'hui. Ichinose ne me l'a pas dit, mais c'est probablement vous qui avez demandé à Kenji Odani de donner cet ordre de reddition. En revanche, ce que m'a dit Ichinose, c'est qu'il s'est précipité à la prison de Tottori juste après l'agression. Odani lui aurait alors dit d'ordonner à Nagakawa de se rendre. Bizarre. Parce qu'entre cette rencontre en prison et la reddition, il s'est passé plusieurs jours. Et parce qu'ici même, le soir de votre assignation à résidence, vous m'aviez dit avoir tenté de convaincre Ichinose. Sans succès. En fait, à part vous, le seul qui puisse le convaincre est Odani. Alors soit vous avez rencontré Odani après Ichinose, soit vous avez communiqué avec lui par un moyen que j'ignore. En tout cas, le résultat c'est que vous avez convaincu le boss Odani qu'il fallait que Nagakawa se livre. Ensuite, Odani lui-même a convaincu Ichinose. Ça s'est probablement passé hier. Et justement, hier soir, vous m'avez téléphoné pour me demander de passer chez Shino après le travail. Est-ce que ce ne serait pas pour savoir ce que Nagakawa avait dit après s'être livré ?

Après ce long monologue, Hioka se rendit compte que sa gorge était sèche et vida sa coupe d'un coup.

— Dis donc, aujourd'hui, qu'est-ce que tu causes ! lâcha Ôgami en riant d'un air un peu las et tout en le resservant. (Il désigna son bas-ventre.) T'aurais pas un petit problème d'insatisfaction de ce côté-là ?

Akiko, qui avait écouté la conversation en silence, lui fit les gros yeux.

— Ôgami, tu veux bien arrêter !

Hioka soupira. Tout ça amusait follement le chef, et pourtant, ils revenaient de loin. Le soir de son assignation à résidence, Hioka l'avait conduit en voiture jusqu'au siège de l'Irako, et agrippant le volant, il s'était préparé au pire. Mais Ôgami ne l'avait pas laissé pénétrer au QG avec lui. Environ un kilomètre avant destination, à un carrefour où se trouvait une cabine téléphonique, il lui avait demandé d'arrêter la voiture. Il était descendu et avait attendu que Hioka baisse la vitre côté passager.

— À partir de là, j'y vais seul. Je vais appeler l'Irako depuis ce téléphone public et leur demander d'envoyer quelqu'un à ma rencontre. Ça va le faire, t'inquiète. Toi, tu m'attends chez Shino.

— Je veux y aller aussi ! S'il vous plaît !

Ôgami avait esquissé un sourire et réajusté son panama.

— La police a un dispositif de surveillance autour du siège de l'Irako. S'ils voient quelqu'un du commissariat entrer de sa propre initiative, ce quelqu'un sera bon pour pondre un rapport explicatif.

C'était la même chose en ce qui le concernait. Alors qu'il était sous le coup d'une suspension, si on apprenait qu'il avait pris contact avec le gang à l'origine des troubles actuels, il lui serait difficile d'échapper au licenciement administratif. Quand il avait fait part de ses craintes à Ôgami, celui-ci avait rétorqué que les voitures des yakuzas possédant des vitres teintées, personne ne pourrait le repérer assis à l'arrière. Hioka avait insisté en clamant que lui aussi serait invisible assis à ses côtés, mais Ôgami n'avait tenu aucun compte de ses protestations et s'était écarté de la voiture.

— C'est bon, tu m'attends comme un adulte chez Shino. Si avant minuit, je ne réapparaissais pas, contacte Tomotake et explique-lui la situation en lui disant d'envoyer des hommes au siège de l'Irako.

Hioka avait dégluti. Si Ôgami ne se montrait pas chez Shino, cela reviendrait à dire que quelque chose lui était arrivé.

— C'est un ordre, Hioka.

Pour renforcer son propos, il s'était dirigé vers la cabine téléphonique. Le faire changer d'avis semblait mission impossible. Il était déterminé à parler seul à seul avec Irako.

Hioka avait abandonné l'idée de l'accompagner. Il avait redémarré et roulé un instant avant de s'arrêter à bonne distance de la cabine. Il s'était calé dans son siège et avait observé son chef, debout au carrefour. Au bout d'une dizaine de minutes, une Mercedes-Benz noire s'était approchée lentement avant de s'arrêter. Ôgami était monté à bord. La voiture avait redémarré aussitôt en semblant glisser sur la route, puis avait été rapidement hors de vue.

Le mécanisme était déclenché, on ne pouvait rien y faire, il ne restait plus au lieutenant qu'à aller attendre chez Shino.

Il avait remis le contact et appuyé sur l'accélérateur. Il était environ 19 heures lorsqu'il était arrivé au restaurant. La soirée démarrait à peine, il n'y avait pas encore de client.

Hioka avait décrit la situation à Akiko et lui avait demandé s'il pouvait attendre Ôgami chez elle. En entendant son histoire, elle était devenue soudain très pâle. Hioka s'était alors souvenu de l'interrogatoire de Yoshida à l'étage du restaurant. Quand Ôgami lui avait demandé d'apporter un couteau de cuisine, pas un seul instant son visage de femme forte n'avait tressailli.

— D'accord. Je vais fermer boutique pour aujourd'hui. Attendons-le tranquillement.

Elle s'était dépêchée d'enlever le *noren* de la porte et avait préparé une omelette au poulet.

— Les hommes, hein, on ne sait jamais ce qui va vous arriver. Donc, il faut manger quand vous avez la chance de pouvoir le faire.

Il n'avait pas faim, mais pour ne pas réduire à néant ses efforts de gentillesse, il s'était forcé à engloutir le tout. Akiko devait être bouleversée et très inquiète pour Ôgami car ses mains tremblaient légèrement.

Elle, qui d'habitude était toujours causante, n'avait plus pipé mot. Elle s'était assise au comptoir, à un siège d'écart de Hioka et, menton calé dans les mains, s'était mise à regarder le vide.

À partir de là, seul le bruit de la pendule avait fait écho au silence.

À 23 h 50, la porte du restaurant n'avait toujours pas coulissé. Inquiet et fébrile, Hioka avait changé de place pour se rapprocher du téléphone. Il avait passé les minutes restantes à scruter le combiné et sa montre, en alternance.

Minuit.

Akiko, jusque-là le visage enfoui dans ses bras enroulés sur le comptoir, avait levé vers lui des yeux pleins de larmes. Il avait soulevé le combiné, sorti son carnet et composé le numéro du domicile de Tomotake. Il était sur le point de faire tourner une dernière fois le cadran lorsque la porte du restaurant s'était ouverte.

Le commandant était là.

— Désolé de vous avoir fait attendre.

Il avait son expression habituelle et semblait intact.

Akiko et Hioka avaient mêlé leurs voix.

— Ôgami-san !

Et le lieutenant s'était donné la contenance de quelqu'un qui n'avait pas été broyé par l'inquiétude. Un énorme sentiment de soulagement l'avait envahi, la tension s'était relâchée et de multiples pensées avaient fusé dans son esprit. Akiko, elle, n'était pas parvenue à domestiquer sa colère. Elle avait toisé

Ôgami d'un air farouche tout en lui tendant une petite serviette chaude avec des gestes brusques.

— Qu'on me donne une bière, avait-il dit comme s'il n'avait rien à se reprocher.

Akiko avait déposé devant lui une bouteille et un verre en faisant le plus de vacarme possible. Poussant un soupir de soulagement, Hioka avait regagné son tabouret au comptoir.

— Encore un peu et j'appelais Tomotake. Ça s'est passé comment au QG de l'Irako ?

— Oh, calme-toi, avait rétorqué tranquillement Ôgami avant de boire d'une lampée, et avec un plaisir manifeste, la moitié de sa bière.

Il avait détaillé les conditions proposées par Irako pour un compromis avec l'Odani. Il exigeait que Nagakawa, qui avait tiré sur Yoshiwara, se coupe un doigt, qu'une enveloppe d'un million de yens couvre les frais d'hôpitaux et que Kenji Odani prenne sa retraite.

Hioka, jugeant la proposition exagérée, n'avait pas hésité à donner son point de vue. Si l'on se contentait de regarder en vitesse les faits, l'Odani était le coupable et l'Irako la victime, mais la raison pour laquelle Nagakawa avait tiré était liée aux incessantes provocations du Kakomura, qui œuvrait pour l'Irako. Oui, vue sous cet angle, la proposition de compromis dépassait clairement les bornes.

— C'est pas fini, avait ajouté Ôgami dans un souffle. Ils veulent aussi l'expulsion d'Ichinose.

À bout de patience, Akiko, jusque-là silencieuse, était intervenue.

— La retraite du boss, l'expulsion du numéro deux, ça revient à demander la dissolution du gang Odani.

Elle était venue s'asseoir à côté du commandant.

— Cette proposition, tu ne l'as pas acceptée, bien sûr.

Il l'avait alors regardée avec la bienveillance d'un père face à une gamine proférant une absurdité.

— Il n'y a aucune raison d'avaler une proposition pareille, mais…

Sous l'effet de la surprise, elle avait eu un soudain mouvement de recul. Il avait alors détaillé sa contre-proposition. La retraite d'Odani, la reddition à la police de Nagakawa et l'enveloppe pour les dépenses hospitalières.

Le fait qu'il accepte la retraite de Kenji Odani était inattendu. La proposition de la reddition de Nagakawa avait du sens compte tenu des circonstances, Yoshiwara risquait de rester handicapé et payer les frais était logique. Mais entériner le départ de Kenji Odani, alors qu'il allait sortir de prison, ne correspondait pas vraiment à la méthode Ôgami. Le gang Odani était composé de peu de membres, mais il était extrêmement prestigieux. On voyait mal le grand Kenji avaler sa fin de règne sans réagir et on n'imaginait guère Ichinose donner son accord.

Hioka avait exprimé une fois de plus ses doutes.

— En vérité, avait repris le commandant, Odani n'est pas du genre à prendre sa retraite parce que quelqu'un le lui demande. (Il termina sa bière avant d'ajouter :) Mais, l'honorable Odani a pris de l'âge. Indépendamment des événements, son départ n'est plus très éloigné. On peut lui expliquer qu'en laissant la place, il aide Ichinose. Et si c'est pour soutenir son numéro deux, l'honorable Odani acceptera, et sans couper les cheveux en quatre. En fait, je pense même qu'il sera content de se retirer.

Il avait probablement raison. Hioka n'avait rencontré Odani qu'une fois, mais il lui avait fait l'impression d'un homme qui n'était attaché ni à son statut ni à l'argent. Effectivement, on pouvait l'imaginer tirant sa révérence de bonne grâce. Pour le bénéfice d'Ichinose. Pour autant, le lieutenant se doutait bien que la mélancolie du retraité était la même, que l'on soit bon citoyen ou yakuza. Au-delà du soulagement de ne plus avoir de responsabilités, restait le sentiment de solitude du vieux soldat qui n'est plus en première ligne.

En tout cas, une telle décision permettrait de calmer le jeu un certain temps.

— Un beau résultat, avait-il dit en levant son verre. C'était vraiment difficile, pourtant vous y êtes arrivé, chef.

Mais Ôgami l'avait interrompu.

— Ça ne s'arrête pas là. Irako exige toujours l'expulsion d'Ichinose.

Il avait expliqué que c'était le point noir. Ni Irako ni lui n'avait voulu céder. Et les pourparlers s'étaient achevés sans qu'on trouve un accord.

— Et qu'est-ce qui s'est passé ensuite ? avait demandé Hioka d'une voix pressante.

Ôgami avait grimacé.

— Irako, je n'avais pas d'autre choix que de lui faire ravaler sa salive, alors j'ai posé une pierre. Comme au jeu de go.

— Et alors ? s'était impatientée Akiko.

— Avant que son gang ne devienne important, Irako a trempé dans les embrouilles les plus glauques.

Agressions en tout genre, chantage, fraude, trafic de stupéfiants, meurtre. Ça va plus vite d'énumérer les crimes qu'il n'a pas commis. Mais bon, peu ou prou, tous les gangs se ressemblent, c'est juste une question de degré dans l'illégalité.

Et il s'était interrompu avant de se tourner vers Hioka.

— Toi, tu sais ce qui est le plus effrayant pour un yakuza, hein ?

La maladie, la mort et d'autres notions déplaisantes étaient venues à l'esprit du lieutenant. Mais ce n'était pas spécifique aux yakuzas. Le chef, qui les pratiquait depuis longtemps, pensait sans doute à un aspect qui ne concernait qu'eux. Hioka s'était creusé encore un peu la tête avant d'admettre qu'il n'en avait pas la moindre idée.

Ôgami s'était resservi lui-même de la bière.

— Pour un yakuza, avait-il déclaré, la chose la plus effrayante est de ne plus pouvoir vivre dans le monde des yakuzas.

— Alors vous détenez une info sur Irako ? avait demandé Hioka avec ferveur. Et si ça venait à se savoir, la Jinsei le jetterait ? Il serait banni de la fédération de gangs ! C'est ça, n'est-ce pas ?

L'expulsion et le bannissement punitif étaient deux situations différentes. Dans le monde des yakuzas, la seconde sanction était la pire. En cas d'expulsion, si le boss l'autorisait, il y avait toujours la possibilité pour l'homme congédié de retrouver une place dans son gang d'origine. En revanche, en cas de bannissement punitif, aucun retour n'était envisageable. Et le gang qui oserait reprendre en son sein le yakuza banni serait considéré comme hostile. Ce qui équivalait à une peine de mort.

— Ouais, c'est quelque chose comme ça, avait confirmé Ôgami. J'ai effectivement une info qui, si elle était connue, empêcherait Irako de vivre dans le monde des yakuzas.

Surprise et retenant son souffle, Akiko s'était rapprochée de lui.

— Ça fait longtemps que je suis en rapport avec les gangs, avait-il continué. Et je me suis occupé d'un grand nombre d'affaires. Dans le tas, par manque de preuves et bien que le coupable soit connu, certaines n'ont pas débouché sur des arrestations. L'une de ces affaires concerne Irako.

Il avait ensuite expliqué comment Irako, alors débutant, avait éliminé le second de son gang pour se faire nommer à sa place. Son rival était en train de pêcher sur une côte rocheuse lorsqu'une forte vague l'avait emporté, et il était mort noyé, accidentellement. C'était du moins la version officielle. En réalité, Irako lui avait fait boire des somnifères avant de le jeter à la mer. Pour les yakuzas, tuer le boss de son propre gang ou un Grand frère était considéré comme l'acte le plus haïssable que l'on puisse imaginer. Si cet assassinat venait à être connu, c'en était fini d'Irako.

Ôgami avait resserré sa main sur son verre.

— J'ai gardé cette histoire au chaud parce qu'elle a du corps, avait-il ajouté. J'ai juste attendu le bon moment pour qu'elle trouve son utilité. Et donc, j'ai annoncé à Irako que s'il insistait au sujet de l'expulsion d'Ichinose je révélerais l'information qu'il souhaite à tout prix garder secrète.

Sans preuve, la police ne pouvait pas procéder à une arrestation. Le procureur était tout aussi démuni pour faire avancer une affaire. Mais chez les yakuzas, c'était différent. S'il y avait un témoin ou si la rumeur se propageait, cela pouvait être létal pour l'homme impliqué.

— En m'entendant, il a changé de couleur. Au jour d'aujourd'hui, la reddition de Nagakawa et l'argent pour l'hôpital sont des points d'accord. En échange, il retient les jeunes de son gang qui sont d'humeur meurtrière. Suite à ça, j'ai contacté immédiatement Ichinose à propos de la reddition de Nagakawa, mais il a refusé. J'ai pensé que je réussirais à le convaincre plus tard et j'ai quitté le siège de l'Irako.

Après ces révélations, Hioka s'était senti écrasé par la fatigue. Akiko avait quant à elle pris sa tête entre ses mains avant d'expulser un grand soupir. Les regardant tour à tour, Ôgami s'était étiré, mains derrière la nuque.

— Eh bien, pour être honnête, moi aussi ça fait un bail que je n'ai pas été aussi fatigué. Si j'appelle Ichinose maintenant, j'ai peu de chance de le convaincre. Je lui téléphonerai demain. Aujourd'hui, on s'arrête là.

Il avait demandé du saké froid. Akiko, rassurée par le résumé de toute l'histoire, avait retrouvé des yeux rieurs et était repartie derrière son comptoir pour le servir.

Cette scène avait eu lieu trois jours auparavant. Ça semblait une éternité.

— Bon, finalement, dit Hioka, décidé à trancher dans le vif du sujet, Irako vous a recontacté au sujet de l'expulsion d'Ichinose ?

Ôgami hocha la tête négativement.

— Pas encore.

Le délai de la promesse expirait aujourd'hui. Pourquoi cela tardait-il tant ? Ôgami voulut calmer l'impatience de son lieutenant.

— Quand il faut choisir entre exterminer son pire ennemi ou se mettre soi-même la corde au cou, le moment est critique. Pour Irako, le choix est difficile. (Il se mit à rire.) De son point de vue, je suis un ennemi presque aussi ennuyeux qu'Ichinose.

Hioka sentit qu'il y avait anguille sous roche.

— Il s'est passé quelque chose ?

Le visage du commandant redevint sérieux.

— Celui qui m'a dénoncé à Kousaka au sujet des cinq millions de yens, c'est bel et bien Irako.

Son ton ne laissait aucune place au doute.

— Vous avez la preuve ?

Ôgami lui expliqua que tout en lui demandant de fouiner dans l'entourage du journaliste Kousaka pour savoir d'où l'information avait filtré, il avait conduit ses propres recherches. Ceux qui connaissaient l'existence de l'affaire, à part lui-même et Hioka, et en éliminant Akiko et Yoshida qui avait récupéré l'argent après ses aveux, il ne restait que les gens de l'Odani. On les voyait difficilement parler à Kousaka. Mais il y avait une autre piste. Elle était à trouver dans le fait que, sans penser à mal, les jeunes yakuzas aimaient à se griser.

— Tu les entends dire des trucs du genre « Notre boss est généreux » ou bien « Untel a du caractère ». En gros, ils apprécient de raconter les exploits glorieux de leur gang. Ichinose a confronté ses jeunes. On avait vu juste. L'un d'eux s'est vanté auprès d'une hôtesse d'un bar où il a ses habitudes de ce qu'Ichinose avait refusé la forte somme d'argent offerte par le retraité Nozu. Mais des membres de l'Irako fréquentent ce même bar. Lorsque ces gars ont su que j'avais récupéré les cinq millions de yens, ils en ont parlé à leurs *kanbu*, lesquels ont informé à leur tour le boss Irako. Y voyant un moyen de se débarrasser de moi, Irako a demandé à l'un de ses juniors de faire parvenir l'information à Kousaka. Je te passe les détails mais l'essentiel est là.

Il n'y avait aucune preuve, mais l'enchaînement de situations semblait logique.

— Bien des gens veulent ma peau, à l'extérieur comme à l'intérieur, continua Ôgami.

À l'intérieur. Voulait-il parler de la police ? Il le questionna et Ôgami murmura sa réponse en gardant les yeux rivés devant lui.

— L'Inspection des services a commencé à bouger.

Le cœur du lieutenant se mit à battre la chamade, ses mains devinrent moites. Ôgami ajouta qu'il avait téléphoné à Takii pour lui demander de convaincre Irako dans le cadre de la négociation avec l'Odani. Takii avait répondu qu'il ferait de son mieux, mais en avait profité pour le prévenir. Il apparaissait que cette fois, la police des polices était vraiment en train d'étudier son cas.

— L'information de Takii semble véridique. L'Inspection a lancé une enquête sur moi.

Akiko, occupée à remplir leurs assiettes du contenu fumant d'une cocotte, prit un air inquiet. Ôgami tenta d'alléger l'atmosphère avec une plaisanterie.

— Les hommes de qualité ont beaucoup d'ennemis, non ? Bon, ma réputation est déjà établie. Être dans la ligne de mire des ennemis fait partie de ma vie.

Elle laissa échapper un petit rire.

Le chef attrapa son paquet de cigarettes posé sur le comptoir et coinça une Peace entre ses lèvres. Hioka sortit le Zippo gravé de sa poche et l'alluma prestement.

Ôgami regarda le briquet d'un air satisfait.

— Il a l'air de bien marcher.

Il avait raison, ce « briquet au loup » était facile à utiliser. Contrairement aux breloques à 100 yens, il produisait une flamme claire. Et du premier coup. Tandis que le lieutenant jouait avec le capuchon, le commandant rapprocha son visage du sien. Son regard restait tourné vers la petite cuisine où Akiko s'activait.

— La réponse d'Irako devrait m'arriver dans la nuit, murmura-t-il. Il choisira probablement la voie où il n'abat pas son ennemi pour conserver sa propre vie. Mais la vie, hein, bon. Partout où il y a des pentes, il y a des gens qui culbutent. Il y a un risque sur cent, mais si quelque chose m'arrivait… Hioka, je te demande…

Son ton était solennel. Un risque sur cent, ça signifiait qu'Irako n'accepterait pas de clore l'incident, que la négociation échouerait et que Kurehara se transformerait en champ de bataille. Il lui confiait la responsabilité de la situation ? Pourquoi ? Il allait lui demander lorsque Akiko resurgit.

— Vous avez une mine bien sérieuse tous les deux. De quoi pouvez-vous bien parler ?

Ôgami passa son bras autour de l'épaule de Hioka et le serra contre lui.

— Ce garçon, il a des vues sur une fille, mais il n'est pas doué. Il ne sait pas comment s'y prendre pour gagner son cœur. Tu pourrais lui enseigner comment faire tomber les filles ?

Hioka pensa nier avec énergie, mais abandonna vite l'idée. Évoquer le contenu exact de leur conversation ne ferait qu'alarmer Akiko. Il valait mieux qu'il soit le seul à brasser de sombres pensées.

Le chef se leva de son tabouret.

— Bon, je vais y aller.

— Tu rentres déjà ? demanda Akiko.

Il était 22 h 30, pour Ôgami, c'était à peine le début de la soirée. Son panama reposait sur le comptoir. Il s'en coiffa de biais et rit comme s'il mijotait une plaisanterie.

— Je suis assigné à résidence, mais pas ma vieille copine. Il faut donc qu'elle s'amuse un peu.

C'était une blague sexuelle un peu lourde et surtout une excuse. Hioka pensa qu'en réalité, il rentrerait chez lui pour attendre l'appel téléphonique d'Irako et sa réponse. Dans une telle situation d'urgence, ce n'était pas le moment d'aller s'amuser.

— Ne fais pas jouer ta vieille copine à des jeux trop violents, répliqua Akiko avec un regard aiguisé.

Comme à son habitude, Ôgami fit coulisser la porte du restaurant et, dos tourné, les salua d'un geste de la main.

11

Journal

23 juillet 1988

9h00, réunion avec le directeur Itsuki.

15h40, appel téléphonique du chef de gang Takii.

16h00, je rencontre Takii au café Cosmos.

[redacted]

Après 20h00, Takii et moi nous retrouvons chez Shino.

[redacted]

Il frappa. Personne ne répondit. Il frappa encore.

— Ôgami-san, c'est moi, Hioka !

Aucune réaction. Comme d'habitude, la porte métallique n'était pas verrouillée. Il ouvrit, lentement.

Du seuil, il distinguait la pièce tatami. Le futon qui semblait oublié depuis un siècle ; les vêtements jetés en désordre ; sur la table, le verre de whisky abandonné. Quatre jours auparavant, l'appartement était dans le même état.

« Qu'est-ce que tu me veux à pareille heure ! Je viens juste de me coucher, moi… » Le faible espoir d'entendre la voix grognonne se pulvérisa et l'inquiétude gagna du terrain. Cela faisait cinq jours que le commandant était sorti de chez Shino en pronostiquant une réponse imminente d'Irako.

Depuis, plus de nouvelles.

Hioka avait la certitude que ce 18 juillet, après avoir quitté le restaurant, il avait rencontré le chef de gang ; pour Ôgami, chaque minute comptait, ce n'était pas le moment de se la couler douce et il avait utilisé l'atout caché dans sa manche pour bloquer Irako. Lequel n'avait plus le choix qu'entre obtenir l'expulsion d'Ichinose ou protéger sa propre réputation parmi les yakuzas. Et donc, dès le lendemain, soit le 19 juillet, Hioka était passé au domicile d'Ôgami avant de prendre son service et l'avait trouvé tel quel.

Il était 6 h 30, autant dire le milieu de la nuit pour le commandant qui, s'il avait vu Irako la veille, dormait encore. Hioka avait hésité, puis son impatience à connaître la réponse du boss avait pris le pas. De plus, un face-à-face était préférable à un coup de fil pour gérer la colère éventuelle d'un Ôgami tiré du lit.

Et puis, il y avait eu ce rêve.

Hioka se réveille, constate qu'il est bientôt midi, se change, sort de chez lui. Clef dans la serrure, il a la sensation d'oublier quelque chose. Le Zippo que lui a remis Ôgami. Et qui est toujours dans sa poche de pantalon. Ah, pas cette fois. Dans sa poche de chemise ? Non. Il fouille sa chambre. Rien. Que faire ? Ce briquet, le chef y tient et fera toute une histoire en cas de perte. Hioka veut poursuivre sa recherche, mais son corps ne répond plus. C'est comme s'il évoluait dans l'eau. Ses mouvements sont ralentis, son irritation est à son comble, sa respiration haletante.

En émergeant de son rêve, il avait constaté qu'il était en sueur. Il avait bu un grand verre d'eau, l'impression de malaise ne s'était pas dissipée, il s'était débarrassé de ses vêtements trempés et précipité chez le commandant.

Il avait frappé. Pas de réponse. La porte n'était pas verrouillée. Le chef devait être encore sous l'emprise de l'alcool. Coup d'œil à l'intérieur. Personne.

En fait, le désordre suggérait une sortie précipitée. Du coup, Hioka s'était senti libéré de l'angoisse de son rêve. Il y avait une explication ; les négociations avec Irako s'étaient sûrement bien terminées, et pour fêter ça, Ôgami dormait dans le lit d'une petite amie.

Il était reparti au commissariat.

Dans le milieu de l'après-midi, ayant fini son travail, il avait téléphoné une nouvelle fois au domicile de son chef. Toujours rien. Son inquiétude s'était alors ravivée. Même saoul, aucun risque qu'Ôgami n'annonçât pas le résultat des pourparlers. De plus, en cas de succès, il était du genre à appeler à n'importe quelle heure. La tension était redevenue insoutenable. Hioka avait tenté de le joindre en utilisant son pager. En vain.

Le soir, il était repassé devant l'immeuble. L'appartement était plongé dans le noir.

Cela faisait un mois et demi qu'il travaillait sous ses ordres ; même si c'était parfois difficile de lui mettre la main dessus, on pouvait toujours communiquer avec lui. S'il ne décrochait pas toujours son téléphone, Ôgami ne manquait jamais de rappeler lorsqu'on utilisait son pager.

Oppressé par une peur grandissante, le lieutenant avait téléphoné à Tomotake depuis une cabine publique.

Jamais il n'aurait révélé à Itsuki que son chef était absent malgré son assignation à résidence, mais à Tomotake, il pouvait le dire. En fait, il devait le dire.

Après tout, c'était lui qui avait considéré que seul Ôgami était apte à calmer le jeu entre les gangs. Et utilisé Hioka comme intermédiaire pour ordonner implicitement à Ôgami d'intervenir.

— Il est clair que l'absence de contact est préoccupante, avait répliqué Tomotake au téléphone. Mais la discussion avec Irako doit être salement tortueuse. Si ça se trouve, Ôgami s'active tellement pour éviter le désastre qu'il n'a pas le temps de téléphoner. Et comme il est censé être chez lui, il m'est difficile de faire un rapport à la hiérarchie.

Ce qui était clair, c'était qu'il cherchait à se protéger et à éviter la sanction. Hioka avait absorbé ses déclarations en silence. Bien sûr, elles n'avaient en rien apaisé son appréhension.

— Il en a vu d'autres, avait ajouté Tomotake d'un ton dégagé. Inutile de te faire du souci, il refera bientôt surface.

Le lieutenant était revenu vers l'immeuble. Toujours aucune lumière. Essayant d'adopter l'optimisme de Tomotake, il était reparti.

Mais Ôgami n'avait pas réapparu, ni le lendemain ni le surlendemain.

Hioka s'était rendu plusieurs fois à l'appartement et avait continué d'utiliser le pager. Sans résultat. À bout de patience, il avait coincé Tomotake dans un couloir désert. Ce dernier n'était pas en mesure de répondre à la question qui lui brûlait les lèvres, mais il l'avait tout de même posée.

— On fait quoi pour Ôgami ? Il faut expliquer la situation à Itsuki.

Hioka se moquait d'avoir enfreint les règles en demandant à Ôgami d'intervenir. Itsuki le prendrait mal, tant pis. Tout ce qui comptait c'était de s'assurer que le commandant était sain et sauf.

— J'en sais rien ! avait répliqué un Tomotake énervé.

Il avait ajouté qu'il préviendrait Itsuki, et qu'en attendant d'en savoir plus le lieutenant pouvait rentrer chez lui. C'était justement l'heure de la fin du service.

Les interrogatoires de Nawashiro se poursuivaient. Il avait été présenté au procureur pour l'enlèvement d'Uesawa, puis placé de nouveau en garde à vue pour suspicion de meurtre, destruction et abandon de cadavre. Ces interrogatoires étaient dirigés par Doi et Kurita, déterminés à mettre le paquet pour l'obtention d'aveux complets et détaillés. D'ici à ce que ce soit terminé, l'équipe d'Ôgami était plutôt libre de son temps.

— Non, je reste ici jusqu'à ce qu'un plan d'action soit décidé.

— Tu t'es vu, Hioka ? Tu as la tête d'un gars qu'on pourrait embarquer illico à l'hôpital. Tu ferais mieux d'aller manger et dormir.

Le lieutenant s'était frotté le visage des deux

mains. Il ne s'était pas rasé depuis des lustres et sa barbe lui avait râpé les paumes, il avait pu constater que ses joues s'étaient creusées. Depuis qu'il était sans nouvelles d'Ôgami, il n'avait pratiquement rien avalé, et ne dormait que quelques heures à l'aube. Il avait également oublié de prendre son bain, et passait son temps libre à arpenter les endroits où le chef était susceptible de se trouver.

— Si un équipier d'Ôgami s'écroule en son absence, je serai ennuyé. Tu rentres chez toi et tu te reposes. C'est un ordre.

Si c'était un ordre, il n'y avait plus rien à rétorquer. Pour lui redonner courage, Tomotake lui avait tapoté l'épaule avant de tourner les talons.

Ça, ça s'était passé hier soir.

Refermant la porte du domicile d'Ôgami, Hioka se rendit au commissariat. Une fois à son poste, il ouvrit l'un des classeurs entassés sur son bureau, mais eut beau se forcer à s'y intéresser, il ne vit que le visage du commandant danser dans son esprit. Pourvu que Tomotake ait bien prévenu Itsuki. C'était tout ce qui l'intéressait pour le moment.

Son travail de classement administratif ne progressa nullement.

Enfin, Tomotake, l'air sévère et tendu, s'approcha. Et lui demanda de le rejoindre en salle de réunion. À sa tête, Hioka devina que c'était à propos d'Ôgami. Il abandonna ses dossiers.

Tomotake et Itsuki étaient déjà dans la salle, côte à côte. Le directeur avait l'expression d'un homme venant d'ingurgiter du fiel. Hioka s'assit face à eux.

Itsuki, coudes sur le bureau, tête entre les mains, le dévisagea un court instant.

— Tomotake m'a dit qu'Ôgami était injoignable.

Le regard du lieutenant s'arrima au bureau.

— C'est le cinquième jour aujourd'hui. Ce matin, je suis repassé chez lui, il n'a toujours pas réapparu.

Le directeur reprit la parole comme s'il lisait un discours préparé.

— Alors qu'il essayait de jouer les intermédiaires entre l'Irako et l'Odani pour éviter un conflit, il n'a plus donné de nouvelles. Il a sans aucun doute eu des ennuis.

Des ennuis. Hioka pensa au comptable Uesawa emprisonné dans le hangar portuaire et il imagina son chef, écroulé sur un sol de béton ensanglanté.

— S'il vous plaît, il faut faire quelque chose. Partons à sa recherche !

— Ça, je ne le peux pas.

Il se demanda s'il avait bien entendu. Itsuki s'expliqua.

— Hier soir, après avoir été prévenu par Tomotake, j'ai immédiatement informé le directeur de la police préfectorale. Il m'a demandé de passer. C'est ce que j'ai fait avec Tomotake.

À cette réunion se trouvaient plusieurs pontes. Après une longue discussion animée, il fut décidé que la disparition d'Ôgami ne serait pas rendue publique.

Le sang monta à la tête de Hioka. Il se leva d'un bond.

— Ça ne nous empêche pas d'enquêter ! rugit-il. Quoi, vous voulez dire qu'on ne peut pas déployer nos forces et chercher ? On ne peut pas perquisitionner l'Irako ?

Il avait oublié qu'il s'adressait à un supérieur, ne

parvenait plus à réprimer la colère. Sa hiérarchie avait fait une croix sur Ôgami.

— Calme-toi ! dit Tomotake.

Hioka le regarda bien en face. Le visage de Tomotake était impassible et son regard déterminé. Le rocher de la hiérarchie. À lui tout seul.

Brailler ne résoudrait rien. Le lieutenant se rassit.

— Tu as lu le *Quotidien d'Hiroshima* d'hier, n'est-ce pas ? demanda Itsuki d'une voix égale.

Hioka se remémora la chronique « Vent frais, vent froid ». Rédigée par différents journalistes, elle n'était jamais signée. Celle d'hier avait fait un peu de bruit dans la Seconde division. Elle faisait référence à la nouvelle d'un recueil de Shûgorô Yamamoto[1], dans laquelle il était question de tofu, la pâte de soja fermenté. « Pour faire du tofu, il faut de la saumure », commençait le journaliste, « en l'ajoutant à la préparation, on constate une séparation nette entre ce qui deviendra le tofu et ce qui n'en est pas ». Il suggérait ensuite de jeter de la saumure sur les policiers, afin de séparer les intimes des yakuzas de leurs collègues intègres, et d'expulser les mauvais éléments.

Ce billet ne nommait personne, mais au commissariat chacun avait compris qu'Ôgami était visé. L'auteur était à coup sûr Kousaka ; et celui qui manipulait les fils de la marionnette Kousaka, Irako. En lisant l'article, son visage était apparu à Hioka. Ce type avait très bien anticipé l'effet de

1. Auteur de littérature populaire (1903-1967). Ses romans ont inspiré, entre autres, le cinéaste Kurosawa (*Dodes'kaden*) et le dessinateur de manga Mochizuki (*Chiisakobe*).

cette attaque médiatique. Le standard du commissariat avait réceptionné des appels énervés. Ceux des « maniaques de la police » qui suivaient le moindre début de scandale avec passion. Ils avaient compris que l'article ciblait Ôgami. Plusieurs avaient réclamé sa démission.

— Si après ça, on lance une enquête, continua Itsuki, les médias focalisés sur la collusion entre les yakuzas et la police se réjouiront. Ils écriront qu'Ôgami, craignant que ses liens avec les gangs soient découverts, avait préféré disparaître dans la nature. Et les citoyens qui croient tout ce que racontent les journalistes s'énerveront. En retour, les journaux continueront de publier pour envenimer les choses, et nous aurons des ennuis.

Il voulait terminer là, mais Tomotake intervint.

— De plus, si les journalistes apprennent qu'Ôgami est assigné à résidence, ils renifleront partout pour savoir pourquoi et ça deviendra très pénible. S'il vient à être connu qu'Ôgami, quelles que soient ses raisons, a reçu une grosse somme d'argent des yakuzas, aucune excuse ne sera admise. Ce sera un problème non seulement pour lui, mais aussi pour la crédibilité, face à l'opinion, de la police dans son ensemble.

Un raisonnement qui en valait un autre ; Hioka comprenait la nécessité de préserver l'institution. Mais on ne pouvait pas laisser Ôgami mourir sans rien faire.

Ils l'avaient utilisé ; et à la première étincelle, ils le lâchaient ? C'était une décision sans cœur. Le lieutenant ressentait une vive colère à l'égard de sa hiérarchie.

— Je ne suis pas d'accord.

Ses deux chefs affichaient une expression de calme, mais il avait senti poindre dans leur discours une certaine honte, bien que cachée. Humainement, personne au commissariat ne pouvait être d'accord avec cette décision.

Mais, apparemment, ils avaient les mains liées.

Itsuki tenta une ouverture diplomatique.

— Une enquête officielle est impossible mais, à la fin de la réunion d'hier, la direction préfectorale a laissé filtrer l'info selon laquelle Ôgami était injoignable. En ce moment même, dans tous les commissariats locaux, il y a des gens qui sont attentifs.

Attentifs ? Autant dire que personne n'était réellement en train de chercher.

— On ne pourrait pas fouiller le siège de l'Irako et les endroits du même genre sous un faux prétexte ? Comme ça, les médias ne remarqueront pas la disparition d'Ôgami.

Tomotake refusa catégoriquement.

— Il y a un risque qu'il ait été enlevé. Vu qu'on n'a aucune info, tout ce qu'une perquisition ou une enquête peut faire, c'est le mettre en danger.

Fin de la discussion. Hioka sut que ses arguments ne seraient plus entendus. Itsuki se leva.

— Honnêtement, depuis longtemps, il n'est qu'une source de problèmes, soupira-t-il.

Le ton était bénin, mais ça sonnait comme une méchanceté.

— Assez parlé pour le moment, murmura-t-il.

Et il quitta la salle de réunion.

*

Hioka acheta un *bento* au supermarché et se dirigea vers le square pour enfants. À cinq minutes à pied du commissariat, il était noyé dans la chaleur et la lumière du plein été. S'il était allé au restaurant du sous-sol, il aurait bénéficié de l'air conditionné, mais il voulait être seul.

Il s'assit sur un banc à l'ombre et déballa son repas au saumon. Bien qu'il eût faim, le goût lui parut déplaisant ; il en laissa plus de la moitié, puis jeta l'emballage et les restes à la poubelle. Il revint au commissariat.

Il était occupé à de la paperasserie quand le téléphone sonna.

— Allô ? Il est là Hioka ?

L'homme murmurait, mais la voix était familière. C'était Takii, le chef de gang. Pressentant que ça concernait Ôgami, le lieutenant opta pour un ton encourageant.

— Hioka à l'appareil !

Takii lui demanda s'il y avait moyen de le rencontrer dans les parages. Le lieutenant supposa qu'ayant eu vent de la disparition, il voulait transmettre des infos de vive voix. Il était 15 h 40, le café Cosmos de la rue Akaishi se trouvait à dix minutes en voiture. À voix basse, il lui donna rendez-vous là-bas à 16 heures.

— Compris, dit Takii avant de raccrocher.

Hioka annonça à Tomotake qu'il avait un détail à vérifier dans le dossier de la disparition d'Uesawa et devait rencontrer le loueur de bateaux.

Il se gara près du café. Deux jeunes postés devant l'entrée, probablement des membres du gang Takii, le dévisagèrent. Il entra. Le boss était assis à la table du fond ; ils étaient les seuls clients. Le patron lisait le journal derrière son comptoir. Hioka commanda un café et s'assit face à Takii. Le cendrier contenait une colline de longs mégots ; des cigarettes presque entières dont le yakuza n'avait tiré qu'une ou deux bouffées, ce qui trahissait sa nervosité.

— Ôgami, il lui est arrivé un sale truc ?

Ses contacts lui avaient appris que tous les commissariats de la préfecture avaient été alertés de sa disparition.

— La police fait comme si elle roupillait, reprit-il, mais en fait elle laisse l'info pisser partout. C'est forcément un sale coup. Il lui est arrivé quoi ?

Le ton était patient, l'expression un peu éteinte, mais les yeux semblaient ordonner : « Raconte-moi ce que tu sais. »

Hioka était mal à l'aise. Il connaissait le lien fraternel entre Takii et Ôgami, c'était presque une relation entre membres du même gang. Mais Takii était aussi un des dirigeants de la fédération Jinsei, dont Irako était le vice-président. Un yakuza restait un yakuza. Pour le moment, il se préoccupait du sort du commandant, mais selon la tournure que prendraient les événements, il pourrait retourner sa veste au profit d'Irako. Jusqu'à quel point pouvait-on lui faire confiance ? Le lieutenant l'ignorait.

Il resta silencieux. Takii comprit vite ses états d'âme. Il se leva et l'agrippa par le col.

— Qu'est-ce que tu fous là comme un gland ?! Ôgami est dans la merde. Il s'est passé quoi ? Crache-moi le morceau !

Étranglé, incapable d'articuler, Hioka se débattit pour lui faire lâcher prise. Alertés par les cris, les jeunes stationnés au-dehors arrivaient, l'air menaçant.

— On vous a demandé de rappliquer ? aboya Takii. Cassez-vous. Et en silence.

Têtes basses, les deux juniors sortirent en vitesse. Takii relâcha prise et repoussa violemment Hioka, qui s'effondra avec sa chaise. Il se releva en reprenant son souffle. Comme si de rien n'était, le patron s'approcha avec son plateau. Il redressa la chaise, servit le café et retourna à son comptoir.

Hioka se rassit.

Takii semblait s'être un peu calmé. Il alluma une cigarette avant de reprendre sa place.

— Bon, alors, tu bois pas ton café ?

Le lieutenant comprit que son interlocuteur n'avait pas de mauvaises intentions, il s'inquiétait réellement pour la survie d'Ôgami. Il but une gorgée de son café, puis détailla les faits depuis l'assassinat par un membre du Kakomura du jeune Yanagida jusqu'aux tirs sur Yoshiwara du gang Irako.

— Si on ne fait rien, la quatrième guerre des gangs d'Hiroshima se déclenchera. C'est pour l'éviter qu'Ôgami a cherché un compromis avec Irako. Ce qu'Irako a proposé est à sens unique. Ôgami a accepté, à une seule exception.

Il énuméra les points d'accord. Takii écrasa sa cigarette dans le cendrier.

— Et qu'est-ce qu'Ôgami a refusé d'avaler ?

Hioka soutint son regard.

— L'expulsion d'Ichinose.

Le visage du boss changea de couleur.

— Hein ?! Cet enfoiré a pas seulement demandé la retraite d'Odani ! Il veut l'expulsion d'Ichinose…

— Ôgami a bien entendu refusé. Mais Irako s'est obstiné. Il a exigé le départ d'Ichinose. Ôgami lui a alors balancé que s'il ne retirait pas sa demande d'expulsion, il rendrait publique une certaine information, qui lui coûterait très cher.

— Cette info, c'est quoi ?

Sans l'autorisation d'Ôgami, Hioka ne pouvait pas tout dévoiler et il fit une réponse a minima.

— Une information qui, si elle était connue, contraindrait Irako à quitter le monde des yakuzas.

Takii écarquilla les yeux, puis sembla comprendre de quoi il s'agissait.

— Irako, il a réagi comment ?

Hioka se mordit les lèvres.

— En demandant qu'on patiente jusqu'à la fin de semaine pour sa réponse. La date limite était lundi. Et la dernière fois que j'ai vu Ôgami, c'était justement lundi soir chez Shino, vers 22 h 30. Quand il a quitté le restaurant, j'ai pensé qu'il irait attendre chez lui la réponse d'Irako. Depuis, je n'ai plus réussi à le contacter.

— Même pas une seule fois ?

— Non.

— Il est pas chez lui ? Et son pager ?

— Je n'ai aucune nouvelle, répondit Hioka en baissant la tête.

Les questions de Takii sonnaient comme des reproches et transperçaient sa poitrine. Il semblait lui dire : « Comment se fait-il que toi, son aide de camp, tu ne l'aies pas accompagné ? »

Le lieutenant repensa à l'appartement du commandant. Un désert. Plus âme qui vive.

Le boss poussa un long soupir, fouilla son attaché-case, en sortit un téléphone mobile de la taille d'un gros talkie-walkie et composa un numéro sur le clavier. Où téléphonait-il donc ?

— Vice-président ? C'est Takii, j'ai besoin de te parler d'urgence. On pourrait se voir maintenant ?

Hioka comprit qu'il s'adressait au vice-président de la Jinsei. Lequel n'était autre qu'Irako.

Takii venait de frapper directement à la porte d'Irako. Là où la police refusait d'aller.

— Ouais, j'suis à Kurehara. Ouais, on peut dire ça. T'aurais du temps pour moi ? Une fois qu'on aura fini, j'rentrerai direct à Hiroshima. Ouais, ça m'va.

Il termina sa communication.

— Bon, t'as entendu, j'passe voir Irako. Après lui avoir causé, j'irai chez Shino. Retrouve-moi là-bas, j'm'occupe de prévenir la mama-san.

Sans attendre la réponse, il se dirigea vers la porte. Il avait la main sur la poignée, lorsqu'il se ravisa. Il sortit de sa poche une liasse de billets de 10 000 yens retenue par un clip magnétique et en posa un sur le comptoir, devant le patron.

— En m'excusant pour l'agitation.

Le patron leva les yeux de son journal et, sans un mot, inclina la tête.

Alors qu'il franchissait le seuil, Takii fut interrompu par une sonnerie.

Il émit un claquement de langue et fit resurgir son téléphone.

— J'suis occupé, là ! répliqua-t-il sèchement sans vérifier qui l'appelait.

Il poursuivit sa communication au-dehors. Hioka termina son café et se leva. Il allait sortir lorsque Takii revint. Son expression s'était quelque peu radoucie.

— J'ai eu un appel d'Ichinose. Il te cherche.

— Pourquoi ?

Takii reprit un visage grave.

— Moritaka, il est comme moi. Ôgami est nulle part, alors il m'appelle. Il a aussi téléphoné au commissariat, mais t'y étais pas. Je lui ai répété c'que tu m'as dit, ça l'a gravement énervé. Il a dit que si quelque chose était arrivé à Ôgami, il écrabouillerait tous ceux de l'Irako sans en laisser un seul.

Hioka ravala sa salive.

— S'il est arrivé malheur à Ôgami, ce sera la guerre à Kurehara, continua Takii. On pourra rien y faire. Toi aussi, prépare-toi.

Il s'en alla en claquant la porte. Le carillon tinta comme s'il annonçait le début du conflit.

Quand Takii arriva chez Shino, il était plus de 20 heures. Hioka rongeait son frein assis au comptoir lorsqu'il entendit la porte coulisser. Les nerfs à vif, il se leva à moitié.

Takii était seul. Ses deux juniors devaient l'attendre à l'extérieur. Akiko se précipita au-devant de lui.

— Comment ça s'est passé ? Vous savez ce qui est arrivé ?

Sans répondre, le boss déposa son volumineux téléphone sur un tabouret et s'assit sur le suivant.

— J'pourrais avoir une bière ?

Akiko se dépêcha de réintégrer l'arrière de son comptoir. Elle posa un verre et une bouteille de bière fraîche devant lui. Il fut plus rapide qu'elle et se servit lui-même. Sa gorge devait être sèche, il engloutit sa boisson. Reposant son verre vide sur le comptoir, il regarda Hioka du coin de l'œil. Il semblait épuisé.

— T'es là depuis quand ?

— À peu près une heure.

Akiko le resservit ; cette fois, il la laissa faire avant de boire une fois de plus sa bière en une seule goulée.

— Vous avez appris quelque chose ? lui demanda Hioka.

Il ne répondit pas. Son expression n'était pas rassurante. Akiko avait croisé ses bras sur sa poitrine et attendait son bon vouloir. Il alluma une cigarette et se décida.

— J'suis allé au bureau d'Irako et j'l'ai vu. L'air de rien, j'l'ai branché sur le sujet Ôgami, mais ce renard a fait l'innocent. Il a dit qu'il l'avait pas vu récemment.

— Vraiment ?! (Hioka se dressa d'un bond.) Il ment. Il y a exactement une semaine, Ôgami l'a rencontré. Lundi dernier, en sortant d'ici, il lui a probablement parlé. Irako raconte n'importe quoi !

Takii l'agrippa par l'épaule et voulut le faire se rasseoir.

— T'as pas besoin de me le dire. J'le sais déjà.

C'était un fait. Il connaissait Irako depuis très longtemps. Et son insolence et sa brutalité. Ça n'annonçait rien de bon. Hioka se laissa tomber sur son tabouret en évitant de le regarder. Takii sortit une cigarette. Akiko se pencha par-dessus le comptoir pour l'allumer avec un briquet.

— J'me suis fait renvoyer dans mes buts. « Y a des gens qui racontent que la veille de sa disparition, t'as rencontré Ôgami. T'es au courant ? » Voilà c'que j'lui ai dit. Irako, la gueule impassible, a répondu que ça lui disait rien. (Il prit une expression amère.) C'est plié, il est dans le coup. En me raccompagnant, il m'a balancé : « T'es peut-être le secrétaire général de la Jinsei, mais c'est quoi cette façon de questionner tes supérieurs ? Si tu sais pas rester à ta place, c'est un coup à la perdre. On peut t'éjecter n'importe quand. » En gros, il m'a traité comme si la Jinsei lui appartenait. J'suis resté calme. Mais c'est clair, il raconte des conneries.

Sa dernière phrase, il l'avait prononcée avec un dégoût manifeste.

— Qu'est-ce qu'on peut faire ? demanda Hioka.

Akiko s'immisça dans la conversation. Sa voix était vacillante.

— Vous, Takii-san, vous pouvez forcer Irako à dévoiler ce qui s'est passé, n'est-ce pas ?

Il la regarda un instant et émit un long soupir.

— Irako est vice-président de la Jinsei. C'est du lourd, ça concerne plusieurs gangs. Il faut que j'fasse gaffe à ne pas presser le mouvement ou à faire une erreur. Mais c'est sûr, c'est la guerre. J'me suis préparé au cas où il arriverait quelque chose à Ôgami, et c'est mon destin de me coltiner ce salopard d'Irako. Mais avant ça, l'important, c'est de trouver Ôgami. (Il se tourna vers Hioka.) J'vais tout faire pour en savoir plus. Toi, si tu récupères une info de la police, tu m'préviens vite fait.

Empruntant un bloc-notes à Akiko, il y inscrivit une suite de chiffres.

— Mon numéro de téléphone mobile. Si t’as du nouveau, appelle. À n’importe quelle heure.

Hioka acquiesça en empochant le mémo.

12

Journal

25 juillet 1988

8h00, un cadavre non identifié est remonté sur le quai du port de Tajima.

11h00, le cadavre est identifié.

[redacted]

18h00, chez Shino.

[redacted]

Les rues étaient encombrées. Agacé de devoir attendre le feu vert, Hioka plaqua la sirène sur le toit de la voiture banalisée avant de l'activer. S'engageant dans le carrefour, il se faufila entre les voitures avançant au ralenti.

Lors de la réunion du matin, l'équipe avait appris qu'un cadavre avait été retrouvé dans la mer et ramené au port de Tajima.

Un sardinier avait remonté le corps dans ses filets. Le capitaine avait d'abord pensé à un mannequin abandonné, mais en réalisant qu'il s'agissait d'une dépouille humaine, il avait donné l'alerte par radio. En ce moment même, un policier de l'antenne locale et un enquêteur du district se dirigeaient sur les lieux. Informé, Itsuki avait immédiatement contacté le commissariat de Kurehara Ouest, en charge de la zone portuaire. Son homologue lui avait indiqué qu'aucune information détaillée n'était disponible pour le moment, à commencer par l'identité du cadavre.

Si Ôgami n'avait pas disparu, cela aurait été traité comme une affaire ordinaire, mais alors que l'on était inquiet pour sa survie, Hioka avait décidé d'aller vérifier sur-le-champ. En demandant à Tomotake l'autorisation de se rendre à Tajima, il avait omis toute référence au commandant. Tomotake avait compris et donné son accord sans tergiverser.

Il se gara sur le quai où se trouvaient déjà une voiture banalisée et deux véhicules de patrouille, et courut vers celui dont le gyrophare tournait. Il y avait un attroupement, probablement des dockers. Hioka joua des coudes, montra son badge au planton en uniforme régulant la foule des curieux et se précipita vers le cadavre recouvert d'une bâche bleue. Genou à terre, un homme d'un certain âge la regardait fixement. Remarquant Hioka, il se releva et annonça qu'il se nommait Kondo et était en poste au commissariat Ouest. Le lieutenant, tout en reprenant sa respiration, déclina son nom et son appartenance.

— Vous avez découvert son identité ?

Kondo ne répondit pas. Son regard replongea vers le corps recouvert. Le cœur battant la chamade, Hioka posa un genou au sol et écarta la bâche.

Son cœur sauta un battement.

C'était Ôgami.

Il était resté dans l'eau longtemps. Son visage était boursouflé. Jauni.

Il avait les paupières closes. Était-ce un geste empathique de Kondo ou bien l'avait-on découvert ainsi ?

Ses vêtements avaient dû être emportés par les vagues, il était nu. Avait-il roulé au fond de la mer ou subi des violences ? Sa peau était couverte d'ecchymoses, de griffures.

Son corps avait complètement changé. Des gens n'ayant eu qu'une relation épisodique avec lui ne l'auraient pas reconnu dans ce cadavre extrait de la mer. Mais pour Hioka, qui avait passé plus d'un mois à ses côtés, du matin au soir, et presque chaque jour, il fut immédiatement évident que le corps qu'il avait devant les yeux était celui d'Ôgami. Le visage, bien que métamorphosé, correspondait à celui qu'il avait de son vivant. Les oreilles, écrasées depuis l'époque où il faisait du judo, étaient identiques.

Le lieutenant se tint immobile.

— J'ai entendu dire que votre commissariat était sans nouvelles, depuis plusieurs jours, du commandant Ôgami, mais…

Kondo n'ajouta rien de plus, mais Hioka comprit ce qu'il voulait dire. « Ce cadavre, c'est le sien, n'est-ce pas ? » Ses mots s'étaient taris. Était-ce de la sollicitude ? Entre Hioka et Kondo, il n'y eut plus que le silence.

Le lieutenant se releva.

— Vous n'auriez pas trouvé un chapeau ? Un panama blanc.

Ignorant probablement que c'était le chapeau bien-aimé du commandant, Kondo eut l'air surpris.

— Non, on n'a rien trouvé de la sorte. Il n'avait même pas de sous-vêtements. Alors les chances qu'on retrouve un chapeau étaient minces…

Hioka se rendit compte qu'il tremblait violemment. Il rabattit la bâche bleue et retourna vers la voiture banalisée. Il utilisa la radio pour appeler le commissariat.

— Voiture 201 à base. C'est Hioka. Je suis sur le quai du port de Tajima. J'ai identifié le cadavre retrouvé dans la mer. L'enquête ne fait que commencer, mais j'ai vérifié moi-même. C'est probablement celui du commandant Ôgami dont on est sans nouvelles depuis le 18 de ce mois.

Il se tut et coupa la communication.

Assis sur le siège conducteur, il observa le port. À part l'agitation sur le quai, il avait son aspect de tous les jours. Les goélands à queue noire poussaient leurs cris perçants en sillonnant le ciel. La mer était frappée par les rayons du soleil et les vagues s'ourlaient de blanc.

Rien n'était changé. Seul Ôgami n'était plus là.

Hioka regarda d'un air absent le siège passager.

Il lui vint à l'esprit l'image de son commandant, panama de biais et fumant une cigarette.

Dans la radio, une voix se fit entendre.

« C'est Tomotake ! Donne-nous des détails. Le cadavre remonté est celui d'Ôgami ? Tu as trouvé quelque chose qui permet de l'affirmer ? Eh, Hioka ! Hioka ! »

Sa voix devint colérique.

Le lieutenant ignora cette radio qui hurlait. Il n'entendit plus que les goélands.

Les résultats arrivèrent trois heures après le repêchage du corps. La dentition correspondait à celle du commandant Ôgami. Les conclusions des techniciens du commissariat Ouest furent formelles.

Sa mort fut rapidement connue des médias. Les équipes de télévision et les journalistes de la presse écrite se partagèrent entre le commissariat Ouest, chargé officiellement de l'enquête, et le commissariat Est où travaillait la victime. La mort d'un policier disparu, soupçonné de collusion avec les yakuzas, ne pouvait qu'attirer les médias comme le sucre attirait les fourmis. Depuis le premier étage où se trouvait le bureau des enquêteurs, on entendait les vociférations des journalistes regroupés en meute devant la grille d'entrée.

Une fois l'identité du cadavre confirmée, il y eut une réunion d'urgence de la Seconde division.

— Nos confrères du commissariat Ouest n'écartent ni la possibilité d'un assassinat ni celle d'un accident, annonça Itsuki, d'une voix docile. Sur la base des informations dont on dispose, la probabilité qu'il s'agisse d'un accident est assez forte. Son taux d'alcool était élevé. On a également détecté la présence d'un puissant neuroleptique, la Chlorpromazine, ainsi que de barbituriques. Sachant qu'a priori Ôgami n'avait pas de raison de se suicider, les conclusions de nos confrères du commissariat Ouest sont les suivantes : après avoir beaucoup bu, le commandant aurait absorbé une grande quantité de somnifères et de tranquillisants, serait allé se promener du côté de Tajima, aurait glissé et serait tombé à l'eau. Et on s'oriente donc vers la théorie d'une mort par noyade. Un enquêteur du commissariat Ouest s'est rendu à son domicile et a trouvé un flacon de somnifères ainsi que des comprimés de Phénobarbital.

Hioka n'avait ni l'envie ni la force de contredire ces propos. Il resta assis, tête baissée. Ayant rendu visite à Ôgami plusieurs fois, il n'avait jamais repéré ce type de médicaments à son domicile et jamais eu d'indication qu'il en utilisait. Quelqu'un avait déposé ces produits chez lui pour accréditer la thèse de l'accident.

Et ce quelqu'un était probablement lié à l'Irako.

Après lui avoir fait ingurgiter calmants et somnifères, on l'avait jeté à la mer. C'était la même méthode qu'Irako avait utilisée pour se débarrasser du numéro deux de son gang et prendre sa place. Irako ne s'était pas résolu à céder au sujet de l'expulsion d'Ichinose. Ou il avait dû faire mine d'accepter et proposé de fêter l'événement. Il avait alors fait boire de l'alcool avec des somnifères à Ôgami, et ce pour lui faire perdre conscience. Il n'avait jamais eu aucune intention de laisser en paix celui qui avait un droit de vie ou de mort sur lui.

Le commandant n'était pas du genre à prendre des somnifères. Aucun doute, il avait été assassiné.

Tous ses équipiers présents pensaient certainement de même. Personne ne réagit au discours du patron et le lieutenant resta lui aussi silencieux. Sur le visage des collègues, plus que la tristesse, on voyait transparaître la colère à l'égard de la hiérarchie qui utilisait la thèse de l'accident pour dissiper les rumeurs de collusion entre la police et la pègre.

Ayant terminé son discours, Itsuki se leva.

— C'est la fin de notre réunion. Dans le cas où il y aurait du nouveau, je vous tiendrai informés. Maintenant, je vais me rendre à la morgue du commissariat Ouest où repose le corps d'Ôgami.

— Je t'accompagne, dit Tomotake.

Une fois le duo parti, Karatsu balança un coup de pied dans sa chaise métallique. Elle heurta le mur en faisant pas mal de bruit. Il fila sans un mot. Ses collègues suivirent en silence. Resté seul, Hioka se releva lentement et, plongeant la main dans sa poche, vérifia la présence du Zippo. Il l'agrippa, puis sortit à son tour.

L'après-midi durant, comme une machine, il exécuta ses tâches administratives. Il ne fut réellement conscient que des visites de la jeune collègue du département de l'information venue demander, à plusieurs reprises, ce qu'il fallait dire aux journalistes. On lui répondit à chaque fois que, jusqu'à ce qu'il y ait du nouveau, on ne ferait aucun commentaire. Cette situation la plongea au fur et à mesure dans un état d'agitation assez remarquable.

En fin de journée, les membres de l'équipe d'Ôgami décidèrent de se rendre ensemble à la morgue du commissariat Ouest. La veillée funèbre devait durer toute la nuit, puis on enchaînerait sur la cérémonie religieuse et la crémation. Mais comme la décomposition du corps était avancée, Hioka décida de ne pas se joindre à eux.

Le corps d'Ôgami, il l'avait déjà vu. Prétextant une

obligation dont il ne pouvait se défaire, il refusa l'invitation de Karatsu.

*

En sortant du commissariat, il se rendit chez Shino.

Il se devait de parler de vive voix à Akiko de la mort d'Ôgami.

Vers 18 heures, la lanterne était habituellement allumée et le *noren* en place. Mais cette fois, le restaurant était plongé dans le noir et il n'y avait nulle trace du *noren*. Hioka constata que la porte coulissante n'était pas fermée à clef. Akiko était assise au bout du comptoir dans l'obscurité. Elle ne releva pas la tête et resta prostrée.

— C'était Ôgami ?

— Oui, répondit Hioka.

Elle se tourna vers lui. Dans son visage d'une pâleur spectrale, son regard était comme mort.

Il referma la porte.

— J'ai eu un appel de Takii-san, dit-elle. Ichinose aussi m'a tout raconté.

Il ne trouva plus ses mots. Elle fronça les sourcils, ses yeux s'étaient gorgés de larmes.

— Ne reste pas planté là. Viens t'asseoir.

Hochant la tête, il lui obéit.

Elle passa derrière son comptoir et lui servit un flacon de saké. Plutôt que d'allumer le plafonnier, elle pressa l'interrupteur d'une lanterne de pierre et une douce lumière orange se répandit dans le restaurant. Elle opta pour de grandes coupes et fit le service.

— Aujourd'hui, c'est bien d'être ici.

Elle but et poussa un grand soupir.

— Dans ces moments-là, il faut faire comme d'habitude. Il ne faut pas pleurer ou perdre pied. Quoi qu'on fasse, ce qui est mort ne revient pas.

Il porta sa coupe à sa bouche et, bloquant sa respiration, but d'un trait. Le saké lui attaqua l'œsophage, puis répandit une douce chaleur dans son estomac. Ces sensations, il les perçut de façon plus distincte qu'à l'accoutumée.

Elle posa une autre coupe sur le comptoir, à côté de Hioka. À la place favorite d'Ôgami.

— Toi aussi, articula-t-elle avec difficulté, bois autant que tu veux.

Elle faisait de gros efforts pour se contenir.

— Tu pleures ? demanda-t-il doucement.

Ses paupières étaient gonflées, ses yeux rougis, mais elle retenait ses larmes. Elle laissa échapper un faible rire tout en le resservant.

— Quand mon mari est mort, j'ai pris la décision de ne plus jamais pleurer devant des gens. Et puis… ceux qui sont associés au monde des yakuzas savent qu'ils ne vivront pas longtemps et donc, ils sont préparés. (Elle fixa le vide un instant.) Mais je ne pensais pas qu'Ôgami s'en irait aussi vite. Quand je te vois en train de boire comme ça, je m'attends à le voir arriver et s'asseoir à tes côtés.

Et elle se tourna vers la porte d'entrée. Hioka l'imita. Elle avait raison ; même à présent, on avait l'impression qu'elle allait coulisser sur Ôgami.

Il fourra la main dans sa poche et enserra le Zippo.

Elle avala sa deuxième coupe de saké.

— Dis-moi, c'est impoli de ma part, mais… tu pourrais fermer la porte à clef ?

Elle ne devait pas avoir envie qu'un autre client vienne ce soir. Il se leva et mit le loquet. Il pensa qu'il allait finir son saké et rentrer pour la laisser pleurer tout son saoul. Lorsqu'il se rassit, elle désigna l'arrière du comptoir.

— Tu peux venir un peu par ici ?

Sans comprendre ses raisons, il obtempéra. Une porte s'ouvrait sur un couloir à peine éclairé par une ampoule solitaire. Il la suivit et déboucha dans une pièce où ne se trouvait qu'un réfrigérateur. Elle se pencha pour le saisir à deux mains. Il était monté sur roulettes, et elle put l'écarter facilement du mur. Il dissimulait une sorte de goulot. Noir et sale, il avait dû servir jadis à entreposer du charbon de bois. Elle s'accroupit devant l'ouverture et en sortit un paquet enveloppé dans du tissu couvert d'une poussière noirâtre. Elle l'épousseta délicatement de la main avant de le lui tendre.

— C'est quoi ?

Elle lui jeta un regard si sérieux qu'il en était presque effrayant.

— Ôgami me l'avait confié en me demandant de te le donner au cas, improbable, où quelque chose lui arriverait.

Il cessa de respirer.

Il y a un risque sur cent, mais si quelque chose m'arrivait… Hioka, je te demande… Lui revint en mémoire la phrase qu'il lui avait murmurée chez Shino. Ce dernier soir où Hioka l'avait vu vivant.

Il déposa le paquet sur le sol, dénoua lentement le tissu.

Regardant le contenu, il en perdit la parole. Il y avait quatre paquets de billets de banque, chacun de l'épaisseur d'une brique et enveloppé dans du film alimentaire, et un cahier. Des rubans de papier indiquaient les montants. Chaque paquet contenait cinq liasses d'un million de yens chacune. Au total, vingt millions de yens.

Stupéfait, il se tourna vers Akiko, restée debout.

Elle s'accroupit à ses côtés, prit un paquet en main et soupira.

— Cet argent-là, il l'a économisé des commissions qu'il touchait des yakuzas.

Hioka se souvint de cette visite rendue à Takii. Il avait vu son chef recevoir une enveloppe. Akiko expliqua qu'Ôgami avait économisé pour utiliser cet argent pour les frais d'enquête, la rémunération de ses informateurs et les banquets de son équipe.

— Il disait souvent qu'il fallait de l'argent pour se payer des femmes et des voitures, et que pour l'information c'était la même chose. Il m'a tout confié. (Elle le regarda d'un air sévère.) Il te le transmet, mais le plus important, c'est ça.

Elle lui désignait le cahier.

Hioka le prit et l'ouvrit. Alors qu'il le feuilletait, ses mains se mirent à trembler.

— Tout ça, c'est…

Elle se tenait derrière lui. Il se tourna brusquement vers elle. Elle soutint son regard et lui confirma ce qu'il avait deviné.

Dans ce cahier, il y avait, accumulés au long des années de service d'Ôgami, tous les scandales de la police, des turpitudes des supérieurs hiérarchiques jusqu'aux crimes étouffés. En d'autres termes,

Ôgami léguait à Hioka un recueil complet de la corruption.

Les numéros des comptes ayant servi à récolter l'argent sale, les pots-de-vin offerts par les tenanciers de pachinko et autres yakuzas aux nouveaux commissaires de district, tout était noté en détail. Sans compter les aventures extraconjugales des hauts fonctionnaires de police. Le directeur du département de la circulation routière qui avait eu des ennuis avec un gang suite à une histoire de prostitution ayant mal tourné. Le haut gradé ayant acheté les faveurs sexuelles d'une lycéenne mineure, et que des photos montraient entrant et sortant d'un love-hotel avec elle.

Il reconnut des noms et poussa un petit cri involontaire en découvrant celui de Daisuke Saga, son supérieur lorsqu'il était en poste dans les forces d'intervention. Ce dernier travaillait désormais au service d'inspection interne de la police préfectorale et avait eu des relations intimes avec une hôtesse de bar qui avait dû avorter. Tout était là, noir sur blanc. Pour l'institution policière, ce cahier était une boîte de Pandore bourrée de désastres en puissance. Avec cette seule différence que le but du jeu était qu'elle restât fermée.

Hioka avait compris le principe.

Grâce à cela aucun supérieur de la police préfectorale n'avait pu toucher à Ôgami.

Du point de vue de la hiérarchie, le commandant – qui avait des liens intimes avec les yakuzas, était rétif à l'autorité et se retrouvait souvent traîné dans la boue par les médias – était un homme dangereux. À défaut de pouvoir le licencier sous un prétexte fallacieux, ses supérieurs auraient pu le mettre au placard. La raison pour laquelle ils n'y étaient pas parvenus était ces infos qu'il détenait et dont ils connaissaient l'existence.

Ce cahier avait été son ticket de survie dans la structure policière.

Hioka, perdu dans sa lecture, sentit qu'Akiko lui touchait la main. Revenant à lui, il la regarda.

La main d'Akiko glissa vers le cahier et l'enserra.

— C'est un souvenir d'Ôgami. Utilise-le.

Il avala sa salive, ne trouva plus les mots. Puis il remballa argent et cahier dans la pièce de tissu, en noua les pans, replaça le tout dans le goulot et remit le réfrigérateur en place.

— Hioka…

Elle l'implorait.

Tête baissée, toujours silencieux, il quitta le restaurant par la porte de derrière.

Une fois dans la rue, il prit une grande respiration, glissa sa main dans sa poche et joua avec le briquet. Une question le taraudait.

Et maintenant, qu'est-ce que je dois faire ?

13

Journal

27 juillet 1988

13h00, cérémonie funèbre du chef d'équipe Ôgami au temple Zenrinji d'Hiroshima.

20h00, convocation à la police préfectorale d'Hiroshima.

La cérémonie funèbre pour Ôgami eut lieu au Zenrinji, le temple où s'étaient déjà déroulées les funérailles de sa femme et de son fils. Il était situé à l'extrémité est d'Hiroshima, à une trentaine de minutes de voiture de Kurehara.

Le bâtiment principal était bondé, et ceux qui n'avaient pu prendre place dans l'enceinte s'étaient massés le long de la galerie extérieure en bois.

La famille se trouvait au premier rang, Hideko Takashiro, la sœur d'Ôgami, endossait le rôle de la personne recevant les condoléances ; venaient ensuite le sous-directeur de la police préfectorale et quelques-uns de ses collègues, puis le personnel du commissariat de Kurehara Est. Hioka occupait la place la moins prestigieuse.

Dans la galerie, les femmes attiraient l'attention. Akiko était présente ainsi que des épouses de yakuzas, telles que Yôko Takii, et des hôtesses de bar d'Hiroshima. Karatsu murmura à Hioka que la majorité de celles vêtues de kimonos noirs étaient du monde de la pègre, tandis que les professionnelles du *mizu-shobai*[1] portaient des vêtements de deuil occidentaux.

Les gangsters en exercice comme Takii ou Ichinose étaient absents. On pouvait cependant apercevoir un retraité du gang Takii redevenu un citoyen ordinaire, ainsi qu'un officiel de la mairie connu pour sa proximité avec les gangs. Quelle que soit la profondeur du lien qui les unissait au défunt, il était impensable que des dirigeants de gangs apparaissent officiellement aux funérailles d'un policier. Leur présence risquait de créer des ennuis à la famille, et il était de coutume qu'ils se fassent représenter par leurs femmes ou leurs maîtresses. Aux côtés d'Akiko, très droite dans sa tenue de deuil et regard fixé sur l'estrade, Yôko, mouchoir en main, nuque courbée et épaules tremblantes, pleurait. Mais ses pleurs, couverts par le concert des cigales, ne parvenaient pas jusqu'à Hioka.

Alors qu'un officiant récitait des sutras, un moine invita les participants à brûler l'encens et ceux-ci commencèrent à défiler dans le sillage de la sœur d'Ôgami qui menait la procession. Hioka se leva juste après Karatsu. En s'approchant de l'estrade, il regarda la photo commémorative

1. Le « commerce de l'eau » est une métaphore pour l'industrie du sexe.

entourée de fleurs blanches. Ôgami portait son uniforme et son regard avait un éclat particulier. D'après ce qu'avait dit Itsuki, la photo avait été prise lorsqu'il avait reçu la médaille de l'Agence nationale de la police. Devant ce portrait, étaient posés l'urne funéraire et le panama qu'il ne quittait jamais. En réalité, Hioka s'était procuré celui-ci dans une boutique avant la cérémonie ; la forme et la couleur étaient identiques à celles du chapeau que le commandant aimait tant.

Le lieutenant crut entendre la voix joyeuse de son chef. *Va falloir bientôt être de nouveau de bonne humeur. Sinon, ça va pas le faire. Avec cette tête-là, tu gâches ton allure de beau gosse.*

L'incinération s'était déroulée la veille, et une première veillée funèbre avait déjà été organisée au hall de cérémonie de Kurehara. C'était la volonté de la sœur d'Ôgami qui pensait qu'une veillée à Kurehara, et non pas à Hiroshima, serait une marque de respect à l'intention de ceux qui avaient rendu service à son frère localement. Le commissaire était passé ainsi que les propriétaires, mama-san et hôtesses des bars et restaurants qu'Ôgami fréquentait. Au total, un nombre important de personnes avaient défilé.

Hideko avait salué un à un les participants venus rendre hommage. Son visage trahissait son épuisement, mais son attitude exprimait le stoïcisme inhérent aux parents de policiers. Au-delà de la tristesse d'avoir perdu un frère, on percevait chez elle la résignation de ceux bien conscients de la dangerosité de la profession de leur proche.

Hioka avait appris qu'elle était l'aînée d'Ôgami

de six ans. L'année où il avait rejoint la police, elle avait fait un mariage d'amour[1], avec un homme originaire du nord-est du Japon. Elle retrouvait la maison natale une fois l'an, mais après le décès de sa mère et alors que son beau-père souffrait de troubles cognitifs, voyager était devenu difficile. Et cela faisait cinq ans qu'elle n'était pas revenue dans la région. D'un air troublé, elle avait laissé échapper que sa dernière visite remontait au dix-septième anniversaire de la mort de sa mère et qu'elle n'avait pas pensé à ce moment-là que ses retrouvailles avec son frère seraient ses funérailles.

Une vieille dame était arrivée en retard. C'était Katsu, la tenancière du débit de tabac Yoshida, à qui Ôgami avait rendu visite pour connaître les agissements du Kakomura. Ayant repéré Hioka, elle était venue s'asseoir à ses côtés et, chapelet en main, avait récité les sutras avec ferveur. À peine le moine avait-il eu fini sa prière, qu'elle avait décoché un clin d'œil au lieutenant afin de l'entraîner dans le couloir. Elle avait sorti deux cartouches de cigarettes d'un emballage en tissu ; c'étaient des Peace, la marque qu'affectionnait le commandant.

— Est-ce que je peux donner ça en guise d'offrande ? J'ai un peu honte, mais là tout de suite, l'argent liquide, c'est-à-dire que…, avait-elle lâché dans un soupir.

Elle avait balbutié qu'elle vivait avec une mince retraite et que le chiffre d'affaires de son bureau de tabac était bien maigre.

1. Contrairement à un mariage arrangé par un entremetteur ou une entremetteuse.

— Comme je n'apporte pas d'enveloppe, je ne pourrai pas mettre mon nom sur le registre des visiteurs. Toi, tu diras à Ôgami que Katsu est venue lui dire au revoir, n'est-ce pas ?

Tirant un mouchoir de son kimono, elle avait écrasé une larme.

— Il m'a vraiment rendu service. Si j'ai pu vivre jusqu'à cet âge avancé, c'est en grande partie grâce à lui. Des hommes aussi bons, on en rencontre rarement. Il y a plein de gens qui auraient dû partir avant lui. Les dieux, qu'est-ce qu'ils fabriquent ?

Ses dernières paroles s'étaient mêlées à ses pleurs. Le lieutenant avait baissé la tête et accepté les cigarettes.

Lorsqu'il eut terminé de brûler de l'encens, il regarda de nouveau la photo commémorative du commandant. Sur l'estrade, au milieu des autres offrandes, il repéra les Peace qu'il avait reçues la veille de Katsu. C'était une gentille attention de la famille de les avoir déposées là. Hier, par l'intermédiaire d'Akiko, il les avait transmises à Hideko. Ôgami devait être plus content des cigarettes de la vieille dame que des couronnes de fleurs des gradés de la police.

Les rayons ardents du soleil d'été se déversaient dans la cour du temple qu'ils blanchissaient. En revanche, les habits de deuil des participants agenouillés assombrissaient l'enceinte, dans laquelle seuls le tissus blanc enveloppant l'urne funéraire et le panama clair offert par Hioka se détachaient.

La mort d'Ôgami n'était pas traitée comme un décès en mission. Pas de funérailles officielles ni de promotion posthume ni de gratification pour services exceptionnels rendus. Elle était considérée comme une mort accidentelle suite à une chute dans la mer en état d'ébriété et le dossier avait été expédié en tant qu'affaire individuelle et privée.

Pour Hioka, la vérité était toute différente. Le décès de son chef était sans le moindre doute une mort en service. Ôgami était en réalité une victime sacrificielle qui, ayant reçu des ordres secrets de ses supérieurs, avait donné sa vie pour rien en essayant d'empêcher une guerre des gangs à Kurehara.

Le lieutenant ferma les yeux avec force et joignit les mains.

Lorsqu'il s'éloigna de l'estrade, il eut une conscience aiguë du Zippo dans sa poche.

*

Un repas était prévu à l'issue de la cérémonie funéraire, mais l'équipe d'Ôgami et le personnel de la Seconde division de Kurehara s'excusèrent poliment et quittèrent ensemble Hiroshima. Tomotake avait organisé une réunion du souvenir pour tous les collègues. Il était prévu que le commissaire y participât.

L'endroit était celui qu'Ôgami avait choisi pour leur petite célébration après la découverte du corps d'Uesawa. Certains avaient fait remarquer qu'un restaurant tranquille aurait été plus approprié que cette *izakaya* bruyante, mais Tomotake avait insisté.

— Ôgami préfère les endroits où il est un habitué. Ça, je le sais.

Son visage n'exprimait rien de particulier, mais la

colère affleurant dans sa voix trahissait non seulement le mauvais souvenir de l'oraison funèbre mais aussi une certaine culpabilité. La mort d'Ôgami sonnait sans doute le glas de ses rêves de promotion. Hioka prétexta un mal de ventre pour échapper au dîner. Tomotake regarda ses joues émaciées et donna son accord d'un signe de tête.

S'il s'agissait de boire, le lieutenant pouvait y arriver. Il avait d'ailleurs envie de boire comme un trou. Mais il n'avait pas la moindre envie de le faire avec ses collègues.

Il était navrant que la hiérarchie ait maquillé le crime en accident, et s'il se mettait à boire, il ne se gênerait pas pour le dire, c'était couru d'avance. D'ailleurs Shibaura, Seuchi et Takatsuka ne manqueraient pas de faire des remarques. Quant à Karatsu, qui avait en général l'alcool mauvais, il ne se limiterait pas à Tomotake et prendrait sans doute Itsuki et le commissaire Môri à partie. Ce dîner promettait d'être rude. Il pouvait déjà voir le tableau : Karatsu hurlant après Môri et son regard méprisant. Le lieutenant ne voulait pas voir salie la mémoire du commandant. Et il n'était pas sûr de ses propres réactions.

Il partit de son côté et se rendit à pied chez Shino.

Akiko était probablement au restaurant, se souvenant d'Ôgami et buvant du saké en solitaire. Si elle ne s'y trouvait pas, son intention était de descendre une bouteille bon marché en marchant seul dans les rues.

Sur la porte, un papier cerclé de noir indiquait : « Fermé pour cause de deuil ». Le rideau intérieur était tiré, mais la porte coulissante n'était pas verrouillée.

Il frappa légèrement, annonça son nom, entra.

— Bienvenue, dit-elle.

Relevant ses cheveux épars et plaqués sur ses joues, elle s'était retournée. Elle était encore en habit de deuil. Sa voix annonçait un certain degré d'ivresse. Elle s'essuya les yeux, tira un tabouret et invita Hioka à s'asseoir.

— Justement, je me disais que tu allais peut-être venir. C'était pas bien au commissariat de l'est ?

Il lui avait dit qu'il prenait un jour de congé pour la cérémonie funéraire ; en les voyant partir tous ensemble, elle avait dû deviner qu'un dîner commémoratif était prévu quelque part.

— J'ai dit que je ne me sentais pas bien et me suis excusé.

— Ça ne va pas poser de problème ?

Elle avait penché la tête, l'air troublé ; son inquiétude semblait réelle. Il s'assit à ses côtés.

— Pas de souci. Je n'avais envie de boire qu'ici.

Un sourire heureux s'esquissa sur le visage d'Akiko. Elle lui donna une grande coupe.

— C'est bien. Notre façon à toi et moi de nous souvenir de lui doit réjouir Ôgami.

Et elle remplit la coupe jusqu'à la limite du débordement. Un cruchon de saké était posé à l'endroit où s'asseyait le chef. Elle invita à trinquer en direction de ce cruchon, fit légèrement tinter sa coupe contre celle de Hioka, but une toute petite gorgée.

— À la tienne ! dit-elle en la levant face au tabouret d'Ôgami.

Elle enchaîna en déclarant que la police ne s'était pas comportée dignement.

— Ses supérieurs ont une position à tenir, mais s'ils avaient fait le nécessaire, on n'en serait pas arrivé là. Ça, moi, je ne peux pas l'accepter. Le jour de sa disparition, s'ils s'étaient remués, il ne serait pas mort. Toi aussi, tu penses comme moi.

On ne pouvait pas confirmer la date avec certitude mais, d'après le contenu de son estomac, il était décédé entre le milieu de la nuit du 18 juillet et le matin du 19. Mais il avait rencontré Irako le 18 juillet au soir. Ce qui impliquait que même si la police était intervenue, elle n'aurait pas pu empêcher sa mort.

Il se demanda ce qu'il adviendrait s'il disait la vérité à Akiko. Et, se contentant de hocher la tête, il s'abstint de tout commentaire.

Coudes sur le comptoir, menton entre les mains et faisant doucement tourner sa coupe de saké, elle regardait toujours fixement la place d'Ôgami.

Le restaurant était devenu silencieux et le temps s'écoulait dans le calme. Hioka avait côtoyé Ôgami pendant à peine un mois, mais cela avait été la période la plus intense de son existence. En repensant à ces moments, des images vivaces lui revinrent en tête. Pourtant, à cet instant précis, il n'avait pas envie de raconter ses souvenirs. En parler équivaudrait à accepter qu'Ôgami soit mort pour de bon.

Sans s'en rendre compte, il avait vidé sa coupe. Le remarquant, Akiko le resservit généreusement et fit de même pour elle.

— Concernant ce que t'a laissé Ôgami, tu as pris ta décision ?

Il regarda vers l'arrière du comptoir en pensant à cette cache derrière le réfrigérateur. Les questions qui l'avaient assailli ces derniers jours rejaillirent. Et en premier lieu, celle de savoir pourquoi son chef avait confié à Akiko quelque chose d'une telle importance.

— Avec Ôgami, vous aviez des relations allant au-delà de celles d'une patronne de restaurant et d'un client régulier ?

Un instant, elle sembla confuse.

— Tu as encore des doutes à propos de lui et de moi, n'est-ce pas ?

Au lieu de répondre, il baissa les yeux vers le bois clair du comptoir. Elle se mit à rire.

— Je te l'ai pourtant dit et répété. Entre nous, il ne s'est rien passé.

Certes, il l'avait entendue nier toute relation amoureuse avec Ôgami. Il l'avait même vue le raccompagner à la porte avec sérénité alors qu'ayant fait allusion à une histoire féminine, il comptait s'évaporer dans la nuit. Mais tout de même, pour qu'il décidât de lui confier vingt millions de yens et son précieux cahier, il était difficile de croire qu'ils n'entretenaient pas de relation particulière. Or il n'imaginait pas une relation forte entre un homme et une femme autre qu'amoureuse. Il choisit ses mots avec un soin extrême.

— Pardonne-moi, c'est une façon peu élégante de dire ces choses-là, mais cet argent et ce cahier, c'était tout ce que possédait Ôgami. Mettons l'argent à part. Si le contenu du cahier venait à fuiter, la police de la préfecture serait balayée par la tempête. Ces informations secrètes, c'était en quelque sorte le ticket du commandant pour conserver sa position. Sa vie professionnelle en dépendait. Et donc, quelque chose d'une telle importance, même si une relation remonte à loin, ça ne se confie pas à la patronne d'un restaurant. En fait, c'est comme dans la parabole bouddhique. Vous êtes nés tous les deux sur la même feuille de lotus. Bref, j'en déduis que vos destins étaient irrémédiablement liés.

Tout en regardant en l'air, elle l'écoutait avec attention.

— C'est vrai, murmura-t-elle. Nous sommes nés sur la même feuille de lotus.

Son regard était doux, mais recelait une étincelle de force. Elle but une gorgée de saké avant de poursuivre.

— Je vais te raconter toute l'histoire. Ôgami était un homme en qui on pouvait avoir confiance.

Elle finit son saké et prit une grande inspiration. À son regard, elle se remémorait un pan de son passé. Prenant l'initiative, il remplit leurs coupes.

— Aujourd'hui, si je suis ce que je suis, c'est à lui que je le dois.

Et elle évoqua l'assassinat de son mari, Tomoyasu Saimoto. Quatorze ans auparavant, en 1974, les relations de l'Irako et de l'Odani étaient tendues à propos du trafic portuaire. Les deux gangs étaient des ennemis de toujours, mais leurs querelles, fréquentes, n'étaient jamais allées au-delà de l'escarmouche. Pourtant, ces années de rancœur et d'inimitié avaient fini par conduire à une situation explosive.

C'était à cette même époque que Saimoto, alors numéro deux de l'Odani, avait été tué dans un bar de Kurehara par un certain Takagi, un *chimpira* de l'Irako qui venait à peine de rejoindre le gang. Selon le rapport de police, une dispute avait éclaté et Takagi, frappé au visage, avait tiré sur Saimoto ; l'enquête avait prouvé que l'initiateur de la bagarre était en réalité Takagi. Il avait provoqué Saimoto jusqu'à ce que celui-ci ripostât et lui donnât un prétexte pour l'abattre. La technique, classique, permettait que l'affaire soit considérée comme un meurtre impulsif plutôt que comme un assassinat planifié. Autre avantage, si le provocateur était tué le premier, le motif pour démarrer une guerre était tout trouvé. En fait, une situation imperdable.

— J'ai vu les photos de ton mari après son assassinat. C'était horrible. La balle lui avait transpercé le visage, de la mâchoire à l'oreille.

Ne parvenant plus à articuler, elle se mit à trembler.

Après un moment de silence, elle s'essuya les yeux, but une gorgée de saké, puis reprit son calme et son récit. L'affaire avait été classée comme un crime isolé de Takagi. Cette version, les membres de l'Odani avaient refusé de l'accepter. Dès la mort de Saimoto connue, ils étaient passés en mode de combat ; le domicile et les bureaux d'Irako avaient été mitraillés. Mais, en prévision de cette riposte, le boss et ses *kanbu* s'étaient déjà enfuis à Hiroshima. Il ne faisait plus aucun doute que la mort de Saimoto avait été préméditée.

L'Odani avait utilisé tous les moyens possibles pour en élucider les circonstances et vite appris que le mandataire était le numéro deux de l'Irako, Kanemura. Saimoto et lui, tous deux de la même génération, natifs de Kurehara et devenus yakuzas à la même époque, n'avaient jamais pu se supporter. Comme ils avaient rejoint des organisations ennemies, leur rivalité s'était poursuivie leur vie durant.

L'Odani avait pris Kanemura pour cible. Le très jeune Ichinose, pistolet en poche, s'était mis frénétiquement à sa recherche dans tout Kurehara.

Kanemura et Irako avaient trouvé refuge chez le boss Tomooka, qui contrôlait le nord-ouest d'Hiroshima et était allié à des ennemis de l'important gang Akashi, très proche de l'Odani.

À cette époque, la Jinsei n'avait pas encore été formée. Takii, qui appartenait encore au Watafune, avait déclaré sa neutralité dans le conflit ; bien que connaissant la planque de Kanemura et d'Irako, il ne pouvait pas s'opposer à Tomooka.

Le plan de Kanemura était de se cacher le temps que les membres de l'Odani sèment le chaos dans Kurehara, se fassent arrêter, voient leur nombre diminuer et se fassent écraser par les amis de Tomooka.

— Mais, trois mois après l'assassinat de mon mari, Kanemura est mort lui aussi, dit-elle d'un ton âpre.

Hioka se souvint qu'assis à cette même place, il avait déjà entendu le récit de la découverte du corps. Le cadavre lardé de coups de couteau de Kanemura avait été découvert dans un cimetière du centre d'Hiroshima, non loin de l'antenne de police où Ôgami avait démarré sa carrière. La veille, Kanemura était sorti seul, alors que ses gardes du corps veillaient normalement sur lui vingt-quatre heures sur vingt-quatre.

Pourquoi n'était-il pas accompagné ? La raison restait inconnue. Tout comme l'auteur du crime. *Le Quotidien d'Hiroshima* avait cependant récupéré le nom du coupable.

Les paroles du journaliste Kousaka s'adressant à Ôgami résonnaient encore dans l'esprit du lieutenant. *Le nom que cet informateur a écrit, c'est le tien.*

Il poussa un long soupir et lâcha la question qui lui brûlait le ventre.

— Celui qui a tué Kanemura, c'est Ôgami ?

Une dénonciation anonyme quatorze ans après un crime était peu crédible. Néanmoins, les chances étaient faibles que le commandant soit blanc comme neige dans cette affaire. Hioka revit ses yeux injectés de sang lorsqu'il avait tailladé la joue de Yoshida à l'étage du restaurant.

Akiko restait silencieuse, yeux dans le vague. Une réaction inquiétante. Après un certain temps, elle tourna la tête vers lui.

— Celui qui a tué Kanemura, articula-t-elle d'une petite voix, ce n'est pas Ôgami, c'est moi.

Il eut une réaction immédiate de refus. *Je ne le crois pas.*

Kanemura s'était vidé de son sang suite à des blessures infligées par une lame de sabre court. Difficile de croire qu'une femme si mince puisse prendre ainsi la vie d'un homme, qui plus est celle d'un solide yakuza. C'était probablement Ôgami qui avait tué Kanemura. Il l'avait fait pour Akiko, et celle-ci l'avait protégé.

Elle devait lire l'incrédulité sur son visage. Elle eut un sourire mêlé de larmes.

— C'est la vérité. Je suis une bien plus mauvaise femme que tu ne le penses.

Elle expliqua que Kanemura et elle se connaissaient. Du temps de sa jeunesse, elle était hôtesse dans le plus grand club de Kurehara, La Constellation du lys blanc. Elle était jolie, avait du style et était douée pour la conversation. Elle était vite devenue l'hôtesse numéro un. Kanemura, alors un jeune yakuza promis à un bel avenir au sein de l'Irako, faisait partie de ses clients réguliers. Il voulait la couvrir de cadeaux pour acheter ses faveurs et en faire sa maîtresse attitrée. Les sacs et les montres qu'il lui agitait sous le nez, tous de grande marque, faisaient l'envie des autres hôtesses.

— Mais Kanemura ne m'a pas touchée une seule fois. Ses cadeaux, je les ai tous poliment retournés. Pas question de me vendre pour de l'argent ou des objets de luxe. Je ne ferais l'amour qu'avec ceux que j'aimais. C'était ce que j'avais décidé… Étrange pour une hôtesse, n'est-ce pas ?

Il restait sceptique. Pourquoi, avec de tels principes, avait-elle alors choisi ce job ? Mais non, dans le fond, son histoire se tenait. Entre un homme et une femme, la fuite attisait le désir. Un fait universel. Il imagina la situation ; Kanemura ne parvenant pas à changer la détermination d'Akiko d'un iota, son obsession pour elle grandissant…

Elle reprit son récit. Kanemura devenu collant, elle avait démissionné pour s'enfuir à Hiroshima. C'était dans un club de la rue Nagare qu'elle avait rencontré Saimoto, qui y venait de temps à autre avec Odani.

Elle avait abandonné son travail d'hôtesse et

s'était mariée avec lui. On avait su qu'en apprenant la nouvelle, Kanemura était entré dans une rage folle. Il n'avait pas pu supporter l'idée qu'une femme qui l'avait éconduit fût tombée amoureuse de Saimoto.

— Alors il a décidé de se débarrasser de mon mari. Par la ruse.

Mais il s'était confié à certains de ses juniors, et l'histoire était parvenue aux oreilles d'Akiko qui n'avait alors eu de cesse de chercher une opportunité.

— Kanemura, c'était vraiment une pourriture. Ce n'est pas digne d'un homme de prendre contact avec la veuve d'un ennemi en faisant semblant de s'inquiéter alors qu'on vient de commanditer son crime. (Elle agrippa sa coupe.) En entendant sa voix mielleuse, j'ai eu envie de vomir. J'ai failli lui dire : « C'est toi qui as tué mon mari de façon odieuse. » Mais je me suis ravisée. Et j'ai pensé que si je feignais un changement de sentiments à son égard, j'aurais peut-être la chance de pouvoir le tuer.

Cette chance s'était présentée trois mois après le décès de Saimoto. Akiko avait proposé un rendez-vous secret à Kanemura en lui disant qu'elle « avait besoin de conseils sur la façon de bouger son corps ».

La tension entre gangs étant à son comble, il était resté sur ses gardes. Une fois arrivée à l'hôtel, elle avait découvert un message dans la chambre annonçant que le lieu du rendez-vous était changé. Elle devait prendre le taxi qui l'attendait, le chauffeur connaissait déjà sa destination.

Elle avait obéi aux instructions. Pour s'assurer qu'il n'était pas suivi, le chauffeur, un homme d'un certain âge, avait changé plusieurs fois de chemin. Il l'avait finalement déposée devant un love-hotel à l'ancienne. Il devait avoir été grassement payé par Kanemura car il avait ouvert sa portière avec un grand sourire et l'avait suivie des yeux jusqu'à ce qu'elle ait disparu dans le bâtiment.

La méthode était excellente. Les membres de l'Odani qui auraient tenté de la suivre n'avaient plus aucun moyen de la localiser.

Alors qu'elle pénétrait dans la chambre, Kanemura l'avait agrippée et jetée sur le futon.

— Il y a longtemps, j'avais pensé devenir actrice. Alors j'imitais les façons de faire des stars de la télé et du cinéma. Donc, côté comédie, je me débrouillais bien. Ce type ne pensait pas que la fille qui haletait sous lui allait sortir en douce un petit sabre de son sac et l'attaquer. Quand il a reçu le premier coup dans le dos, il a poussé un cri avant de se retourner. Quand il a été sur le dos, je lui ai donné un grand nombre de coups dans la poitrine. Ça a été atroce et effrayant.

Sa voix s'était mise à trembler comme celle d'une enfant sortant d'un cauchemar. Elle vida d'un trait ce qui restait dans sa coupe et il la resservit sans rien dire. Elle s'essuya les lèvres et retrouva sa voix habituelle.

— La suite, je ne m'en souviens pas bien. Je suis revenue à moi nue, couverte de sang et agrippant toujours l'arme. Depuis la chambre, j'ai téléphoné à Ôgami, ça, je m'en souviens bien. Mais j'ai oublié ce que je lui ai dit. À cette époque, il avait été éjecté de la Seconde division et rétrogradé. Il m'avait rendu service lorsque j'étais hôtesse, et il avait également une longue relation avec mon mari. Ils étaient assez proches. Pendant la cérémonie funéraire, il m'avait dit de l'appeler en cas de difficulté. Cette fois-là, il était plus de 22 heures, j'ai téléphoné à son domicile et il est venu immédiatement.

En attendant son arrivée, elle avait suivi ses instructions. Il lui avait dit de prendre une douche pour évacuer le sang coagulé. Elle était venue au love-hotel en kimono, mais avait des vêtements de rechange de type occidental. Le temps qu'elle les enfile, elle avait entendu frapper à la porte. Elle avait ouvert avec appréhension. Ôgami était sur le seuil, et tenait deux grands étuis à futon pliés. Il avait hoché la tête sans rien dire puis, l'air sombre, avait sorti une grande quantité de serviettes des étuis et lui avait demandé de s'en servir pour éponger le sang. Il avait vérifié que Kanemura ne respirait plus, glissé son corps dans un étui et utilisé l'autre pour le futon ensanglanté.

— « Maintenant, téléphone à la réception, m'a-t-il dit, et vérifie que la chambre est payée. Je pense que Kanemura devait utiliser régulièrement cet endroit pour ses transactions de dope. Le gérant doit être habitué à être payé avant. »

Elle avait suivi ses directives. Le gérant lui avait confirmé que tout était arrangé et qu'elle ne devait s'inquiéter de rien.

Ôgami lui avait dit de partir la première.

— Il a ajouté qu'il s'occupait du reste. « Tu n'es jamais venue ici. Rentre à Kurehara et fais l'innocente comme si de rien n'était. » Il m'a rassurée en me disant que ça se passerait bien.

Elle s'était inclinée devant lui, mais à présent,

elle était incapable de se souvenir si elle avait prononcé un seul mot de remerciement. Comme il le lui avait demandé, elle avait quitté le love-hotel d'un air dégagé et pris le dernier train pour Kurehara. Le cadavre avait été découvert plus tard dans un cimetière d'Hiroshima.

Elle but une gorgée de saké.

— Ni Takii ni Moritaka ne sont au courant. Personne ne sait. C'était notre secret à Ôgami et moi.

Elle eut une brève expression joyeuse, mais qui laissa bientôt place à la tristesse.

— Après cette affaire, plutôt que de remercier, j'ai pensé de nombreuses fois m'excuser. Il avait tout arrangé après…

Hioka comprenait son état d'esprit. Pour elle, Ôgami s'était rendu coupable de dissimulation de crime et de recel de cadavre. Oui, il s'agissait clairement d'un crime. On pouvait même parler d'une situation inacceptable pour un policier en exercice.

Si cela s'était su, l'affaire aurait été bien au-delà du licenciement. C'était l'assurance d'une longue peine de prison. Une situation en tout point difficile. Qu'Akiko se sentît redevable était bien naturel.

Tandis qu'il remplissait à nouveau leurs coupes, elle continua :

— Mais Ôgami n'a pas une seule fois mentionné ce qui s'était passé. Même quand nous étions seuls et que j'essayais d'en parler, il changeait immédiatement de sujet de conversation.

Typique d'Ôgami, pensa Hioka. Et moi, comment aurais-je agi ? Kanemura était un personnage répugnant. Mais le tuer était également un acte odieux. On pouvait comprendre les sentiments d'Akiko qui voulait venger son mari de ses propres mains, mais la loi interdisait de se faire justice soi-même. Évidemment, Kanemura n'aurait pas été jugé, parce qu'il avait fait exécuter le sale boulot par un *chimpira*. Alors oui, où était la justice ? Akiko avait tué Kanemura. Mais Kanemura avait commandité un assassinat.

Jusque-là, le lieutenant avait toujours pensé que, quelles qu'en soient les circonstances, tout crime devait recevoir le châtiment qui lui correspondait. Mais s'il s'était trouvé dans la position du commandant, qu'aurait-il fait ? Aurait-il recommandé à Akiko de se livrer à la justice ou bien, comme Ôgami, l'aurait-il protégée ?

S'il avait choisi de la protéger, tout naturellement, leurs deux vies se seraient trouvées liées par un destin commun.

— Partenaires, dit-il d'une façon abrupte.

Elle lui adressa un regard interrogateur.

— Lui et toi aviez un lien qui allait au-delà d'une relation homme-femme. Vous étiez des partenaires de crime. C'est pour cette raison qu'il pouvait te confier un cahier à ne pas mettre dans n'importe quelles mains et une forte somme d'argent.

Akiko écarquilla les yeux et lâcha un petit rire.

— Ah bon, des partenaires. C'est clair, tu es allé à l'université. Tu as la tête bien pleine.

D'un air joyeux, elle répéta plusieurs fois le mot « partenaires », puis changeant soudain d'expression, l'observa avec une nouvelle intensité.

— Je t'ai confié mon secret. Mais le crime n'est pas encore prescrit.

Ses yeux semblaient dire : « Que vas-tu faire ? M'arrêter et faire avancer ta carrière ? »

Il sortit le Zippo de sa poche et, du bout des doigts, caressa la tête de loup gravée.

La pendule du pilier indiquait 19 heures.

À 20 heures, il était attendu au siège de la police préfectorale. Il avait été convoqué par son précédent supérieur hiérarchique. Il se leva et se tourna vers Akiko. Sa décision était prise.

— Moi aussi, je suis un partenaire.

Akiko se métamorphosa ; elle cacha son visage derrière ses mains et, riant et pleurant à la fois, laissa échapper des cris de joie.

— Je rentre, ajouta-t-il.

Et sur ces mots, il sortit du restaurant.

Il marcha dans les ruelles désertes, puis entra dans une cabine téléphonique qui jouxtait le parc. Sortant son carnet, il appela Takii sur son téléphone mobile. Celui-ci répondit à la première sonnerie.

— Allô !

Sa voix était encore plus menaçante qu'à l'accoutumée.

Appeler un téléphone mobile coûtait cher et les pièces qu'il avait mises dans l'appareil seraient rapidement consommées.

— C'est Hioka. Je ne connais pas les coordonnées d'Ichinose et je vous remercie de lui transmettre mon message. Les résultats de l'autopsie d'Ôgami nous sont parvenus. Il y avait des traces de somnifères et de neuroleptiques puissants. On a trouvé les mêmes médicaments dans son appartement mais, à ma connaissance, il ne prenait pas de tels produits.

Cela suffit à Takii pour comprendre toute

l'histoire. Il y eut un bref silence, et le boss yakuza reprit d'une voix dure :

— Compris. J'm'occupe de la suite.

Et il coupa la communication.

Deux pièces de 10 yens retombèrent de l'appareil ; Hioka les rempocha et sortit de la cabine. Coupant à travers les ruelles, il déboucha sur la rive de la Sakame. La rivière était basse et coulait sans bruit.

Il regarda la surface de l'eau et sortit un carnet de notes et un stylo-pinceau de son sac. Le carnet était celui qu'il utilisait depuis sa mutation au commissariat de Kurehara Est. Quant au stylo-pinceau, il l'avait acheté dans une boutique de matériel d'écriture pour tracer les caractères de son nom sur l'enveloppe contenant sa contribution financière aux funérailles.

Il ouvrit le carnet et relut le journal qu'il avait tenu jusque-là. Il décapuchonna son stylo-pinceau et le fit courir avec détermination sur le papier. Il avait décidé de raturer une partie des notes qu'il avait prises depuis son entrée en fonction jusqu'à ce jour.

Au fil de la chronologie, son stylo-pinceau était comme possédé. Arrivant enfin au jour des funérailles d'Ôgami, il remit le capuchon en place.

Ayant retenu sa respiration jusque-là, il s'accorda un long soupir.

Il regarda sa montre, 19 h 20. Il pouvait dans le temps qui lui restait arriver au siège de la police préfectorale. Après avoir rangé ses affaires dans son sac, il se mit en marche vers la gare.

Une rafale de vent souffla. Les branches des saules bordant la rive s'agitèrent tandis que des vaguelettes chahutaient la rivière.

*

Arrivé au siège de la police de la préfecture, il monta au sixième étage. Comme on lui avait indiqué, il entra dans le bureau attenant à celui de l'Inspection des services.

La pendule murale indiquait 19 h 55.

Il opta pour le siège le moins prestigieux, face à la fenêtre. Après un bref instant, la porte s'ouvrit dans son dos et quelqu'un entra. Il se retourna et salua Daisuke Saga.

Désormais à la police des polices, Saga avait été son chef lorsqu'il était dans les forces d'intervention. Il l'interpella depuis la porte.

— Hioka, tu as fait du bon travail.

Il s'assit près de la fenêtre. Le lieutenant se leva pour le saluer d'un hochement de tête. Saga lui fit signe de se rasseoir et, d'une main, déplia un éventail pour rafraîchir son visage humide de sueur.

— Les funérailles se sont déroulées sans anicroches. Une belle cérémonie. C'est ce que m'a dit le directeur Fukumoto.

Hioka acquiesça en silence.

Natif de la région de Tokyo, Saga ne parlait que le japonais standard. Il maîtrisait sans doute le dialecte d'Hiroshima mais, malgré le temps qui passait, il ne l'utilisait pas au quotidien. Il avait rejoint la police de la région parce que après ses études à l'université d'Hiroshima il s'était marié avec une jeune fille du coin.

Il cala son long corps dans sa chaise et regarda le plafond.

— J'envisageais de te contacter quand les événements autour d'Ôgami se sont précipités. Tu as dû être surpris. Tu ne t'attendais probablement pas à ce que ton travail se termine de cette façon.

Ses paroles ne contenaient pas une once de respect pour le défunt. Tête baissée, lèvres pincées, mains sur les genoux, Hioka ne répondit pas. Ne percevant pas son état d'esprit, l'autre poursuivit son monologue en agitant mollement son éventail.

— Comme tu le sais, Ôgami est un homme qui a plusieurs fois franchi des ponts dangereux. Ce n'était pas quelqu'un qui montrait facilement sa vraie personnalité. Je m'étais dit que ton travail prendrait une bonne année. Mais comme l'objet de ton enquête a disparu, je vais te faire réintégrer la préfecture lors du mouvement de personnel de l'automne prochain. Tout d'abord au département de la circulation pour donner le change. Lorsqu'il y aura une ouverture, je te trouverai un poste à la Première division d'enquête comme tu l'avais demandé.

Hioka, nuque toujours fléchie, restait immobile. Saga interpréta-t-il son attitude comme du mécontentement ? En tout cas, il s'agaça.

— Je suis un homme qui tient ses promesses.

Le lieutenant ne réagit pas. Saga émit un léger claquement de langue et adopta un ton de consolation.

— Celui qui était ton chef sur le papier vient de mourir. De plus, tu étais chargé d'une mission de surveillance à son sujet. Je comprends que ton cœur soit lourd. Ce n'est pas un moment où on a envie de lever les bras au ciel en poussant des cris de joie. En tout cas, tu as parfaitement suivi les ordres que tu avais reçus.

Les ordres – et le lieutenant se remémora le printemps dernier.

C'était au tout début du mois d'avril. Saga l'avait convoqué dans ce bureau et ils avaient occupé les mêmes chaises qu'aujourd'hui. Ils n'étaient que deux, mais Saga avait baissé le ton pour lui ordonner de surveiller les agissements d'un certain commandant Ôgami, du commissariat de Kurehara Est.

L'année précédente, à la suite d'affrontements répétés concernant la succession au sein de la Jinsei, il y avait eu un grand nombre de plaintes de citoyens exigeant la dissolution des gangs. Ces chicanes entre yakuzas étaient en réalité de peu d'envergure, mais les médias, jugeant peut-être que la hiérarchie policière ne s'investissait pas assez et craignant un pourrissement de la situation et une nouvelle guerre des gangs, avaient pris acte du mouvement citoyen pour réclamer à leur tour la dissolution des groupes violents. Ils avaient soulevé la question de la collusion entre les yakuzas et la police, allant jusqu'à mentionner l'argent sale utilisé pour les frais d'enquête.

Cet argent sale était un fait. Et le phénomène n'était pas limité à Hiroshima. Les inspecteurs de l'antigang pensaient tous intimement ne pas avoir assez de moyens à leur disposition. Dans toutes les préfectures, à des degrés divers, le même problème existait.

Un scandale avait déjà été étouffé par le passé. Lors d'une série d'affrontements cette fois importants entre gangs. Une équipe d'inspecteurs avait payé des yakuzas, et avait dû démissionner. En façade, ces hommes avaient demandé leur mise à la retraite, mais en vérité ils avaient fait l'objet d'un licenciement administratif. Leur seule faute avait été d'utiliser une partie des fonds d'enquête pour inviter des *kanbu* au restaurant ou dans des bars. L'état-major de la police préfectorale avait très mal pris l'incident, craignant qu'il ne devienne public et suscite une crise de confiance.

L'état-major avait alors fignolé un plan pour préserver l'institution. Il fallait trouver un bouc émissaire et Ôgami était tout désigné. En interne, chacun connaissait ses méthodes peu compatibles avec son statut de policier. La raison officielle pour laquelle aucun reproche direct ne lui avait été adressé était son utilité. Les infos qu'il réussissait à obtenir sur les yakuzas avaient fait de lui la star des flics. Lors de ces périodes spéciales où l'accent était mis sur la confiscation des armes de poing, la récolte d'Ôgami était toujours de premier plan ; il pouvait même être fier d'être champion au niveau national. Bref, on savait qu'il avait une sorte de contrat avec les gangs, mais s'il s'agissait de savoir qui était le chat attrapant le plus de souris, pour la police de la préfecture, Ôgami était un chat de première classe.

Problème, il en faisait trop. Au point que sa proximité avec les gangsters et la particularité de ses méthodes d'enquête étaient venues à l'oreille des médias. Ceux-ci en avaient fait l'une de leurs cibles favorites et avaient commencé à creuser. La hiérarchie, au lieu de le couvrir, avait finalement choisi de l'offrir en pâture. Ne sacrifier qu'un seul homme, lui faire porter toute la responsabilité afin que l'ensemble des affaires pourries de la police se retrouvent blanchies, tel était le plan de la police de la préfecture.

Pour que ce stratagème fonctionnât, des preuves de sa collusion avec les gangs ainsi que de l'illégalité de ses méthodes étaient nécessaires. Il fallait un espion. Et celui qui fut choisi fut Hioka.

Ça avait été le choix de Saga. Non seulement Hioka sortait de la même université que lui, mais il avait travaillé sous ses ordres.

— Une honnêteté sans faille, un sens moral, je ne vois personne d'autre que toi, lui avait-il dit en le regardant droit dans les yeux.

Le lieutenant avait reçu deux missions. La première était d'identifier les liens entre Ôgami et les gangs et de rapporter les preuves qu'il touchait des pots-de-vin réguliers. La seconde était de mettre la main sur un certain cahier que le commandant semblait détenir.

— Ôgami est plein de rancœur à l'égard de la hiérarchie. Il semble qu'il souffre de paranoïa et consigne des élucubrations sans fondement dans un cahier ou des fiches, je ne sais pas trop. Le contenu n'est que mensonges éhontés. Mais les médias cherchent par tous les moyens à faire un croche-pied à la police de la préfecture. Même si le contenu est délirant, il ne faut pas que ces documents leur tombent entre les mains. Ce ne sont que des braises, mais ça pourrait virer au gigantesque incendie. Utilise tous les moyens possibles et trouve-moi l'endroit où il planque ce cahier.

Saga lui avait précisé que s'il acceptait l'ordre et accomplissait sa tâche, il pourrait choisir son affectation.

— Hioka, le rôle de la police est d'empêcher le crime et d'arrêter les criminels. C'est la raison de notre existence. Nous accomplissons notre tâche avec droiture. Les officiers de police ont pour rôle de préserver la paix civile. On ne peut pas accepter qu'ils contreviennent aux lois, s'acoquinent avec les gangs et se livrent à des actions illégales. Si on laisse de tels individus prospérer, ils pourriront progressivement leur entourage. (Il l'avait agrippé par l'épaule.) Tu comprends ? Le commandant Ôgami est une pomme pourrie. Il faut s'en débarrasser.

La police est une institution verticale. Il n'y a aucun moyen de refuser un ordre. Il n'y a pas d'alternative. Ce serait un mensonge que de dire que l'idée d'appartenir à la Première division d'enquête, le joyau de la police de la préfecture, n'était pas venue immédiatement en tête à Hioka. Si la corruption d'Ôgami était parvenue jusqu'à ses oreilles, alors qu'il était au plus bas de l'échelle, c'était qu'elle était largement connue. Le lieutenant, dont l'expérience du terrain était encore limitée, et qui n'avait jamais eu de contact avec les gangs, était à cette époque convaincu qu'Ôgami s'était disqualifié lui-même. Et il était également persuadé que l'évacuer des rangs de la police était une juste cause.

Il avait regardé son supérieur bien en face et accepté sa mission avec conviction.

Peut-être que Saga se remémorait lui aussi cette scène. En tout cas, il gardait les yeux dans le vague.

Face au silence persistant du lieutenant, il eut un sourire.

— Tu es en train de penser qu'on t'a donné l'ordre de faire le sale boulot, hein ? Mais on fonctionne tous dans une structure. Et c'est un endroit rude. On n'y peut rien. Comprends-le.

Hioka fit oui de la tête. Saga sembla se relaxer.

— C'est dommage pour Ôgami, mais au moins, il est parti sans savoir que son subordonné le trahissait. Ça, c'est un bon point.

Le lieutenant contracta ses mains sur ses genoux. Depuis qu'Akiko lui avait montré l'argent et le cahier laissés par Ôgami, il avait au moins une certitude.

Ôgami avait bien compris qu'il était un espion à la solde de l'Inspection des services.

Le commandant traitait d'égal à égal avec des chefs de gangs notoires. Plus que tout autre, il savait percer les gens. En tant que son subordonné, Hioka avait été auprès de lui en permanence, il n'y avait aucune raison de croire qu'il n'avait pas remarqué qu'il était un infiltré. Qu'un bleu venu directement des forces d'intervention se retrouve propulsé dans une équipe de l'antigang avait dû également attirer son attention.

Mais le commandant n'avait rien laissé paraître. Qui plus est, alors que Hioka était le clébard de la police des polices, il lui avait laissé argent et cahier en héritage. Pensait-il qu'il voulait prendre sa suite ou le lui demandait-il ?

Si quelque chose m'arrivait… Hioka, je te demande…

Il l'entendait encore, installé au comptoir de chez Shino. Sa voix résonnait.

— Ah, au fait, reprit Saga, je voulais te demander… Le cahier d'Ôgami, tu l'as trouvé ?

La précieuse possession que le commandant avait confiée à Akiko. La boîte de Pandore.

Il fit signe que non.

— Ah, bon, tu ne l'as pas trouvé…

Il confirma en silence.

— Il est peut-être planqué dans son appartement ? Chez l'une de ses proches amies ? Tu as cherché partout ?

Le lieutenant baissa la tête.

Saga émit un nouveau claquement de langue, très sonore cette fois-ci.

C'était un homme qui laissait ses sentiments émerger. Dans ces conditions, pouvait-il vraiment faire son travail à l'Inspection ? Alors qu'il était marié, il avait mis enceinte une hôtesse, l'avait forcée à avorter, puis l'avait abandonnée.

Hioka regarda ce supérieur, qu'il avait respecté auparavant, avec une pointe de mépris.

L'autre continuait de s'éventer d'un air irrité en fixant le plafond. Ses lèvres étaient tordues, son mécontentement transparent. La main agitant l'éventail se fit soudain plus lente et il poussa un long soupir.

— Après sa mort, une équipe de la préfecture a fouillé son logement sans rien trouver. Il est possible que l'existence de ce cahier ait été une fausse info. (Et, comme s'il se parlait à lui-même :) De notre point de vue, ce serait encore mieux. (Il le regarda.) À ce propos, est-ce que tu as apporté ton journal de bord ?

Il lui avait ordonné de tenir, dès son premier jour d'affectation au commissariat de Kurehara Est, un journal, dans lequel il consignerait toutes les actions d'Ôgami.

Hioka le fit émerger de son sac et le lui tendit.

— Le principal protagoniste étant décédé, ce carnet ne peut plus servir son but initial, mais si jamais les médias s'excitaient, on pourrait peut-être trouver à faire affaire avec eux.

Faire affaire. Oui, Monsieur la grosse huile, pour vous tout n'est que prétexte à transaction. Le lieutenant imaginait bien sa stratégie. Lâcher petit à petit des bribes sur la corruption d'Ôgami pour mieux noyer le poisson.

Il ouvrit le carnet d'une main, et son expression se durcit.

D'un geste rageur, il lâcha son éventail sur le bureau, saisit le carnet à deux mains et le feuilleta avec frénésie. L'ayant parcouru jusqu'au bout, il le ferma d'un geste brusque et tapa du poing sur le bureau.

— C'est quoi, ça ?!

— Un journal décrivant les faits et gestes du commandant Ôgami, répliqua calmement Hioka.

Saga frappa de nouveau sur le bureau, reprit le carnet, l'ouvrit en grand et l'agita devant les yeux du lieutenant.

— Tu oses appeler cela un journal. C'est quoi, ces ratures noires ?

De nombreuses lignes avaient en effet été oblitérées grâce au stylo-pinceau.

— J'avais fait des erreurs et je les ai rayées.

— Ne te fous pas de moi, hein !

Il se leva d'un bond et cogna cette fois le bureau des deux poings.

— Tu crois qu'une excuse aussi plate va passer ? En regardant bien, on voit que tu viens juste de les raturer. L'encre n'est même pas sèche, elle a transpercé le papier.

Il agrippa Hioka par son col de chemise et parvint, avec un peu de mal, à le soulever de sa chaise.

— C'est quoi ce carnet couvert de ratures à l'encre de Chine ?!

— Comme je viens de vous l'expliquer, j'avais fait des erreurs et je les ai rayées.

Il le repoussa violemment et le lieutenant valdingua avec sa chaise. Sa bouche était douloureuse. S'essuyant du dos de la main, il vit des traces de sang. En roulant au sol, il avait dû heurter la chaise. Il fit comme si de rien n'était et la remit en place. Après quoi, il salua Saga et se dirigea vers la porte.

La voix en colère tonna dans son dos.

— Attends ! Tu comprends ce que tu es en train de faire ? On dirait que tu veux protéger Ôgami. Tu réalises ce que c'est de désobéir aux ordres d'un supérieur ?

Hioka se retourna lentement, et le toisa d'un air méprisant.

— Je le sais. Ôgami-san m'a appris les vraies règles d'un policier.

— Toi… tu… Hé, attends !

Saga prit un air paniqué. Ensuite, il adopta le genre de voix qu'on utilisait généralement pour attirer un chaton.

— Hioka, on a encore le temps, tu réécris les parties effacées maintenant, tu refais un nouveau journal et j'oublie tout ce qui s'est passé ici…

Le lieutenant lui tourna le dos et saisit la poignée de la porte.

— Fils de pute ! hurla l'autre d'une voix tremblante. Si tu n'obéis pas, je t'expédie dans un trou perdu !

Le lieutenant ne se retourna pas et maintint sa main sur la poignée.

— Saga-san, et Hitomi, l'hôtesse du Casablanca, elle se porte bien ?

Ça lui coupa ses effets. Hioka ouvrit la porte en grand.

— C'est quoi, cette histoire ? répliqua finalement Saga. Des inventions entendues d'Ôgami. Tourner en ridicule tes supérieurs comme ça t'amuse, raconter n'importe quoi, c'est ça ton nouveau style ? La prochaine fois, c'est pas dans ce bureau que je te convoquerai, mais dans celui de l'Inspection. Je te vire quand je veux.

Son ton était aussi glacé que menaçant. S'il n'avait pas eu l'héritage d'Ôgami, le lieutenant aurait peut-être été impressionné. Il ne tourna que la tête.

— Saga-san, des histoires comme ça, j'en ai une montagne. Si vous m'attaquez, la police de la préfecture d'Hiroshima deviendra un champ de ruines.

Bouche bée, Saga le regarda avec de grands yeux.

— Toi… tu as… le cahier d'Ôgami…

— Eh ouais. Ça le fait, hein ?

Il avait imité au mieux les intonations d'Ôgami. Il s'en alla en refermant derrière lui. Arrivé au bout du couloir, il sortit le Zippo de sa poche. Tout en marchant, il le fit sauter dans sa main.

En volant dans l'air, le briquet gravé d'un loup prenait une teinte gris foncé sous les néons du couloir. Il atterrit dans la main du lieutenant, et celui-ci le serra fort.

Il regarda droit devant lui.

Il était prêt à prendre la suite d'Ôgami. Sans la moindre hésitation.

CHRONOLOGIE

30 juillet 1988, Irako, vice-président de la Jinsei, est banni.

1er août, 21 heures, le siège du gang Irako est dynamité.

1er août, 23 heures, le siège de l'Odani est mitraillé.

2 août, 14 heures, Nozaki, numéro deux du Kakomura, est poignardé à mort rue Miyade à Kurehara (un junior de l'Odani, arrêté en flagrant délit pour ce crime, sera condamné plus tard à quinze ans de réclusion).

5 août, Yokoyama, Imamura et Ôe, les trois membres du Kakomura encore recherchés pour le meurtre d'Uesawa, sont interpellés dans le nord de l'île de Kyushu.

10 août, minuit, Asanuma, numéro deux de l'Irako, est gravement blessé au ventre suite à une attaque au pistolet, rue Akaishi. Il meurt quelques heures plus tard.

18 août, le chef de gang Kakomura est arrêté pour complicité dans le meurtre d'Uesawa (il sera condamné plus tard à douze ans de réclusion).

22 août, 16 heures, Ichinose, numéro deux de l'Odani, est blessé par balles dans un café. Un poumon est transpercé, mais il survit à ses blessures.

23 août, 2 heures, Irako est poignardé dans le parking de l'immeuble de sa maîtresse par Bizen, *kanbu* de l'Odani (ce dernier sera condamné à dix-huit ans de réclusion).

20 septembre, le chef de gang Odani est libéré de prison et annonce son départ en retraite.

3 novembre, Ichinose est intronisé comme successeur d'Odani à la tête du gang. Soutenu par Takii, il pose sa candidature à la fédération de gangs Jinsei.

5 avril 1989, Hioka est nommé au commissariat de Shiroyama, dans le district de Hiba.

14 octobre 1991, Hioka est promu et intègre la Quatrième division d'enquête au siège de la police préfectorale, sous la direction d'Itsuki.

2 avril 1993, Hioka rejoint l'équipe de l'antigang du commissariat d'Hiroshima Nord.

14 avril 2004, Ichinose prend la tête de la Jinsei.

12 mai, Hioka prend la direction de la Section de lutte contre le crime organisé du commissariat de Kurehara Est.

ÉPILOGUE

Sans un regard pour le gilet pare-balles que lui tendait son subordonné, Hioka se dirigea vers la sortie. Son jeune lieutenant lui courut après.

— Commandant ! Et votre gilet ?

Hioka lui répondit sans se retourner.

— Ceux qui le veulent font à leur guise. Moi, je n'en ai pas besoin.

— Mais le directeur a donné l'ordre de le mettre.

Hioka regarda droit devant lui en prenant la pose de ces statues de gardiens à l'entrée des temples.

— Pour ce qui est des yakuzas, une grosse partie de leur arsenal, ce sont des Tokarev TT33. Si tu te fais tirer dessus avec ça, ton gilet pare-balles ne te servira à rien. Les balles, à haute vélocité, les percent comme du beurre. En prime, affublé d'un gilet, on est plus lent. Et donc, plus facile à toucher. (Puis, d'un ton moqueur :) Remarque, vaut mieux que tu l'enfiles, sinon ça sera mauvais pour ton avancement.

Le subordonné rosit encore, mais pour une raison différente de la fois précédente. En douce, il venait de se faire dire qu'il manquait de courage. Finalement, il déposa les deux gilets pare-balles sur la table.

— Moi non plus, je n'en ai pas besoin.

Hioka lui décocha un sourire ironique, puis passa son bras autour de ses épaules. Ce gamin venait de se montrer plein de vigueur. Il l'attira vers lui pour lui murmurer à l'oreille.

— Avec cette perquisition, on va réaliser un exploit. Ce mois-ci, c'est celui où on doit mettre l'accent sur le contrôle des gangs. Les points d'avancement doublent par rapport à l'ordinaire. Si on se débrouille bien, on peut même gagner une citation.

Comme pour donner plus d'importance à son propos, il baissa encore d'un ton.

— La méthode, je l'ai apprise à la dure, il y a longtemps, de mon commandant de l'époque. Depuis, j'ai toujours fait mon travail en suivant ses enseignements.

Lâchant son subordonné, il lui balança une grande claque dans le dos.

— Cette méthode, je vais moi aussi te l'enseigner à la dure ! Suis-moi.

Yeux brillants, le lieutenant s'empressa d'acquiescer. Hioka se dirigea vers la sortie d'un pas énergique. Parce qu'il ne fallait pas prendre de retard sur son chef, le gamin se mit au diapason.

Tandis qu'ils remontaient le couloir, Hioka fourra sa main dans sa poche et agrippa fermement le Zippo au loup gravé.

PRINCIPAUX PERSONNAGES

Commissariat de Kurehara Est

Shôgo **Ôgami**, commandant
Shûichi **Hioka**, lieutenant, assistant d'Ôgami
Masanari **Itsuki**, directeur de la Seconde division
Keiji **Tomotake**, directeur de la Section de lutte contre le crime organisé
Hideo **Doi**, commandant
Kurita, capitaine
Karatsu, capitaine
Takatsuka, capitaine
Shibaura, capitaine
Seuchi, capitaine

Gangs de yakuzas

Kenji **Odani**, chef du gang Odani
Moritaka **Ichinose**, son second
Kyôji **Nagakawa**, membre de l'Odani
Tachiiri, membre de l'Odani
Yajima, membre de l'Odani
Ginji **Takii**, chef du gang Takii
Nozaki, second du gang Kakomura
Nawashiro, membre du Kakomura
Tadashi **Kubo**, membre du Kakomura

Shôhei **Irako**, chef du gang Irako
Yoshiwara, membre de l'Irako

Autres personnages

Akiko, patronne du restaurant Les Petits Plats de Shino
Jirô **Uesawa**, comptable à Kurehara Finance

DE LA MÊME AUTRICE

Aux Éditions Atelier Akatombo

L'ŒIL DU CHIEN ENRAGÉ, 2021.

LE LOUP D'HIROSHIMA, 2018, Folio Policier nº 923.

COLLECTION FOLIO POLICIER

Dernières parutions

808. Michel Lambesc	*La « horse »*
809. Frederick Forsyth	*Chacal*
810. Gunnar Staalesen	*L'enfant qui criait au loup*
811. Laurent Guillaume	*Delta Charlie Delta*
812. Laurent Whale	*Les Rats de poussière II Le manuscrit Robinson*
813. J. J. Murphy	*Le cercle des plumes assassines*
814. Éric Maravélias	*La faux soyeuse*
815. DOA	*Le cycle clandestin, tome I*
816. Luke McCallin	*L'homme de Berlin*
817. Lars Pettersson	*La loi des Sames*
818. Boileau-Narcejac	*Schuss*
819. Dominique Manotti	*Or noir*
820. Alberto Garlini	*Les noirs et les rouges*
821. Marcus Sakey	*Les Brillants II Un monde meilleur*
822. Thomas Bronnec	*Les initiés*
823. Kate O'Riordan	*La fin d'une imposture*
824. Mons Kallentoft, Markus Lutteman	*Zack*
825. Robert Karjel	*Mon nom est N.*
826. Dolores Redondo	*Une offrande à la tempête*
827. Benoît Minville	*Rural noir*
828. Sonja Delzongle	*Quand la neige danse*
829. Germán Maggiori	*Entre hommes*
830. Shannon Kirk	*Méthode 15-33*
831. Elsa Marpeau	*Et ils oublieront la colère*
832. Antonio Manzini	*Froid comme la mort*
833. Luís Miguel Rocha	*Complots au Vatican II La balle sainte*
834. Patrick Pécherot	*Une plaie ouverte*

835. Harry Crews	*Le faucon va mourir*
836. DOA	*Pukhtu. Primo*
837. DOA	*Pukhtu. Secundo*
838. Joe R. Lansdale	*Les enfants de l'eau noire*
839. Gunnar Staalesen	*Cœurs glacés*
840. Jo Nesbø	*Le fils*
841. Luke McCallin	*La maison pâle*
842. Caryl Férey	*Les nuits de San Francisco*
843. Graham Hurley	*Le paradis n'est pas pour nous*
844. Boileau-Narcejac	*Champ clos*
845. Lawrence Block	*Balade entre les tombes*
846. Sandrine Roy	*Lynwood Miller*
847. Massimo Carlotto	*La vérité de l'Alligator*
848. Benoît Philippon	*Cabossé*
849. Grégoire Courtois	*Les lois du ciel*
850. Caryl Férey	*Condor*
851. Antonio Manzini	*Maudit printemps*
852. Jørn Lier Horst	*Fermé pour l'hiver*
853. Sonja Delzongle	*Récidive*
854. Noah Hawley	*Le bon père*
855. Akimitsu Takagi	*Irezumi*
856. Pierric Guittaut	*La fille de la Pluie*
857. Marcus Sakey	*Les Brillants III En lettres de feu*
858. Matilde Asensi	*Le retour du Caton*
859. Chan Ho-kei	*Hong Kong Noir*
860. Harry Crews	*Des savons pour la vie*
861. Mons Kallentoft, Markus Lutteman	*Zack II Leon*
862. Elsa Marpeau	*Black Blocs*
863. Jo Nesbø	*Du sang sur la glace II Soleil de nuit*
864. Brigitte Gauthier	*Personne ne le saura*
865. Ingrid Astier	*Haute Voltige*
866. Luca D'Andrea	*L'essence du mal*
867. DOA	*Le cycle clandestin, tome II*
868. Gunnar Staalesen	*Le vent l'emportera*
869. Rebecca Lighieri	*Husbands*

870.	Patrick Delperdange	*Si tous les dieux nous abandonnent*
871.	Neely Tucker	*La voie des morts*
872.	Nan Aurousseau	*Des coccinelles dans des noyaux de cerise*
873.	Thomas Bronnec	*En pays conquis*
874.	Lawrence Block	*Le voleur qui comptait les cuillères*
875.	Steven Price	*L'homme aux deux ombres*
876.	Jean-Bernard Pouy	*Ma ZAD*
877.	Antonio Manzini	*Un homme seul*
878.	Jørn Lier Horst	*Les chiens de chasse*
879.	Jérôme Leroy	*La Petite Gauloise*
880.	Elsa Marpeau	*Les corps brisés*
881.	Sonja Delzongle	*Boréal*
882.	Patrick Pécherot	*Hével*
883.	Attica Locke	*Pleasantville*
884.	Harry Crews	*Car*
885.	Caryl Férey	*Plus jamais seul*
886.	Guy-Philippe Goldstein	*Sept jours avant la nuit*
887.	Tonino Benacquista	*Quatre romans noirs*
888.	Melba Escobar	*Le salon de beauté*
889.	Noah Hawley	*Avant la chute*
890.	Tom Piccirilli	*Les derniers mots*
891.	Jo Nesbø	*La soif*
892.	Dominique Manotti	*Racket*
893.	Joe R. Lansdale	*Honky Tonk Samouraï*
894.	Antoine Chainas	*Empire des chimères*
895.	Jean-François Paillard	*Le Parisien*
896.	Luca d'Andrea	*Au cœur de la folie*
897.	Sonja Delzongle	*Le hameau des Purs*
898.	Gunnar Staalesen	*Où les roses ne meurent jamais*
899.	Mons Kallentoft, Markus Lutteman	*Bambi*
900.	Kent Anderson	*Un soleil sans espoir*
901.	Nick Stone	*Le verdict*
902.	Lawrence Block	*Tue-moi*

Composition Nord Compo
Impression Maury imprimeur
à Malesherbes, le 5 janvier 2021
Dépôt légal : janvier 2021
Numéro d'imprimeur : 250948

ISBN 978-2-07-292227-5. / Imprimé en France.

373556